E-Z DICKENS SUPERHRDINA KNIHY JEDNA A DVE:

TETOVANIE ANJEL: TRI

Cathy McGough

Stratford Living Publishing

ČO HOVORIA ČITATELIA...

zisťuje, že vie lietať - z rúk mu rastú krídla na mieste, kde by mali byť tetovania. V cudzom novom svete nie je odkázaný sám na seba, pretože má svojho strýka Sama, ktorý sa ujme jeho výchovy, spolu s nadprirodzenými bytosťami, ktoré sa objavia, keď to najmenej čakáte.

Mám rád E-Z. Je svojrázny, a hoci mu nehoda zmarila sen stať sa profesionálnym hráčom baseballu, neľutuje sa a ťahá čitateľa so sebou. Jeho postoj je povznášajúci (napriek tomu, že má krídla, bez slovnej hračky). Čitatelia mu budú fandiť. Je dobré vidieť, že postava so zdravotným postihnutím hrá v deji hlavnú úlohu, namiesto toho, aby zostávala na okraji a málo prispievala k dianiu. Tlieskam autorovi. Páči sa mi aj koncept duchov, ktorí dávajú E-Z zvláštne schopnosti, ale želám si, aby sa viac rozvinuli ako ďalšie hlavné postavy. Napriek tomu je to šikovný príbeh. Kniha sa bude páčiť mladým tínedžerom. Dobre spracované.

Päť hviezdičiek - recenzent Amazonu - KNIHA DRUHÁ: TŘI E-Z DICKENS SUPER HRDINA KNIHA DRUHÁ: Tri je skvelý dobrodružný príbeh o superhrdinovi. Hlavní hrdinovia E-Z, Lia a Alfred vás zavedú na dobrodružnú cestu s prekvapeniami, ktoré nečakáte. A čo majú archanjeli spoločné s ich poslaním? Zistite to sami. Veľmi sa mi páčila zápletka, štýl písania a príbeh, ktorý ma držal v napätí až do poslednej kapitoly.

Túto knihu odporúčam všetkým, ktorí majú radi superhrdinov, napätie, akciu, dobrodružstvo, tínedžerov, YA alebo fantastiku.

OBSAH

Venovanie

Pre Dorothy, ktorá uverila.

KNIHA JEDNA:
TETOVANIE ANJEL

PROLOG

Prvýtvor vyletel na hruď E-Z a pristál s bradou vystrčenou dopredu a rukami na bokoch. Raz sa otočil v smere hodinových ručičiek. Otáčal sa rýchlejšie a z trepotania jeho krídel vychádzala pieseň. Pieseň bola tichým stonaním. Smutná pieseň z minulosti na oslavu života, ktorý už nebol. Tvor sa oprel dozadu, hlavu si oprel o hruď E-Z. Otáčanie sa zastavilo, ale pieseň hrala ďalej.

Druhé stvorenie sa pridalo a vykonalo rovnaký rituál, pričom sa otáčalo proti smeru hodinových ručičiek. Vytvorili novú pieseň, bez pípania a približovania. Keď totiž spievali, onomatopoje neboli potrebné. Zatiaľ čo v každodennej konverzácii s ľuďmi áno. Táto pieseň prekryla druhú a stala sa radostnou, vysokofrekvenčnou oslavou. Óda na veci budúce, na život, ktorý ešte nebol prežitý. Pieseň pre budúcnosť.

Z ich zlatých očných jamiek sa vysypal diamantový prach, keď sa otočili v dokonalej synchronizácii. Diamantový prach sa z ich očí rozprášil na spiace telo E-Z. Výmena pokračovala, až ho pokryla diamantovým prachom od hlavy až po päty.

Tínedžer naďalej tvrdo spal. Až kým mu diamantový prach neprešiel telom - vtedy otvoril ústa, aby zakričal, ale nevydal žiadny zvuk.

„Prebúdza sa, píp-píp."

„Zdvihni ho, zoom-zoom."

Spoločne ho zdvihli, keď otvoril svoje zasklené oči.

„Spi ďalej, píp-píp."

„Necíť bolesť, zoom-zoom."

Kolískajúc jeho telo, obe bytosti prijali jeho bolesť do seba.

„Vstaň, píp-píp," prikázal.

A vozík sa zdvihol. Umiestnilo sa pod E-Z-ovo telo a čakalo. Keď sa spustila kvapka krvi, kreslo ju zachytilo. Pohltilo ju. Pohltilo ju - akoby to bola živá bytosť.

Ako sa zvyšovala sila kresla, aj ono získavalo na sile. Čoskoro dokázalo udržať svojho pána vo vzduchu. To umožnilo obom tvorom dokončiť svoju úlohu. Ich úloha spojiť kreslo a človeka. Spájať ich naveky silou diamantového prachu, krvi a bolesti.

Ako sa tínedžerovo telo triaslo, rany na jeho koži sa zacelili. Úloha bola splnená. Diamantový prach bol súčasťou jeho podstaty. Hudba sa teda zastavila.

„Je to hotové. Teraz je nepriestrelný. A má supersilu, píp-píp."

„Áno, a je to dobré, zoom-zoom."

Vozík sa vrátil na podlahu a tínedžer na svoju posteľ.

„Nebude si na to pamätať, ale jeho skutočné krídla začnú fungovať veľmi skoro, píp-píp."

„A čo ostatné vedľajšie účinky? Kedy sa začnú a budú badateľné zoom-zoom?"

„To neviem. Môže mať fyzické zmeny... je to riziko, ktoré sa oplatí podstúpiť, aby sa znížila bolesť, píp-píp."

„Súhlasím, zoom-zoom."

PRÍČINA

Všetkyrodiny majú nezhody. Niektoré sa hádajú o každú maličkosť. Dickensova rodina sa zhodla na väčšine vecí. Hudba medzi ne nepatrila.

„No tak, otec,“ povedal dvanásťročný E-Z. „Nudím sa a práve teraz hrajú na satelite víkendovku s celou Múzou.“

„To si si nevzal slúchadlá?“ spýtala sa ho mama Laurel.

„Sú v mojom batohu v kufri.“ Vzdychol si.

„Vždy sa môžeme zastaviť a vziať si ich...“

Martin, chlapcov otec, ktorý šoféroval, skontroloval čas. „Rád by som sa dostal na chatu v horách, kým sa zotmie. Muse mi to vyhovuje. Okrem toho tam čoskoro budeme.“

Laurel otočila ciferníkom na satelitnom systéme v ich novom červenom kabriolete. Na chvíľu zaváhala na položke Classic Rock. Hlásateľ povedal: „Nasleduje hymna Kiss I Wanna Rock N Roll All Night. Nedotýkajte sa tohto voliča.“

„Počkaj, to je dobrá pesnička!“ zakričal chlapec.

„Čože, už žiadna Muse?“ Laurel sa spýtala a držala ruku na ciferníku.

„Po Kiss, dobre?“

„Tak tedaKiss," povedal Martin a zapol stierače. Ešte nepršalo, ale hromy burácali. Vetvičky a iné úlomky bičovali ich vozidlo, keď sa vydali na cestu do hory.

Laurel kýchla a priložila si na stránku záložku. Prekrížila si ruky a zachvela sa. „Ten vietor určite vyčíňa. Nebude ti vadiť, ak si dáme hore?"

„Hlasujem za áno," povedal E-Z a odstraňoval si vetvičky zo svetlých vlasov.

THWACK.

Nebol čas kričať - keď hudba utíchla.

Chlapcovi ešte stále zvonilo v ušiach od zvuku spojeného s výbuchom štyroch airbagov. Po čele mu stekala krv, keď sa dotkol veci na nohách: stromu. Krv sa hromadila v drevenom votrelcovi a okolo neho. Prstom prešiel po kmeni stromu. Cítil sa ako koža; on bol strom a strom bol on.

„Mama? Otec?" vzlykol, hrudník sa mu dvíhal. „Mama? Otec? Prosím, odpovedz!"

Potreboval zavolať o pomoc. Kde bol jeho telefón? Náraz pri havárii ho odhodil. Videl ho, ale bol príliš ďaleko, aby naň dosiahol. Alebo bol? Bol chytač a niektorí hovorili, že jeho hádzacia ruka je ako guma. Sústredil sa, naťahoval a naťahoval, až kým ju nezískal.

Signál bol silný, keď jeho zakrvavené prsty stlačili 9-1-1, potom sa odpojil. Aby ho našli, musel použiť novú rozšírenú službu. Vyťukal E9-1-1. Tým dal úradom povolenie na prístup k jeho polohe, telefónnemu číslu a adrese.

„Pohotovostné služby. Čo sa vám stalo?"

„Pomoc! Potrebujeme pomoc! Prosím. Moji rodičia!"

„Najprv mi povedzte, koľko máte rokov? Ako sa voláš?"

„Mám dvanásť rokov. Hovoria mi E-Z."

„Prosím, overte si svoju adresu a telefónne číslo."

Urobil to.

„Ahoj E-Z. Povedz mi o svojich rodičoch. Môžeš ich vidiet? Sú pri vedomí?"

„Ja, ja ich nevidím. Na auto, na nich a na moje nohy spadol strom. Pomôžte mi. Prosím."

„Práve zisťujeme vašu polohu."

E-Z zatvoril oči.

„E-Z?" Hlasnejšie: „E-Z!"

Chlapec sa prebral. „Ja, prepáč, ja."

„Posielame helikoptéru. Snaž sa zostať pri vedomí. Pomoc je na ceste."

„Ďakujem." Oči mu klesli, prinútil sa ich otvoriť. „Musím zostať pri vedomí. Povedala, že mám zostať pri vedomí." Jediné, čo chcel, bolo spať, spať, aby skoncoval so všetkou bolesťou.

Nad ním sa mu pred očami mihli dve svetlá, jedno zelené a druhé žlté. Na sekundu sa mu zdalo, že vidí mávať malé krídla, ako sa tie dva objekty vznášajú.

„Je na tom zle," povedal ten zelený a priblížil sa, aby sa naň pozrel zblízka.

„Pomôžme mu," povedal žltý, ktorý sa vznášal vyššie.

E-Z zdvihol ruku, aby rozohnal blikajúce svetlá. Z vysokého zvuku ho zaboleli uši.

„Súhlasíš s tým, že nám pomôžeš?" svetlá zaspievali.

„Súhlasím. Pomôžte mi.“
Potom všetko sčernelo.

EFEKT

Sam, strýko E-Z bol v nemocnici, keď sa zobudil. Chlapec sa nepýtal na otázku - kde sú jeho rodičia -, pretože nechcel počuť odpoveď. Ak to nevedel, mohol sa tváriť, že sú v poriadku. Že každú chvíľu vojdú do jeho izby a hodia sa mu okolo krku. Ale v kútiku duše vedel, vlastne veril, že sú mŕtvi. V duchu si to predstavoval, ako odhodí prikrývku a pribehne k nim a oni sa zídu v skupinovom objatí a budú plakať, aké majú šťastie. Ale počkajte chvíľu, prečo nemohol pohnúť prstami na nohách? Skúsil to znova, usilovne sa sústredil, ale nič sa nedialo.

Sam, ktorý ho pozoroval, povedal: „Neexistuje žiadny nekomplikovaný spôsob, ako ti to povedať." Celý čas bojoval so vzlykmi.

„Moje nohy," povedal E-Z, „ja, ja ich necítim."

Strýko Sam stisol synovcovi ruku. „Tvoje nohy..."

„Ale nie. Nehovor mi to. Len to nehovor."

Vytrhol strýkovi ruku. Zakryl si tvár a vytvoril bariéru medzi sebou a svetom, keď sa mu po lícach kotúľali slzy.

Strýko Sam zaváhal. Jeho synovec už plakal, už smútil, a predsa mu musel povedať o svojich rodičoch. Neexistoval jednoduchý spôsob, ako to povedať, a tak to vyriekol: „Tvoji rodičia. Môj brat a tvoja mama... neprežili to.“

Vedieť a počuť tie slová boli dve rôzne veci. Jedna z nich z toho robila fakt. E-Z hodil hlavou dozadu a zavyl ako ranené zviera, triasol sa a chcel utiecť preč, kamkoľvek. Len preč.

„E-Z, som tu pre teba.“

„Nie!“ To nie je pravda. Klamete. Prečo mi klameš?“ Mlátil sebou, zaťal päste a búchal nimi do matraca, ako zúril a zúril bez náznaku zastavenia.

Sam stlačil tlačidlo pri posteli. Snažil sa ho upokojiť, ale E-Z sa neovládal, mlátil sa a nadával. Prišli dve sestry; jedna mu zaviedla ihlu, zatiaľ čo druhá so Samom sa ho snažila udržať v pokoji a ticho mu šepkala, že všetko bude v poriadku.

Sam sa pozeral, ako jeho synovec v ríši snov alebo kdekoľvek sa práve nachádza - vyčaril úsmev. Vážil si ten úsmev a myslel si, že potrvá dlho, kým ho na synovcovej tvári opäť uvidí. Čakala ho dlhá a ťažká cesta. Jeho synovec sa bude musieť postaviť tvárou v tvár dňu, keď sa mu rozpadne život. Keď to urobí, bude môcť bojovať a spoločne mu vybudujú úplne nový život. Nový - iný - nie rovnaký. Už nikdy by nič nebolo také ako predtým.

A to všetko len preto, že boli v nesprávnom čase na nesprávnom mieste. Obete prírody: strom. Strom, ktorý sa stal zbraňou prírody kvôli ľudskej nedbanlivosti. Drevená konštrukcia bola mŕtva, korene nad zemou sa roky uchádzali o pozornosť. A keď mu povedali, že bol označený krížikom, aby ho na jar vyrúbali - chcelo sa mu kričať.

Namiesto toho zavolal najlepšiemu právnikovi, ktorého poznal. Chcel, aby niekto zaplatil - aby zdvihol účet za dva príliš skoro skrátené životy a za zničené nohy a život jeho synovca.

Ale aký to malo zmysel? Minulosť sa nedala zmeniť - ale v budúcnosti by pomohol synovcovi nájsť cestu. V tej chvíli Sam sformuloval plán.

Sam sa podobal na dospelú verziu Harryho Pottera (bez jazvy.) Ako jediný žijúci príbuzný E-Z prevezme starostlivosť o svojho synovca. Úlohu, ktorú v minulosti zanedbával. Snažil by sa byť ako jeho starší brat Martin - nie ho nahradiť.

Striasol zo seba výhovorky, ktoré v ňom bublali. Snažil sa ho prinútiť, aby využil prácu na to, aby ho zbavil zodpovednosti. Odišiel by, vymazal by všetky povinnosti. Potom by sa mohol prestať obviňovať. Nenávidieť sa za všetok stratený čas.

Kým jeho synovec spal ďalej, zavolal generálnemu riaditeľovi svojej softvérovej spoločnosti. Ako skúsený senior programátor na špičke vo svojom odbore - dúfal, že sa dohodnú na kompromise. Povedal im, čo chce urobiť.

„Jasné, Sam. Môžeš pracovať na diaľku. Nič sa nezmení. Urobíš to, čo musíš. Sme s tebou. Rodina je vždy na prvom mieste."

Keď sa odpojil, vrátil sa k synovcovej posteli. Zatiaľ sa presťahoval do rodinného domu, aby E-Z mohol zostať v blízkosti svojich priateľov a školy. Spoločne by opäť poskladali kúsky a znovu vybudovali jeho život. Teda ak sa úplne nezblázni. Ako starý mládenec nemal takmer žiadne skúsenosti s deťmi - a už vôbec nie s tínedžermi.

P o odchode z nemocnice-donútení osudom - nemali inú možnosť, ako vytvoriť puto, ktoré presahovalo hranice krvi.

E-Z sa tomu bránil, popierajúc, že by to všetko zvládol sám. Nakoniec nemal inú možnosť, ako prijať ponúkanú pomoc.

Sam sa pridal - bol tu preňho - akoby vedel, čo jeho synovec potrebuje, skôr než ho o to požiadal.

A bol tu pre E-Z v druhý najhorší deň jeho života - keď mu povedali, že už nikdy nebude chodiť.

„Poďte ďalej," povedal doktor Hammersmith, jeden z najlepších ortopedických neurochirurgov.

E-Z na svojom invalidnom vozíku vstúpil a za ním Sam.

Hammersmith bol známy tým, že opravuje neopraviteľné, a on sa chystal opraviť jeho. Pri predchádzajúcich konzultáciách mladíkovi sľúbil, že bude opäť hrať baseball.

„Je mi to ľúto," povedal Hammersmith. Po niekoľkých sekundách nepríjemného ticha ho vyplnil zamiešaním nejakých papierov.

„Za čo presne sa ospravedlňujete?" E-Z sa spýtal a zo všetkých síl sa snažil posunúť dopredu na svojom mieste. Neschopný splniť úlohu, zostal stáť na mieste.

„To, o čo požiadal," povedal Sam a bez námahy sa posunul dopredu na svojom mieste.

Hammersmith si prečistil hrdlo. „Dúfali sme, že keďže všetko funguje normálne, ochrnutie by mohlo byť dočasné. Preto som ťa poslal na ďalšie testy a navrhol som ti fyzikálnu terapiu. Teraz už niet pochýb, je mi ľúto, že ti to musím povedať, E-Z, ale už nikdy nebudeš chodiť."

„Ako ste mu to mohli urobit?" Sam sa spýtal.

Konečnosť jeho slov sa mu vryla do pamäti. „Dostaň ma odtiaľto, strýko Sam!"

„Počkaj," povedal Hammersmith, neschopný pozrieť sa im do očí. „Požiadal som o pomoc, kolegov z celého sveta. Ich záver bol rovnaký."

„Ďakujem pekne."

„E-Z, je čas, aby si sa pohol ďalej. Nechcem ti dávať ďalšie falošné nádeje. "

Sam vstal a položil si ruky na rukoväte invalidného vozíka.

„Zistíme si druhý názor a tretí a štvrtý!"

„To môžete urobiť," povedal Hammersmith, "ale my sme to už urobili. Keby bolo niečo nové, tam vonku - čokoľvek, čo by sme mohli využiť -, tak by sme to urobili. Veci sa môžu počas vášho života zmeniť E-Z. Oblasť výskumu kmeňových buniek napreduje. Zatiaľ nechcem, aby si žil svoj život pre „keby" a „možno"."

Potom namierila na Sama,

„Nedovoľ, aby tvoj synovec premárnil svoj život. Pomôž mu obnoviť sa a vrátiť sa do krajiny živých. Ach, a nerád to vyťahujem, ale čoskoro budeme potrebovať späť vozík - zdá sa, že ho máme trochu málo. Ak by vám nevadilo, že sa dohodneme inak.“

„Fajn,“ povedala Sam, keď bez slova opustili Hammersmithovu kanceláriu. Vložil vozík do kufra, zapol im bezpečnostné pásy a naštartoval auto.

„Bude to v poriadku.“

E-Z, ktorému sa po lícach kotúľali slzy, si ich utrel. „Je mi to ľúto.“

„Nikdy sa mi nemusíš ospravedlňovať, chlapče, za to, že si prejavil svoje city.“

Sam udrel päsťami do volantu, potom vyrazil z parkovacieho miesta a zapískal pneumatikami.

Chvíľu jazdili bez slova, potom sa načiahol a zapol rádio. Preklenulo to ticho medzi nimi a dalo E-Z príležitosť vykričať si to bez pocitu sebauvedomenia.

Kým zabočili na príjazdovú cestu k domu, boli už pokojní a hladní. Plán bol pozrieť si niekoľko programov a objednať si pizzu.

O niekoľko dní neskôr prišiel úplne nový invalidný vozík.

* * *

D vesvetlá: jedno žlté a jedno zelené blikali pri novom vozíku E-Z.

„Tento nepôjde, píp-píp."

„Súhlasím, vôbec to nepôjde. Potrebuje niečo ľahšie, pevnejšie, ohňovzdorné, nepriestrelné a absorpčné, zoom-zoom."

„Vy-viete-kto povedal, že by sme nemali strácať čas - takže to urobme, skôr než sa človek zobudí, píp-píp."

Svetlá sa roztancovali okolo vozíka. Jedno nahradilo kov a druhé pneumatiky. Keď proces dokončili, kreslo vyzeralo rovnako ako predtým, ale nebolo.

E-Z zašepkal zo spánku.

„Poďme odtiaľto preč! Píp, píp!"

„Hneď za tebou! Zoom zoom zoom!"

A tak aj urobili, zatiaľ čo mladík spal ďalej.

O rok neskôr sa E-Z zdalo, že strýko Sam tu bol odjakživa. Nie že by nahradil jeho rodičov. Nie, to by sa mu nikdy nepodarilo, vlastne sa o to ani nepokúšal - ale vychádzali spolu. Boli kamaráti. Boli viac než to, boli rodina. Jediná rodina, ktorá trinásťročnému chlapcovi na svete zostala.

„Chcem sa ti poďakovať,“ povedal a snažil sa, aby sa mu nerozplakali oči.

„Nemusíš mi ďakovať, chlapče.“

„Ale musím, strýko Sam, bez teba by som hodil uterák do ringu.“

„Si z pevnejšieho materiálu.“

„Nie som. Od tej nehody dostávam strach, teda naozaj strach. Mám nočné mory.“

„Všetci sa bojíme, pomôže, keď o tom budeš hovoriť. Teda, ak o tom chceš so mnou hovoriť.“

„Stáva sa to niekedy v noci - keď spíš. Nechcem ťa budiť.“

„Som vedľa a steny nie sú také hrubé. Stačí na mňa zakričať a budem tam. Nevadí mi to.“

„Vďaka, dúfam, že nebudem musieť, ale je dobré to vedieť."

Vrátili sa k sledovaniu televízie a viac sa o tom nebavili.

Až do jednej noci, keď sa E-Z zobudil s krikom a Sam, ako sľúbil, bol pri ňom.

Rozsvietil svetlo. „Som tu. Si v poriadku?"

E-Z sa držal okraja postele ako niekto, kto sa chystá prejsť cez útes. Pomohol mu späť na matrac.

„Už je ti lepšie?"

„Áno, vďaka."

„Máš chuť sa o tom porozprávať? Môžem urobiť kakao."

„S marshmallow?"

„To je samozrejmé. Hneď som späť."

„Dobre." E-Z na sekundu zavrel oči a vysoké zvuky sa obnovili. Zakryl si uši a sledoval žlté a zelené svetlá, ktoré mu tancovali pred očami. Odtiahol ruky a počul strýkove bosé nohy, ako šľapkajú po chodbe.

„Tu máš," povedal Sam a vložil synovcovi do ruky hrnček s horúcim kakaom. Zaparkoval na invalidnom vozíku, kde sa napil a vzdychol si.

Ľavou rukou E-Z švihol do vzduchu a takmer si vylial nápoj.

„Čo to robíš?"

„Ty to nepočuješ? Ten zvuk, ktorý trhá uši?"

Sam pozorne počúval, nič. Potriasol hlavou. „Ak počuješ niečo zvláštne, prečo sa to snažíš odohnať?" "Nie.

E-Z sa sústredil na svoj horúci nápoj, potom prehltol miniparfumériu. „Hádam teda nevidíš svetlá?" "Áno.

„Svetlá? Aké svetlá?"

„Dve svetlá: jedno zelené a jedno žlté. Veľké asi ako koniec tvojho prsta. Tu sa zapínajú a vypínajú - od nehody. Prepichujú mi uši a blikajú pred očami. Otravujú ma."

Sam podišiel k čelu postele a pozrel sa naň z perspektívy svojho synovca. Neočakával, že niečo uvidí - a samozrejme, že nevidel - snaha bola o upokojenie. „Nie, ale povedz mi viac, aby som lepšie pochopil, ako sa to začalo."

„Pri nehode som videl dve svetlá, žlté a zelené, a, nesmej sa, ale myslím, že sa mi prihovorili. Preto som mala nočné mory."

„Aké svetlá? Myslíš ako vianočné svetlá?"

„Ehm, nie, nie ako vianočné svetlá. To nič nie je. Už sú preč. Pravdepodobne posttraumatická stresová porucha alebo spomienka."

„Posttraumatická stresová porucha alebo flashback sú dve značne odlišné veci. Rozmýšľam, či by si sa nemal s niekým porozprávať. Teda s niekým okrem mňa."

„Myslíš ako s mojimi priateľmi?"

„Nie, myslím profesionála."

POP.

POP.

Boli opäť späť. Blikali mu pred nosom a robili mu kríže. Zadržal sa. Snažil sa ich neodohnať. Keď Sam jednou rukou vzal pohár a druhou si nahmatal čelo, pleskol do vzduchu. „Choď odo mňa preč!"

Sam sa díval, ako jeho synovec zamrzol ako ľadová socha na zimnom festivale. Sam mu luskol prstami pred očami, ale žiadna reakcia sa nedostavila. E-Z si vzdychol, oprel sa, zhlboka sa nadýchol a o niekoľko sekúnd už chrápal ako vojak. Sam si pritiahol prikrývku. Pobozkal synovca na čelo a vrátil sa do svojej izby. Nakoniec upadol do spánku.

Na druhý deň Sam navrhol, aby si E-Z zapísal svoje pocity, možno do denníka. Medzitým sa spýtal na rezerváciu stretnutia s odborníkom.

„Myslíš psychiatra?"

„Alebo psychológa. A medzitým si to zapisuj. Keď ich uvidíš, ako vyzerajú - zaznamenávaj si pozorovania."

„Denník, myslím tým, na koho sa podobám, na Oprah Winfreyovú?" "Na Oprah Winfreyovú?

„Nie," povedal Sam. „Chlapče, máš nočné mory, počuješ vysoké zvuky a vidíš svetlá. Môžu byť príznakom, ako si povedal, posttraumatickej stresovej poruchy alebo niečoho zdravotného. Musím to vyšetriť a porozprávať sa s tvojím lekárom, aby mi poradil. Medzitým by vám mohlo pomôcť zapisovanie myšlienok, vedenie denníka. Veľa mužov si písalo denníky alebo si viedlo denník."

„Povedzte mi nejakého, ktorého meno by som poznal?"

„Pozrime sa, Leonardo da Vinci, Marco Polo, Charles Darwin."

„Myslím niekoho z tohto storočia."

„Už si spomenul Oprah."

Po niekoľkých stretnutiach s terapeutom/poradcom sa duševné zdravieE-Z zlepšilo. Bola milá a neodsudzovala tínedžera, ako sa obával. Namiesto toho mu ponúkla návrhy a konkrétne stratégie na upokojenie a pomoc. Rovnako ako jeho strýko Sam mu navrhla, aby si všetko zapisoval - do denníka alebo zápisníka.

Namiesto toho napísal krátky príbeh pre školskú úlohu inšpirovaný matkiným obľúbeným vtákom: holubicou. Po tom, čo za svoju prácu dostal známku A+, jeho učiteľ prihlásil poviedku do celoplošnej súťaže v písaní. Najprv bol nahnevaný, že jeho poviedku zaradila do súťaže bez toho, aby sa ho opýtala. Ale keď vyhral, bol neuveriteľne šťastný. Odvtedy jeho učiteľka prihlásila jeho poviedku do celoštátnej súťaže.

Kým sa jeho synovec ponáral do umenia písania, Sam sa venoval novému koníčku: genealógii. Jedného večera, keď boli na večeri, sa rozrozprával:

„Keď si teraz napísal poviedku a mal si úspech, možno by si mal skúsiť napísať román."

„Ja? Román? V žiadnom prípade."

„Máš spisovateľskú krv,“ prezradil strýko Sam. „Vďaka sledovaniu našej histórie som zistil, že ty a ja sme príbuzní s jediným Charles Dickens.“

„Možno by si teda mal napísať román TY.“ Zasmial sa.

„Ja nie som ten, čo má ocenenú poviedku.“

Nad jeho tanierom zablikali zelené a žlté svetlá. Aspoň nepočul ten vysokofrekvenčný zvuk so strýkom Samom, ktorý dunel.

„.... Koniec koncov, ty a ja sme s Charles Dickens bratranci naprieč časom. Pozri sa, čo všetko si prekonal. Si úžasný chlapec - čo môžeš stratiť?“

Volá sa Ezekiel Dickens a toto je jeho príbeh.

KAPITOLA 1

V prvýchtrinástich rokoch svojho života bol známy pod viacerými menami. Ezechiel, jeho rodné meno. E-Z, jeho prezývka. Chytač v jeho baseballovom tíme. Autor poviedok. Syn svojich rodičov. Synovec svojho strýka. Najlepší priateľ. Teraz preňho mali nové meno.

Nie že by mu vadilo slovo na „c". V skutočnosti niektoré alternatívy uprednostňoval menej. Rovnako ako komentáre, ktoré niektorí ľudia povedali, pretože si mysleli, že sú politicky korektné. „Aha, to je ten chlapec, ktorý je pripútaný na invalidný vozík." Povedali to, pričom naňho ukázali - akoby si mysleli, že je aj sluchovo postihnutý. Alebo povedali: „Bolo mi ľúto, že si teraz na vozíčku." Alebo: „To je mi ľúto, že si na vozíčku. Z toho sa mu dvíhal žalúdok. Ale to, čo ho poslalo na pokraj, bolo: „Aha, ty si ten chlapec, ktorý teraz používa invalidný vozík". Vidieť kohokoľvek, najmä mladšieho človeka na vozíku, vyvolávalo u niektorých ľudí nepríjemné pocity. Ak sa tak cítili, prečo museli niečo povedať?

To vyvolalo spomienku z dávnej minulosti. Spomienka na jeho rodičov, ako v daždivé sobotné popoludnie pozerali v televízii film Bambi. Mama robila svoje slávne popcornové guľky. Mali sódu, M&Ms, marshmallows a otcove obľúbené Twizzlers. Králik Thumper povedal: „Ak nemôžeš povedať niečo pekné, nehovor vôbec nič." Keď Bambimu zomrela mama, bolo to prvýkrát, čo videl mamu a otca plakať pri filme. Pretože bol z ich správania taký šokovaný, on sám nevyronil ani slzu.

Niektorí žiaci v škole mu hovorili „stromový chlapec". Niekoľko z nich boli spolužiaci športovci, ktorí k nemu kedysi vzhliadali, keď bol kráľom za doskou. Nenávidel tie narážky na stromového chlapca. Neľutoval sa (nie väčšinu času) a nechcel, aby ho ľutoval aj niekto iný.

Keď prišiel čas, aby sa hneď v prvý deň vrátil do školy, urobil to s pomocou svojich kamarátov. PJ (skratka pre Paula Jonesa) a Arden ho podporovali a tlačili podľa potreby. Čoskoro boli známi ako Tornádo Trio. Hlavne preto, že kamkoľvek sa pohli, nastal chaos. Vtedy sa E-Z naučil očakávať neočakávané.

Takže keď ho kamaráti o niekoľko mesiacov neskôr jedného rána prišli vyzdvihnúť do školy - a potom povedali, že tam nejdú -, nebol príliš prekvapený. Keď mu povedali, že mu musia zaviazať oči, to už nečakal.

Na zadnom sedadle sa spýtal. „Kam ideme?" Žiadna odpoveď. „Bude sa mi to páčiť?"

„Áno," povedali jeho priatelia.

„Tak načo ten plášť a dýka?"

„Pretože je to prekvapenie," povedal PJ.

„A oceníš to ešte viac, keď tam budeme."

„No, nemôžem utiecť." Vysmial sa.

Ardenova matka zaparkovala. „Vďaka, mami," povedal.

„Zavolaj mi, keď budeš potrebovať, aby som ťa vyzdvihla," povedala.

Obaja priatelia pomohli E-Z do jeho invalidného vozíka a odišli.

„Zdá sa to len mne, alebo je ten vozík zakaždým ľahší, keď ho vytiahneme?" Spýtal sa Arden.

„To ty!" PJ odpovedal.

Ako sa presúvali po nerovnom teréne, E-Z cítil vôňu čerstvo pokosenej trávy. Keď mu kamaráti stiahli pásku z očí - bol na baseballovom ihrisku. Keď uvidel svojich bývalých spoluhráčov, súperov tím a trénera Ludlowa, v očiach sa mu zaleskli slzy. Boli v plnej uniforme, zoradení pozdĺž čerstvo kriedou namaľovanej základnej čiary.

„Vitajte späť!" jasali.

E-Z si rukávom odhrnul slzy, keď sa stolička posunula bližšie k hracej ploche. Odkedy ho nehoda pripravila o sen hrať profesionálne baseball, hre sa vyhýbal. S hrčou v hrdle bol taký plný emócií, že nemohol popadnúť dych.

„Stratil slová," povedal PJ a štuchol Ardena lakťom.

„To je prvýkrát."

„Vďaka, chlapci. Nemýlili ste sa v tom, že je to prekvapenie."

„Počkajte tu," prikázali mu kamaráti.

E-Z zostal sám, aby si vychutnal pohľad na bejzbalový diamant. Na miesto, ktoré bolo kedysi jeho najobľúbenejším miestom na zemi. Znova sa rozplakal a sledoval, ako sa zelená tráva leskne v slnečnom svetle. Zotrel si ich, keď sa jeho priatelia vrátili a niesli tašku s vybavením.

Arden sa k nemu naklonil: „Prekvapenie, kamarát, dnes chytáš!"

„Ako to myslíš? V tomto nemôžem hrať!" povedal a udrel rukami do ramien vozíka.

„Tu máš, pozri si to, kým ťa vybavíme," povedal PJ, keď mu podal telefón a stlačil tlačidlo play.

E-Z s úžasom sledoval, ako sa hráči, ako je on, dostávajú na bejzbalové ihrisko. Pozornejšie si prezrel ich stoličky, ktoré mali upravené kolieska. Hráč sa prirútil k méte, spojil sa s loptičkou a priblížil sa k méte.

„Páni! To je úžasné!"

„Keď to dokážu oni, dokážeš to aj ty!" Arden povedal, keď svojmu priateľovi nasadzoval na nohy chrániče kolien, zatiaľ čo PJ upevňoval chránič hrudníka. Cestou na ihrisko mu kamaráti hodili chytaciu masku a rukavicu.

„Odpal!" Tréner Ludlow zavelil.

Nadhadzovač hodil prvý rýchly loptičku priamo do zóny a on ju chytil.

Druhý nadhod bol pop-up. E-Z po ňom išiel, priblížil sa a zdvihol sa. Dosiahol. Prekvapil aj sám seba, keď ho chytil. Nevšimli si to, ale on sa zdvihol. Jeho zadok opustil sedadlo stoličky a on netušil, ako to dokázal.

„Páni," povedal PJ, "to bol výborný úlovok."

„Áno, asi by si ho minul, keby nebolo tej stoličky."

E-Z sa usmial a pokračoval v hre. Keď sa hra skončila, cítil sa dobre. Normálne. Poďakoval chlapcom, že ho opäť dostali do tempa.

„Nabudúce sa trafíš ty," povedal PJ.

E-Z sa posmieval, keď ich Ardenova mama odviezla cez drive through a potom späť do školy. Keby sa ponáhľali, stihli by to pred začiatkom ďalšej hodiny. Študenti sa zapchali na chodbách, keď sa kotúľal k svojej skrinke. Jeho spolužiaci počuli pleskot pneumatík na linoleovej podlahe - a rozišli sa.

E-Z bol prvým dieťaťom, ktoré vo svojej škole vyžadovalo prístup na invalidný vozík, ale už predtým, ako stratil schopnosť používať nohy, bol legendou. Veľa mu trvalo, kým požiadal o pomoc, ale keď to urobil, dostal ju. Ako športovec už mal ich rešpekt, sám vyhral množstvo trofejí a ako súčasť tímu. Musel si ich rešpekt získať znova ako jeho nové ja.

Po zápase sa vrátili do školy a dokončili deň. Keďže to bol len poldeň, E-Z bol dosť unavený, keď ho Ardenova mama a jeho kamaráti po škole vyložili.

Po tom, ako sa im poďakoval, vošiel dovnútra.

„Som doma, strýko Sam."

„Vidím to, mal si dobrý deň," povedal Sam.

„Áno, bol to dobrý deň." Pretiahol sa a zívol.

„Poď. Musím ti niečo ukázať. Prekvapenie."

„Nie ďalšie," povedal E-Z a nasledoval strýka po chodbe. Ako prvú napravo minul izbu svojich rodičov - určenú na to, aby sa jedného dňa stala hosťovskou izbou. Dovtedy bola presne taká, ako ju nechali - a taká aj zostane, kým sa E-Z nerozhodne inak.

Strýko Sam mu každú chvíľu ponúkal, že mu pomôže prejsť izbu, ale synovec vždy povedal to isté.

„Urobím to, keď budem pripravený."

Sam neochotne súhlasil. Bol rozhodnutý, že jeho synovec by mal ísť ďalej. Toto bol prvý krok k tomuto cieľu. Odvtedy sa rozprával so svojím poradcom, ktorý povedal, že Sam by mal E-Z povzbudiť, aby viac hovoril o svojich rodičoch. Povedala, že to, aby sa stali súčasťou jeho každodenného života, mu pomôže rýchlejšie sa uzdraviť. Pokračovali chodbou, prešli okolo kúpeľne a zastavili sa pri boxe alebo sklade.

„Ta-dah!" Strýko Sam povedal, keď ho strčil dovnútra.

E-Z zostal bez slov, keď si prezeral novo premenenú kanceláriu. V strede umiestnenom pred oknom, ktoré hľadelo do záhrady, bol stôl. Na ňom bol celý nastavený úplne nový herný počítač a zvukový systém. Zasunul si stoličku pod stôl - perfektne zapadla - a prstami prechádzal po klávesnici. Neďaleko bola tlačiareň, naukladaný papier a odpadkový kôš - všetko naplánované na dosah ruky.

Naľavo od neho bola polička na knihy. Prevalil sa bližšie. Na prvej polici boli knihy o písaní a klasikoch. Spoznal niekoľko obľúbených kníh svojich rodičov. Druhá obsahovala trofeje vrátane ocenenia za jeho písanie. Tretia a štvrtá obsahovali všetky jeho obľúbené knihy z detstva. Spodné dve police boli prázdne. Očami prebehol až k hornej časti police, musel si odsunúť stoličku, aby videl, čo je tam hore.

Sam vošiel do miestnosti vedľa neho. Položil synovcovi ruku na plece.

„Tí, nebol som si istý, či to nie je príliš skoro. I...“

Pevná bodka: rodinná fotografia. Po líci sa mu skotúľala slza, keď si spomenul na deň fotenia. Bolo to v malom fotografickom štúdiu v centre mesta. Všetci boli oblečení. Otec v modrom obleku. Mama v nových modrých šatách s červenou šatkou uviazanou okolo krku. On v sivom obleku - rovnakom, aký mal na pohrebe.

Zahnal vzlyk, keď si spomenul na usporiadanie vo fotografickom ateliéri. V ateliéri bolo všetko vianočné - hoci bol len júl. Usmial sa, keď si spomenul na gýčové vianočné ozdoby a falošný krb. O niekoľko týždňov neskôr prišla poštou pohľadnica, ale pre jeho rodičov tie Vianoce nikdy neprišli. Otočil stoličku k východu a zamieril na chodbu so strýkom v pätách.

„Viem, že to bude trvať dlho. Je mi ľúto, ak som zašiel príliš skoro, ale je to už viac ako rok a my, ja a tvoj poradca, sme si mysleli, že je čas.“

E-Z pokračoval v ceste. Chcel sa dostať preč. Utiecť do svojej izby a uzavrieť sa pred svetom, potom mu niečo napadlo. Niečo zásadné. Jeho strýko nemohol poznať históriu fotografie. Keby to vedel, nedal by ju tam. Po tom všetkom, čo preňho urobil, mu dlhoval vysvetlenie. Zastavil sa.

„Nikdy sme ju nepoužili, bola určená na naše vianočné pohľadnice, ale tie sa nikdy nedožili Vianoc.“

„Je mi to veľmi ľúto. Nevedel som o tom.“

„Viem, že si to nevedel, ale to neznamená, že to bolí menej.“

Vyčerpaný fyzicky aj psychicky sa presunul bližšie k svojej izbe. Jeho vnútorný dialóg pokračoval pozitívnym posilňovaním. Pripomínal mu, že ráno bude všetko vyzerať lepšie. Pretože takmer vždy to tak bolo.

„Malo to byť miesto, kde budeš môcť písať. Nezabúdaj, že teraz si ocenený autor a máš spisovateľskú krv.“

Bol už takmer vo svojej izbe - prečo ho strýko nenechal odísť? Jeho nálada vzplanula.

„Napísal som jednu poviedku, ale to neznamená, že môžem alebo chcem napísať viac. Hovoríš, že mi v žilách koluje krv Charlesa Dickensa, ale ja chcem byť chytačom v L. A. Dodgers. To, že ma volajú „stromový chlapec“ - neznamená, že sa musím uspokojiť. Prečo by som sa mal uspokojiť?“

„Prial by som si, aby ti nelezli do hlavy.“

„Ja som chlapec zo stromu! Keby nebolo toho zasraného stromu!“ vykríkol, keď urobil prudký obrat a udrel si laket o stenu. Jeho nie veľmi vtipná, smiešna kosť bolela ako šialená.

„Si v poriadku?“

E-Z zachrčal odpoveď a pokračoval do svojej izby. Plánoval za sebou zabuchnúť dvere. Namiesto toho sa zakliesnil napoly vo dverách a napoly mimo nich. Potom sa kolieska jeho stoličky zablokovali.

„PEKLO!"

Sam bez slova pustil stoličku. Na ceste von zavrel dvere.

E-Z pochytil niekoľko nerozbitných predmetov a hodil ich o stenu. Aby sa upokojil, predstavoval si svojich rodičov, ako mu hovoria, akí sú naňho hrdí. To mu chýbalo. Ale keby tu teraz bol jeho otec, vynadal by mu za to, že je taký spratek. Mama by mu tiež vynadala, ale láskavejším a jemnejším spôsobom. Zotrel si slzy. Pocítil štipľavú hanbu a jeho telo sa samým vyčerpaním zrútilo na vozík.

„Si v poriadku?" spýtal sa strýko Sam cez zatvorené dvere.

„Nechajte ma na pokoji!" E-Z odpovedal. Aj keď potreboval jeho pomoc. Bez neho by sa nedokázal dostať do pyžama ani do postele. Musel by spať v kresle, vo svojom oblečení. Hlboko vo vnútri vždy vedel pravdu. Keby sa prestal starať, prestali by sa starať aj všetci ostatní. Potom by bol naozaj úplne sám.

Odviezol sa na stoličke k oknu a pozrel sa na nočnú oblohu. Hudba. Bola to jediná vec, ktorá ich skutočne spájala ako rodinu. Iste, mali svoje rozdiely v hudobných žánroch, ale keď sa v rádiu objavila dobrá pieseň, dali ju bokom.

Po trávniku sa prechádzala prašivá čierna mačka. Jeho mama vždy chcela, aby išli do New Yorku a pozreli si Kočky na Broadwayi. Prial si, aby išli spolu. Vytvorili si spomienku. Teraz by to už nikdy neurobili. Tá pieseň, niečo o spomienkach ho prinútilo siahnuť po telefóne. Vybral si tvrdú rockovú hymnu, zvýšil hlasitosť. Päst'ami bubnoval do rytmu na opierkach stoličky, keď burácal a vykrikoval text.

Až to roztočil tak silno, že sa zvrtol zo stoličky a udrel o zem. Najprv sa mu pri pohľade na svoju izbu od zeme chcelo plakať. Namiesto toho sa začal smiať a nemohol prestať.

„Si tam v poriadku?" Sam sa spýtal.

„Ehm, hodila by sa mi tvoja pomoc." Od smiechu ho bolelo brucho.

Samovou prvotnou reakciou bol poplach - keď uvidel svojho synovca na zemi, ako sa drží za brucho. Keď si uvedomil, že ho drží od smiechu, zosunul sa na zem vedľa neho.

Neskôr, keď Sam odchádzal, povedal: „Budeš v poriadku, chlapče."

„Budeme v poriadku."

Vtedy sa dohodli, že si dajú urobiť tetovanie.

KAPITOLA 2

Prepáčte, dnes s vami nemôžem hrať baseball."

" „No tak," povedal Arden. „Minule si nebol taký zlý."

„Vypadni," odvetil E-Z. Nabral rýchlosť, aby sa stretol so strýkom, a zrazil sa s Mary Garnerovou, hlavnou roztlieskavačkou.

„Ach, prepáč, Mary."

Bolo to prvýkrát, čo ju videl od nehody. Zdvihol zrak, keď mu jej vlasy spadli ako závoj cez oči: voňali po škorici a mede.

„Blbec," povedala. „Dávaj pozor, kam ideš."

Ustúpila a kráčala preč. Jej sprievod ju nasledoval.

Usmial sa, natiahol krk, aby ju mohol sledovať. Jeho priatelia prišli vedľa neho a urobili to isté. Arden zapískal.

Pozrela sa cez plece a hodila vtákom ich smerom.

„Bože, tá je fantastická," povedal PJ.

„Je sexi," povedal Arden.

„Veľmi."

Teraz, keď odchádzali zo školy, sa PJ spýtal: „Tak nám povedz, prečo dnes nechceš hrať."

„Áno, pomôžte nám, pochopte," povedal Arden, stiahol tvár a prekrížil oči. „Bez teba sme zbytoční."

„Pozri, so strýkom Samom sme uzavreli dohodu. Že dnes po škole urobíme niečo spolu - niečo významné."

Jeho kamaráti prekrížili ruky a zablokovali mu cestu k stoličke.

„Ešte stále máš v úmysle nás vylúčiť - a ani nám nepovieš prečo?" povedal červenovlasý PJ.

„Si totálny debil."

„To by sme vám nikdy neurobili."

Odchádzali a zrýchľovali tempo.

E-Z zrýchlil, ale nestačilo to. „Počkajte! Dávame sa tetovať!"

Jeho priatelia sa zastavili na mieste.

„Nechávam si vytetovať na pamiatku mamy a otca - holubičie krídla, po jednom na každé rameno."

„Ideme s tebou!"

„Myslel som si, že by ste si mohli myslieť, že som sopliak."

Chvíľu pokračovali v chôdzi bez rozhovoru.

„Strýko Sam sa so mnou stretne na tetovacom mieste."

KAPITOLA 3

K eď Sam uvidel svojho synovca s jeho priateľmi, bol prekvapený.

„Myslel som, že táto dohoda je len medzi nami, teda tajomstvo?“

„Chlapci ma chceli vziať na zápas - musel som im to povedať.“

„Dobre, to je fér. Ale ja nemám vo zvyku zastupovať ich rodičov alebo dávať povolenie v ich mene.“ Potom k PJ a Ardenovi: „Nevadí mi, že ste tu vy dvaja, ale vaše tetovania môžu schváliť len vaši rodičia.“

„Počkaj!“ PJ povedal. „Nikdy som ani len nepomyslela na to, že by sme si mohli dať urobiť tetovanie.“

„Moji určite povedia nie,“ povedal Arden. Jeho rodičia mali problémy, čo naplno využil. Väčšinu času sa tváril, akoby ho ich neustále hádky netrápili. Sem-tam, keď to už nemohol vydržať, hľadal útočisko u kamaráta.

„Aj u mňa.“ PJ bol najstarší a mal dve sestry vo veku päť a sedem rokov. Rodičia ho povzbudzovali, aby im išiel dobrým príkladom, a väčšinou sa mu to aj darilo. Tým, že sa sústredil na športovú budúcnosť, udržiaval sa na správnej ceste.

Zdieľajúc svetelnú chvíľu si tínedžeri navzájom plácli.

„Čože?" Sam sa spýtal.

„Povieme im, prečo to E-Z robí a že chceme tetovanie, aby sme ho podporili," povedal PJ.

Arden prikývol.

„Počkaj chvíľu. Takže vy dvaja kreténi chcete využiť smrť mojich rodičov ako zámienku, aby sme sa dali potetovať?"

Sam otvoril ústa, ale slová mu unikli.

PJ a Arden mali červené tváre a pozerali na chodník.

E-Z ich pustil z hlavy. „Mne to vyhovuje."

Sam zavrel ústa, keď s oboma chlapcami vytvorili polkruh okolo vozíka.

„Sľúbte mi však jednu vec - žiadne motýle nie sú povolené."

„Hej, čo máte proti motýľom?" Sam sa spýtal.

KAPITOLA 4

A bysomto skrátil, PJ a Arden presvedčili svojich rodičov, aby im dovolili dať si urobiť tetovanie.

„Hneď sa vám budem venovať," povedal tatér a pozrel na nich štyroch. Pred zrkadlom stál zavalitý mužský zákazník, ktorý si do svojej zbierky mnohých tetovaní pridával ďalšie. Toto nové mal medzi palcom a ukazovákom. „Ty si Sam?" spýtal sa muž, ktorý tetovanie robil.

Samovi sa trochu zdvihol žalúdok, pretože čítal, že ruka je jedno z najbolestivejších miest na tetovanie. „Áno, hovoril som s vami po telefóne. Toto je môj synovec E-Z a jeho priatelia PJ a Arden."

„Všetci štyria chcete tetovanie, dnes? Pretože som čakal len dvoch z vás."

„Za to sa ospravedlňujem. Ak treba, môžeme to preložiť, alebo si to svoje môžem dať urobiť v iný deň," povedal Sam želateľne.

„Našťastie mi čoskoro príde pomôcť moja dcéra. Takže vitajte v Tattoos-R-Us. Môžeš počkať tam. Pomôž si pohárom vody. Sú tu aj nejaké brožúrky, ktoré by ste si mohli pozrieť. Mohli by vám pomôcť rozhodnúť sa, kde chcete tetovanie. Každá oblasť na tele má svoj prah bolesti." Statný chlapík, ktorý sa nechal tetovať, sa uškrnul.

„Vďaka," odpovedal Sam, keď sa presunuli k čakárni. Keď sa usadil na pohovku, jeho poskakujúce koleno vyvolalo u PJ a Ardena zimomriavky. Prešli cez miestnosť a pozreli sa na nástenku. Aby upokojil svoje nervy, Sam sa rozrozprával. „Overil som si ich na internete, podnikajú už dvadsaťpäť rokov a ten muž, s ktorým sme sa rozprávali, je majiteľ. Majú výbornú reputáciu v Better Business Bureau. Navyše, na ich webovej stránke je kopa päťhviezdičkových recenzií."

Všetky oči sa obrátili, keď do priestorov vstúpila nápadná žena oblečená v gotickom odeve. Mala okolo tridsať rokov a súdiac podľa jej čŕt bola dcérou majiteľa. Na každom kúsku odhaleného tela mala tetovanie a všade inde sporadický piercing.

„Prepáčte, že meškám," povedala a dotkla sa otca na pleci. Pozrela sa na čakáreň a niečo mu pošepkala. Rozžiarila zubatý úsmev a otočila sa k zákazníkom.

„Ahoj, ja som Josie." Vystrela ruku a s každým z nich si podala ruku. „To je tamten Rocky. Je to majiteľ a ja som jeho dcéra."

„Ja som Sam a toto je môj synovec E-Z a jeho dvaja kamaráti, PJ a Arden." Radšej sa prepadol, než aby si znova sadol.

Josie mu išla priniesť pohár vody.

E-Z premýšľal o tom, ako veľmi ju musel bolieť piercing na jazyku, a potom strýkovi povedal: „Nemusíš."

„Nazývaš ma sliepkou?" povedal a celé telo sa mu triaslo, keď mu Josie vložila pohár do ruky. Keď ho zdvihol k ústam, rozlial trochu vody.

„Vy ste tetovacie panny, však?" Josie sa spýtala.

E-Z si pomyslel, že má sladký hlas, ako Stevie Nicksová, obľúbená speváčka jeho otca z Fleetwood Mac, ktorá spievala o čarodejnici Rhiannon.

Nemuseli odpovedať, pretože ich mlčanie hovorilo za všetko.

„Nuž, s Rockym ste vo výborných rukách. Je to najlepší tatér v meste. Bude to bolieť, chlapci. Áno, bude to bolieť. Ale je to ako tá bolesť, o ktorej spieva John Cougar. Viete - Bolí to tak dobre."

Sam sa zachmúril. „Ako veľmi to vlastne bolí?"

„To závisí od tvojho prahu bolesti - a od toho, kde si ju vyberieš. Tam je brožúrka, ktorá mapuje rôzne oblasti tela s uvedením hodnotenia bolesti."

E-Z pocítil, ako sa mu tvár rozhorúči, a pleť jeho priateľov mala podobný odtieň. Pozrel sa Samovým smerom a všimol si jeho pleť, ktorá sa zmenila na zelenkastý odtieň.

Josie pokračovala. „Po prvom tetovaní sa ti to možno zapáči a budeš chcieť ďalšie."

Sam sa postavil, telo sa mu chvelo od strachu.

„Možno bude potrebovať trochu čerstvého vzduchu," povedal E-Z a zahnal strýka k dverám.

Keď vyšiel von, Sam kráčal hore-dolu po chodníku a srdce mu búšilo, akoby mu malo vyskočiť z hrude. „Kiež by som tak fajčil."

„Vážim si, že si sem so mnou prišiel, to áno, ale úprimne, nemusíš to absolvovať. Viem, že sme uzavreli dohodu a je to niečo, čo chcem urobiť - na pamiatku mojej mamy a otca -, ale nič mi nedlžíš. Čo keby sme sa išli prejsť, dali si kávu a keď skončíme, napíšeme ti, dobre?"

„Povedala som, že tu budem pre teba, vždy. Teraz som tu pre teba. Neznášam ihly. A vŕtačky. Myslela som si, že to zvládnem, ale teraz si uvedomujem, že strach je silnejší ako ja. Som taký slaboch."

„Vždy si tu bol pre mňa, strýko Sam. Nemusíš mi to dokazovať, nikomu, tým, že si dáš urobiť tetovanie, ktoré ani nechceš. Teraz odtiaľto vypadni. Zavolám ti, keď skončíme." Odviezol sa späť na rampu a jeho priatelia sa zaradili za ním. Pozrel sa cez plece na Sama. Ten chudák bol strnulý ako socha.

„Budem v poriadku. A teraz vyštartuj."

Sam sa zasmial. „Ale skôr než odídem, radšej mi daj list, ktorý som napísal včera večer, aby som mohol doplniť mená PJ a Ardena. Pretože bez môjho súhlasu - nikto z vás tetovanie nedostane."

„Dobrá myšlienka," povedal E-Z, keď podával lístok po línii. Teraz sa podpísaný vrátil späť. Vložil si ho do vrecka a vošli dovnútra, kde ich čakala Josie.

„Dobre, ty si na rade. Ak sa chystáš počúrať, ukážem ti, kde je teraz záchod."

„Kúsni ma," povedal E-Z, keď sa na stoličke previezol do správnej polohy.

K ýmRocky skončil pri pulte, Josie podala E-Zovi knihu s tetovaniami.

„Už to viem aj bez toho, aby som sa pozerala. Chcela by som holubičie krídlo, na každé rameno." Znova tam boli, zelené a žlté svetlá. Tak veľmi ich chcel odpáliť, ale nechcel, aby si Josie myslela, že je tiež blázon.

Josie prelistovala knihu. „Toto si mal na mysli?"

Prikývol a potom ju sledoval v zrkadle, ako si umýva ruky, potom si nasadila pár čiernych rukavíc. Zo sterilného obalu vybrala kalíšky s atramentom a položila ich na stôl.

„Máš nejaký odkaz, od rodiča alebo opatrovníka? Predpokladám, že nemáte osemnásť rokov?"

E-Z sa usmial a podal jej lístok.

„Všetko vyzerá v poriadku. Teraz k dôležitejším záležitostiam. Máš chlpatý chrbát?" Usmiala sa. „Ak áno, budeme ho musieť najprv vyčistiť a oholiť. Myslím celý tvoj chrbát."

„Určite nie."

Zvuk chichotania jeho priateľov z čakárne ho tiež prinútil k úsmevu. Josie medzitým zmizla v zadnej miestnosti a ozvala sa hudba. Na sekundu Another Brick in the Wall, potom už žiadna hudba.

„Hej, prečo si to urobila?" spýtal sa.

„Hnusí sa mi čokoľvek od Pink Floyd." Pokračovala v nastavovaní vecí.

„To nemôžeš povedať, iba ak si nikdy nepočúval Dark Side of the Moon."

„Počúvala som, bola to sračka," povedala, keď mu prehodila tričko cez hlavu. „Aha!"

POP.

POP.

A dve svetlá zmizli.

Rocky k nej pristúpil a postavil sa vedľa nej. „Čo to, dočerta?"

„Čo to, dočerta," povedala Josie.

Čo k nej priviedlo PJ a Ardena.

„Nechápem to, E-Z. Prečo by si klamala?"

„Samozrejme, že by neklamal - E-Z nikdy neklame," povedal Arden.

„ČO!?" E-Z sa spýtal a snažil sa manévrovať stoličkou, aby videl, čo vidia. „Klamať? O čom? Povedz mi, nech je to čokoľvek. Ja to zvládnem."

„Prečo si klamal, že si tetovací panic?" spýtala sa Josie.

Ja som to neurobil!" E-Z sa zakoktal, netušiac, čo tým myslí.

„Počkaj," povedal Arden. „No tak, kamarát, ak si klamal, musel si mať dobrý dôvod."

„Je po všetkom!" PJ povedal. „Aj keď, nemohol ich získať bez povolenia dospelého."

Rocky schmatol ručné zrkadlo a nastavil ho tak, aby E-Z videl, čo vidia. Dve tetovania, jedno na pravom ramene a druhé na ľavom. Krídla.

„Čože?"

„Povedal mi, že chce krídla," povedala Josie. „Myslela som si, že si milý chlapec."

„Som! Úprimne povedané, netuším, ako sa tam dostali, a toto nie sú krídla, ktoré som chcel. Chcel som holubie krídla. Tieto vyzerajú skôr ako anjelské krídla."

„No tak, kamarát," povedal Rocky. „Tie robil profesionál. Pred nejakým časom. A sú to celkom výnimočné anjelské krídla. Moja poklona tomu, kto ich robil. Povedz im, že ak budú niekedy hľadať prácu, nech ma navštívia."

„Na moju dušu, ja som si tetovanie nedal urobiť. Toto je prvýkrát, čo som bol na tetovaní. Spýtajte sa môjho strýka. On ma podporí. On to vie."

„Nič z toho nedáva zmysel," povedal Arden.

Rocky pokrútil hlavou. „Aspoň si to priznaj, chlapče."

„Vy dvaja chcete tetovanie?" Josie sa spýtala s rukami položenými na bokoch.

„Nie," odpovedali.

„Muži sú takí klamári," povedala Josie, keď za sebou zavreli dvere.

„Nevadí, láska, aj tak je čas na večeru." Potom dal na dvere nápis ZATVORENÉ.

am sa vrátil a uvidel troch chlapcov čakajúcich pred štúdiom. Ich reč tela bola zvláštna. Ryšavý PJ mal prekrížené ruky, zatiaľ čo olivovník Arden ruky na bokoch. Jeho synovec bol medzitým blízko k slzám.

„Vďakabohu, strýko Sam, vďakabohu, že si sa vrátil."

Ponáhľal sa bližšie. „Ach nie, bolo to strašne bolestivé? O niekoľko dní sa to zmierni. Bude to v poriadku. Teraz mi dovoľte, aby som sa na to pozrel." Hvízdol, keď sa jeho synovec naklonil dopredu, aby mu mohol zdvihnúť košeľu. „Sakra, to muselo bolieť."

„Asi áno," povedal PJ.

„Keď ich dostal prvýkrát."

„Prvýkrát? Čože?"

„Mal ich už vtedy, keď mu vyzliekla tričko."

„Na čo však nemôžeme prísť, je ako?"

„Ako to myslíte? Môžem ťa uistiť, že ich nemal včera."

„Vidíš, hovoril som ti, že strýko Sam ma podporí." Keby mu neverili, verili by strýkovi, ale prečo by si mysleli, že by o tom klamal? Vedeli, že nie je klamár.

„Podľa Rockyho má tie veci už nejaký čas." "To je pravda.

„Vidíš, ako sú zahojené?" PJ povedal. „Rocky a Josie boli nahnevaní a mali na to plné právo, keďže E-Z vyzeral rovnako prekvapený ako my, keď ich videl."

„A vy dvaja," spýtal sa Sam, "ako sa vám darilo s tetovaním?"

„Rozhodli sme sa, že do toho nepôjdeme," povedal PJ. „Nezdalo sa nám to správne."

Sam povedal: „Povedz nám, čo sa stalo. Vysvetli mi to, človeče, lebo ja si z toho neviem urobiť ani hlavu, ani pätu."

„Nemôžem. Strýko Sam, vieš, že tam včera neboli. Nemám žiadne vysvetlenie. Jediné, čo chcem, je ísť domov." Začal sa hýbať, brnkal na kolieska stoličky, rýchlejšie, ešte rýchlejšie. Chcel sa dostať preč, kamkoľvek preč. Ak mu neverili, tak nech idú do čerta.

Keď sa blížil ku koncu ulice, svetlá sa zmenili zo zelenej na červenú. Malé dievčatko sa už samo pohlo dopredu, aby prešlo na druhú stranu. Vystúpila z obrubníka, keď za rohom zabočila obytná dodávka. Jeho vozík sa zdvihol zo zeme a vystrelil k nej. Natiahol ruku a chytil ju. Práve včas, aby ju zachránil pred vletením pod kolesá vozidla.

Teraz už mimo nebezpečenstva, invalidný vozík sa dotkol späť a on ju odniesol do bezpečia. Pred ním stála biela labuť väčšia ako zvyčajne. Krídlom mu zdvihla palec a odletela.

„Labuť," povedalo dievčatko, keď sa obzeralo po svojich rodičoch.

E-Z využil príležitosť, aby sa vmiesil do davu a zmizol za rohom, potom zabubnoval na špice svojich kolies silnejšie ako kedykoľvek predtým a čoskoro bol o niekoľko blokov ďalej.

„Videl si to?" Arden zvolal, keď zastavil na rohu. „Au," povedal, keď doňho narazila žena, ktorá stála za ním. „Au," počul za sebou, ako sa za ním zrazili ďalší chodci.

PJ sa držal na mieste, keď doňho ten vzadu vrazil. Ardenovi povedal: „Áno, videl som to... ale nie som si istý, čo som videl. Tetovacie krídla boli jedna vec, toto bolo... čo? Zázrak?"

„Bol to optický klam," povedal Sam, keď mu zavibroval telefón. Bola to správa od E-Z, v ktorej ho žiadal, aby ho čo najskôr zohnal pri parkovisku pri železiarstve. „E-Z ma potrebuje, dokážete sa vy dvaja opäť vrátiť domov?"

„Jasné, žiadny problém, Sam."

„Dúfam, že je v poriadku."

Sam sa vrátil k autu a snažil sa zachovať si chladnú hlavu, keď sa snažil logicky pochopiť, čo sa mu práve stalo.

Ani jeden z chlapcov nechcel hovoriť o tom, čo videli - E-Z-ov vozík v lete.

„Videli ste to?" šepkali si za nimi ostatní, keď sa zhromaždil dav.

„Škoda, že som si nepripravila telefón," povedala jedna žena.

Druhá žena s mikrofónom a fotoaparátom sa pretlačila dopredu. Keď sa zmenila svetelná signalizácia, prešla cez cestu, nasledovaná párom, v slzách - rodičmi malých dievčatiek. Za nimi bol vodič obytnej dodávky.

„Vďakabohu, že ste tam boli,“ zvolal. „Nevidel som ju. Si hrdina, chlapče. Ďakujem ti.“

„Mamička!“ zavolalo dieťa, keď ho matka stiahla do náručia. Spolu s manželom ju objali k sebe, keď sa k nim priblížil reportér a kameraman tento okamih zaznamenal.

Neďaleko vzlykal muž, ktorý ju takmer zrazil. Reportér a fotograf sa s ním rozprávali. „Zachránil ju aj mňa. Ten chlapec, ten chlapec na vozíku.“

Snažili sa ho nájsť, ale bol preč. Skrýval sa ako zločinec. Čakal, kým príde strýko Sam a zachráni ho. Snažil sa pochopiť, čo sa stalo. Snažil sa nezblázniť.

Späť na mieste činu dve svetlá, jedno zelené a jedno žlté, vymazali z mysle všetkých v okolí. Potom zničili všetky nahrané záznamy.

„Čo tu robíme?“ spýtal sa reportér.

„Netuším,“ odpovedal kameraman.

Cestou domov sa E-Z tak trochu, cítil ako hrdina. Ale vedel, že skutočným hrdinom je kreslo; jeho invalidný vozík, ktorý sa vzniesol do vzduchu.

E-Z Dickens bol tetovaný anjel.

Letelsom so strýkom Samom. Naozaj som letel."

Sam vrazil na príjazdovú cestu a zaparkoval.

„Videl si to, však? Videl si, ako som zachránil to malé dievčatko. Nemohol som to stihnúť a môj vozík to vedel, zdvihol sa zo zeme a uháňal k nej."

„Áno, videl som to. Bolo to výnimočné. Mám na mysli spôsob, akým si zachránil to dievčatko pred ujmou. Ale tvoj vozík sa nezdvihol. Bol to impulz, ktorý ťa poháňal vpred. Pri tom návale adrenalínu a pri tom, ako rýchlo ste sa museli pohybovať, aby ste sa tam dostali, ste mali pocit, že letíte - ale neleteli ste."

„Letel som. Kreslo sa odlepilo od zeme."

„E-Z no tak. Ty vieš a ja viem, že sa nelietalo. Musíš to vedieť. Veď čo si myslíš, že si? Zasraný anjel?"

Sam vystúpil z auta, vytiahol z kufra invalidný vozík a obišiel ho, aby doň pomohol synovcovi. Pritom sa E-Z-ovo pravé rameno odrelo o okraj dverí a on vykríkol od bolesti.

„Voda!" vykríkol. „Mám pocit, akoby som mal vzplanúť."

Sam odbehol do kuchyne a vrátil sa s fľašou vody.

E-Z mu ju vylial na plece. Trochu sa to zmiernilo, potom mal pocit, že mu horí aj druhé rameno. Vylial naň zvyšok fľaše. Sam ho zatlačil do domu, zatiaľ čo E-Z sa mu snažil strhnúť tričko. Sam mu ju pomohol pretiahnuť cez hlavu.

„Ale nie!" Sam vykríkol a zakryl si nos. Lopatky jeho synovca teraz vyzerali a páchli ako zuhoľnatené mäso z grilu. Ponáhľal sa do kuchyne po ďalšiu vodu.

Cestou E-Z kričal a kričal ďalej, až kým neomdlel.

KAPITOLA 5

B olatma a on bol úplne sám, len tieň mesiaca sa rozprestieral nad ním na oblohe.

Ruky mal prekrížené na hrudi, akoby videl mŕtve telá umiestnené na pohrebe s otvorenou rakvou. Potriasol nimi. Teraz už uvoľnené ich položil na opierky rúk svojho invalidného vozíka, len aby zistil, že v ňom nesedí. V strachu, že sa prevráti, si znova prekrížil ruky na hrudi. Ale počkať, neprevrátil sa, keď ich predtým odkrížil - urobil to znova a zostal vzpriamený.

E-Z držal jednu ruku pevne na hrudi, zatiaľ čo druhú, pravú, natiahol tak ďaleko, ako sa len dalo. Končeky jeho prstov sa spojili s niečím chladným a kovovým. Ľavou rukou urobil to isté a opäť našiel kov. Naklonil sa dopredu, dotkol sa steny pred sebou a to isté urobil aj za sebou. Ako sa pohyboval, sedadlo pod ním sa posúvalo, s poddajnosťou ako závesný systém. Bol to práve tento systém, ktorý ho udržiaval vo vzpriamenej polohe, alebo nie?

PFFT.

Zvuk hmly, ktorá sa vzniesla do vzduchu. Teplá, vystupňovala jeho čuch, kúpala ho v kytici levandule a citrusov.

Upadol do hlbokého spánku, v ktorom sa mu snívali sny, ktoré neboli snami, lebo to boli spomienky. Nehoda - opakovala sa znova a znova - zacyklená. Zaklonil hlavu a zavyl.

„Moment, prosím," ozval sa ženský hlas.

Bol to robotický hlas, aký počuť na nahrávke, keď nie je nablízku žiadny človek.

Príliš sa bál znova prikývnuť a spýtal sa: „Kto je tam? Prosím. Kde to som?"

„Si tu," povedal hlas a potom sa zachichotal. Smiech sa odrážal od kontajnera pripomínajúceho silo a búchal mu do uší, ako prichádzal a odchádzal.

Keď to prestalo, rozhodol sa vylomiť sa von. S využitím všetkých síl roztiahol ruky a zatlačil. Bol to dobrý pocit. Robiť niečo, čokoľvek - spočiatku -, kým klaustrofóbia nezískala prevahu.

PFFT.

Sprej, tentoraz bližší, mu vletel priamo do očí. Kyselina citrónová štípala, slzy sa mu tisli do očí, akoby krájal cibuľu, a on sa postavil.

Počkajte chvíľu...

Znova spadol na zem. Pokrútil prstami na nohách. Urobil to znova. Natiahol pravú nohu. Potom ľavú nohu. Pracovali. Jeho nohy fungovali. Zdvihol sa...

Hlas, tentoraz mužský, povedal: „Prosím, zostaňte sedieť."

Uštipol sa do pravého stehna a potom do ľavého. Kto by to bol povedal, že jedno alebo dve štípnutia môžu byť také príjemné? Nikto ho nemohol zastaviť. Kým mohol používať nohy, znova sa postavil.

Nad ním sa ozval hluk, ako keď sa pohybuje výťah. Zvuk bol čoraz hlasnejší. Pozrel sa hore. Strop sila sa rúcal. Stále väčší a väčší. Napokon sa úplne zastavil.

„Posaďte sa," žiadal mužský hlas.

E-Z sa zdvihol, ale strop sa približoval - až sa už nedokázal postaviť. Trpezlivo sedel a čakal, že sa to zatiahne ako výťah stúpajúci nahor - ale nepohol sa.

PFFT.

„Pustite ma von!"

„Pridajte laudanum," povedal ženský hlas.

Steny sa zastavili a potom vystrekli mimoriadne dlhú dávku.

PPPFFFTTT.

Bol to posledný zvuk, ktorý počul.

Back vo svojej posteli - premýšľal, či sa nezbláznil a nepredstavoval si, že celý incident v sile bol E-Z. Cítil sa skutočný, cítil sa skutočný. A tie dva hlasy - prečo sa neukázali? Poškrabal sa na hlave a pred očami uvidel dve svetlá. Tak ako predtým, jedno bolo zelené a druhé žlté.

„Haló?" zašepkal, keď ho napadlo vysoké kvílenie ako metla komárov. Vystrelil pravou rukou dozadu a udrel silným valom. Ale skôr než sa spojil, zastal, ruka vo vzduchu. Oči sa mu zaleskli ako zhypnotizovanému kurčaťu.

POP.

POP.

Svetlá sa premenili na dve bytosti. Každá z nich zatlačila do ramena a E-Z padol na vankúš, kde zavrel oči a spal.

„Mali by sme to urobiť hneď, píp-píp," povedalo bývalé žlté svetlo.

„Najprv sa uistíme, že spí, zoom-zoom," povedalo bývalé zelené svetlo.

„Dobre, pustíme sa do práce, píp-píp."

„Máme jeho súhlas, zoom-zoom?"

„Povedal, že áno, ale nepamätá si to. Obávam sa, že to nie je záväzná dohoda. Mohla by byť len čiastočná a vy-viete-kto neznáša čiastočné dohody. Nehovoriac o tom, že ľudské čiastočky by sa zachytili medzi píp-íp.“

„Áno, mám ho príliš rád na to, aby som dovolil, aby sa stal medzi-píp-íp-íp.“

„To, že sa mi páči, s tým nemá nič spoločné. Nezabudni, čo sa stalo s labuťou. Nehovoriac o tom - prečo ľudia hovoria, čo sa nemá hovoriť, skôr než spomenú, čo nechcú povedať?“ Bez čakania na odpoveď. „Boli by sme v pomykove a vy-viete-kto by sa veľmi hneval píp-íp.“

„Ale človek už má potetované krídla. Skúšky sa nezačínajú, kým s tým subjekt nesúhlasí.“ Luskla prstami a objavila sa kniha. Zatriasla krídlami a vytvorila vánok, ktorý otáčal stránky. „Pozri, tu sa píše, že krídla sa inštalujú až PO schválení subjektu. Takže keď povedal áno, muselo to spečatiť dohodu, zoom-zoom.“ Zdvihla ruky a kniha vyletela do vzduchu, akoby sa chystala naraziť do stropu, ale namiesto toho ním zmizla.

Vyleteli, jedna pristála E-Z na ramene a druhá na hlave.

„Ja som to neurobil,“ povedal bez toho, aby otvoril oči.

„Spi ďalej, zoom-zoom,“ povedala a dotkla sa jeho očí.

„Pššššš, píp-píp.“

„Mami, vráť sa. Prosím, vráť sa!“

„Je veľmi nepokojný, zoom-zoom.“

„Sníva, píp-píp.“

E-Z otvoril ústa a zachrápal ako sloníča. Vánok ich udržiaval vo vzduchu - nemuseli mávať krídlami. Chichotali sa, až kým nezavrel ústa. Poslal ich do voľného pádu. Zúrivým mávaním sa rýchlo spamätali.

„Ale nie, škrípe zubami, píp-píp."

„Ľudia majú zvláštne zvyky, zoom-zoom."

„Toto ľudské dieťa už toho prežilo dosť. Podávaním týchto práv bude cítiť menej bolesti, píp-píp."

Prvý tvor vyletel na hruď E-Z a pristál s bradou vystrčenou dopredu a rukami na bokoch. Tvor sa raz otočil, v smere hodinových ručičiek. Otáčal sa rýchlejšie, z trepotania jeho krídel vychádzala pieseň. Pieseň bola tichým stonaním. Smutná pieseň z minulosti na oslavu života, ktorý už nebol. Tvor sa oprel dozadu, hlavu si oprel o hruď E-Z. Otáčanie sa zastavilo, ale pieseň hrala ďalej.

Druhé stvorenie sa pridalo a vykonalo rovnaký rituál, pričom sa otáčalo proti smeru hodinových ručičiek. Vytvorili novú pieseň, bez pípania a približovania. Keď totiž spievali, onomatopoje neboli potrebné. Zatiaľ čo v každodennej konverzácii s ľuďmi áno. Táto pieseň prekryla druhú a stala sa radostnou, vysokofrekvenčnou oslavou. Óda na veci budúce, na život, ktorý ešte nebol prežitý. Pieseň pre budúcnosť.

Z ich zlatých očných jamiek sa vysypal diamantový prach. Otočili sa v dokonalej synchronizácii. Diamantový prach sa z ich očí rozprášil na spiace telo E-Z. Výmena pokračovala, až ho pokryla diamantovým prachom od hlavy až po päty.

Tínedžer naďalej tvrdo spal. Až kým mu diamantový prach neprešiel telom - vtedy otvoril ústa, aby zakričal, ale nevydal žiadny zvuk.

„Prebúdza sa, píp-píp.“

„Zdvihni ho, zoom-zoom.“

Spoločne ho zdvihli, keď otvoril svoje zasklené oči.

„Spi ďalej, píp-píp.“

„Necíť bolesť, zoom-zoom.“

Kolískajúc jeho telo, obe bytosti prijali jeho bolesť do seba.

„Vstaň, píp-píp,“ prikázal.

A vozík sa zdvihol. Umiestnilo sa pod E-Z-ovo telo a čakalo. Keď sa spustila kvapka krvi, kreslo ju zachytilo. Pohltilo ju. Pohltilo ju - akoby to bola živá bytosť.

Ako sa zvyšovala sila kresla, získavalo aj silu. Čoskoro dokázalo udržať svojho pána vo vzduchu. To umožnilo obom tvorom dokončiť svoju úlohu. Ich úloha spojiť kreslo a človeka. Spájať ich naveky silou diamantového prachu, krvi a bolesti.

Ako sa tínedžerovo telo triaslo, rany na jeho koži sa zacelili. Úloha bola splnená. Diamantový prach bol súčasťou jeho podstaty. Hudba sa teda zastavila.

„Je to hotové. Teraz je nepriestrelný. A má supersilu, píp-píp.“

„Áno, a je to dobré, zoom-zoom.“

Vozík sa vrátil na podlahu a tínedžer na svoju posteľ.

„Nebude si na to pamätať, ale jeho skutočné krídla začnú fungovať veľmi skoro, píp-píp.“

„A čo ostatné vedľajšie účinky? Kedy sa začnú a budú badateľné zoom-zoom?“

„To neviem. Môže mať fyzické zmeny… je to riziko, ktoré sa oplatí podstúpiť, aby sa znížila bolesť, píp-píp."

„Súhlasím, zoom-zoom."

Vyčerpaní sa obaja tvorovia pritúlili k hrudi E-Z a zaspali. Nevedeli, že sú tam, keď sa ráno naťahoval - spadli na podlahu.

„Ups, prepáčte," povedal okrídleným tvorom, kým sa otočil a znova zaspal.

Si hore?" Sam sa spýtal, kým otvoril dvere. Jeho synovec chrápal ďalej, ale jeho stolička nebola tam, kde ju nechal, keď mu pomáhal do postele. Pokrčil plecami a vrátil sa do svojej izby, kde si prečítal niekoľko kapitol Davida Copperfielda. O niekoľko hodín neskôr sa vrátil do synovcovej izby.

„Ťuk, ťuk."

„Ehm, dobré ráno," povedal E-Z.

„Môžem vojsť?"

„Jasné."

„Spal si dobre?"

„Myslím, že áno." Pretiahol sa a potom sa oprel o čelo postele.

„Ako sa sem dostalo tvoje kreslo? Myslel som, že som ju zaparkoval pri stene."

Pokrčil plecami.

„A pozri sa na tie podrúčky - natrel si ich?"

Naklonil sa, uvidel červený odtieň, opäť pokrčil plecami. „Čo sa mi stalo?"

„Omdlela si. Nechápem však prečo. Povedal si, že máš pocit, akoby ti horeli ramená. Vyhľadal som na internete podľa tvojho opisu a vyskočil mi homeopatický liek. Úžasné, čo všetko sa tam dá nájsť. Zmiešala som levanduľový olej s vodou a aloe vo fľaši s rozprašovačom a potom som ti ho napumpovala priamo na pokožku. Vraj vám to prinesie okamžitú úľavu. Nežartovali, pretože si sa uvoľnila a zaspala."

„Vďaka, cítim sa oveľa lepšie." Pokúsil sa vstať z postele, ale v hlave mu poletovali zzzzzs, akoby bol Wile E. Coyote. „Myslím, že ešte chvíľu zostanem v posteli."

„Dobrý nápad. Môžem ti niečo doniest?"

„Nejaký toast? S jahodovým džemom?"

„Jasné, chlapče." Odišiel z izby a povedal, že sa čoskoro vráti. Keď sa vrátil s jedlom na tácke, synovec sa pokúšal jesť, ale nedokázal nič udržať v sebe.

„Možno len trochu vody."

Sam priniesol fľašu, z ktorej sa E-Z pokúsil napiť, aj to neudržal.

„Myslím, že budem pokračovať v odpočinku." Jeho oči zostali otvorené a pozerali pred seba do prázdna. „Koľko je hodín?"

„Je päť hodín ráno a dnes je sobota. Už dvanásť hodín si mimo. Vystrašil si ma."

Spojenie levanduľa na oboch miestach pripadalo E-Z zvláštne. Žeby zažil skutočné prekríženie života? Bola to príliš veľká náhoda, teda ak silo naozaj existovalo. Alebo to bol sen? Skôr ako nočná mora. No nohy mu v tej kovovej nádobe predsa len fungovali. O chvíľu by sa tam vrátil - podstúpil by akékoľvek riziko -, aby opäť získal možnosť používať nohy.

„E-Z?"

„Ehm, čo? Ja... úprimne, myslím, že by som najradšej zavrel oči a ešte chvíľu si oddýchol."

Sam vyšiel z miestnosti a zavrel za sebou dvere.

E-Z sa vzďaľoval od vedomia, zatiaľ čo nehoda sa prehrávala v slučke. Stevie Nicksová, ktorá mala na sebe biele krídla, dodávala sprievodný soundtrack. Zatiaľ čo v pozadí dve svetlá - jedno zelené a druhé žlté - poskakovali hore a dole.

V nasledujúcich dňoch sa snažil poskladať si v hlave kúsky a zostavil si zoznam spoločných znakov:

Biele krídla - biele krídla vytetované na ramenách. Stevie Nicksová mala v jeho sne biele krídla.

Levanduľa - strýko Sam používal levanduľu a aloe na zmiernenie popálenín. V sile mu levanduľa rozprašovala vzduch, aby sa upokojil.

Žlté a zelené svetlá. Videl ich po nehode a vo svojej izbe.

Kolieskové kreslo - letelo, aby mohol zachrániť dievčatko. Keď chytal, jeho zadok opustil stoličku, aby mohol chytať loptu.

Podrúčky - boli teraz červené. Žiadne podobné príhody. Žiadne vysvetlenie.

Pocit pálenia na ramenách/tetovanie objavujúce sa na ramenách. Žiadne vysvetlenie.

Už neveril v boha, nie od tej nehody. Žiadny boh by nedovolil, aby strom rozdrvil jeho rodičov. Boli to dobrí ľudia, nikdy nikomu neublížili. To, čo sa stalo s jeho nohami, bolo vedľajšie. Každý boh, ktorý by za niečo stál, by natiahol ruku a zastavil to skôr, ako sa to stalo.

Ibaže ak by možno nejaký boh existoval, bol na obede. Áno, správne.

V jeho tele sa diali zmeny a on chcel odpovede. Hlboko vnútri vedel, že jediný spôsob, ako ich získať, je vrátiť sa do toho prekliateho sila - ak existovalo.

KAPITOLA 6

N aozaj ráno sa E-Z vznášal vo vzduchu nad svojou posteľou, pretože mu narástli krídla. Cestou, keď si chcel pozrieť svoje nové prírastky v zrkadle v šatníku, takmer narazil do steny.

„Je tam všetko v poriadku?" Sam zavolal z vedľajšej izby.

„Áno," povedal a preletel bokom, keď obdivoval svoju novonadobudnutú schopnosť lietať. Pernaté perie ho fascinovalo. Najmä spôsob, akým ho poháňali vpred, akoby boli v jednote s jeho telom. Cítil sa skôr ako vták než ako anjel a snažil sa spomenúť si, čo sa učil v škole o ornitológii. Vedel, že väčšina vtákov má základné perie, možno desať. Bez primárnych pier by nemohli lietať. On mal na krídlach viac ako desať primárnych pierok a aj viac sekundárnych. Skúsil zabočiť doľava, potom doprava, odhadoval svoje manévrovacie schopnosti. S pocitom beztiaže poletoval po svojej izbe. Vznášal sa nad vozíkom - ktorý už nepotreboval. S týmito krídlami mohol vzlietnuť na druhý koniec sveta. Položil si ruky na boky ako Superman a namieril si to smerom k dverám. Prišiel tam, keď ich Sam otvoril.

„Vystrašil si ma na smrť!" Sam takmer vyskočil z kože.

Prichytený nepripravený tínedžer sa pokúsil udržať kontrolu nad situáciou. Zmenil smer a mal v úmysle ísť k posteli. Prechod však nebol taký jednoduchý, ako dúfal, a on sa dostal do voľného pádu.

Sam sa rozbehol za vozíkom a pohyboval ním sem a tam, aby ho udržal pod synovcom.

E-Z sa spamätal a opäť sa vydal nahor.

„Choď sem dole, hneď!" Sam zakričal; mával päsťami vo vzduchu.

Priletel k posteli a bezpečne pristál. Jeho krídla sa zatvárali ako akordeón bez hudby. „To bolo také zábavné. Už sa neviem dočkať, kedy poletím do školy."

Sam padol do synovcovho kresla. „Čo to malo znamenať? A naozaj si myslíš, že by si mohol lietať s tými vecami do školy? Bol by si na smiech."

„Zvykli by si na to a namiesto toho, aby ma volali „stromový chlapec" - mohli by ma volať mucholapka. Áno, to sa mi páči."

„Podľa toho, čo som videl, to bol nevydarený pokus. A fly boy znie smiešne."

„Bol to môj prvý pokus. Ešte to zvládnem."

Sam pokrútil hlavou, pretože ho premohla zvedavosť a premohli ho emócie, aby utiekol.

„Môžem sa pozrieť bližšie? Teda bez toho, aby si sa rozbehol?" spýtal sa v stoji, keď sa E-Z otočil telom k nemu. „Sú preč. Úplne. Myslím tým tetovania. Nahradili ich skutočné krídla - a ty môžeš lietať. Ach jaj!" Posadil sa skôr, ako spadol.

„Zobudil som sa, krídla sa mi vyjavili a vzápätí som si uvedomil, že lietam."

„Je to kúzlo. Musí to byť. Alebo možno snívame, ty si v mojom sne alebo ja v tvojom a čoskoro sa prebudíme a..." Sam sa snažil zachovať pokoj kvôli synovcovi, ale vo vnútri mu búšilo srdce.

„To nie je sen."

„Ako vyskočili? Musel si niečo povedat? Myslím tým, či sú nejaké čarovné slová, ktoré musíš povedat?"

„Nepamätám si, že by som niečo povedal. Ale hádam by som to mohol skúsiť." Niekoľko sekúnd o tom premýšľal a zaujal pózu ako Rodinov Mysliteľ. „Počkaj chvíľu, skúsim niečo ja." Švihol vzduchom v pohybe bez prútika: „Autem!"

„Kedy si sa naučil latinsky?"

„V mojom telefóne je bezplatná aplikácia."

„Ja tiež, učím sa francúzštinu. Skús en haut."

„En haut!" Stále nič. „Zdvihnite ma! Qui exaltas me!" Rozčúlene si prekrížil ruky. „Hádam je dobre, že si vošiel a videl ma letieť, inak by si mi neveril!" Zaujímalo ho, čo robia PJ a Arden - nevidel ich už niekoľko dní. Vzápätí si uvedomil, že sa mu roztvorili krídla a on sa vznáša nad posteľou.

„Ro-ro," povedal Sam, keď sa krídla zatiahli a E-Z dopadol na zem.

„To by bolo super, keby si mi chytil stoličku."

Sam sa usmial. „Ľahšie sa to povie, ako urobí. Ospravedlňujem sa. Si v poriadku?"

„Nie som zranená. Myslím fyzicky, ale psychicky, kto vie?" Zasmial sa. „Nevadilo by ti, keby si mi podal ruku do kresla?"

Sam ho zdvihol a bezpečne uložil do kresla. Keď sa oprel, krídla namiesto toho, aby sa úplne zatiahli, vyskočili späť v plnej sile. E-Z sa vzniesol a poletoval ako Zvonček.

„Tak takto to je, čo?" Sam povedal.

„Musím to zvládnuť - neviem prečo - ale..."

„No, keď budeš pripravený, príď dole a pôjdeme na raňajky. Prinesiem si notebook a môžeme urobiť nejaký výskum."

„Hm, to je šikovný nápad. Mohli by sme ísť do Ann's Cafe. A ja by som prišla dolu - keby som mohla." Krídla sa stiahli, keď sa E-Z ocitol priamo nad jeho vozíkom. „Tomu hovorím služba," povedal, keď sa opatrne zosunul do kresla.

Rozprávali sa, kým sa obliekal. Potom E-Z odišiel do kúpeľne, kým sa Sam pripravil.

Keď vychádzali z domu a smerovali k Anninej kaviarni, E-Z bol rozpoltený. Po prvé, že mu tam chýba, a po druhé: „Už som tam nebol celé veky. Odvtedy nie..."

„Ja viem, chlapče. Si si istý, že to nie je príliš skoro?"

Raňajky v Ann's Café boli pre jeho rodinu tradíciou. Okrem toho, že ju otvárali skoro ráno o šiestej, bola v pešej vzdialenosti. Vnútri boli súkromné boxy, vyzdobené umelou kožou s červeným károvaným obrusom. Jeho otec vždy hovorieval, že tento podnik má „ďalekú" tematiku. Na jukeboxoch hrala hudba zo šesťdesiatych rokov - mali to tak zariadené, že ľudia nemuseli platiť. A steny boli plné plagátov Marilyn Monroe, Jamesa Deana a Marlona Branda. Jedálny lístok bol obrovský a obsahoval všetko od Club Sandwichov cez Cheeseburgery až po Fondues. Jeho osobnými favoritmi však boli extra husté koktaily a jablkové palacinky.

Len čo ich uvidel, majiteľka Ann k nemu hneď prišla. „Chýbali ste mi." Objala ho okolo pliec.

„To je môj strýko Sam, Ann." Podali si ruky. „Mimochodom, ďakujem za pohľadnicu a kvety, bolo to veľmi pozorné."

Oči sa jej naplnili slzami. „A teraz poď sem. Mám pre teba perfektný stôl."

Bol v tichom kúte, takže sa nemusel obávať, že by jeho stolička prekážala personálu kuchyne alebo návštevníkom.

„Hneď vám pripravím vaše zvyčajné jedlo. Vieš, čo by si si dal, Sam, alebo sa mám vrátiť?"

„Čo si dáte?"

„Jablkové palacinky a la mode. Sú najlepšie na svete a Ann vždy prinesie navyše sirup a škoricu."

„To znie dobre, ale myslím, že si dám nudnú slaninu s vajíčkami a k tomu huby."

„Mám to," povedala Ann. „A ty si dáš čokoládový hustý koktail?" ‚Áno,' odpovedala. Prikývol. „Káva pre teba, Sam? "

„Čiernu," odpovedal. „A ďakujem, že si ma tak privítala."

„Každý strýko E-Z je tu vítaný."

Keď Ann odišla po nápoje, vyhrkol: „Strýko Sam, myslím, že sa mením na anjela."

„To by si musel najprv zomrieť," povedal, keď Ann položila nápoje na stôl a vrátila sa ku kuchyni.

„Možno som naozaj zomrel, pri tej autonehode. Na pár minút. Kto vie, ako dlho trvá, kým sa človek stane anjelom? Vo filmoch, ak sa dostaneš k Perlovej bráne, veľký muž môže všetko zvrátiť a poslať ťa zase sem dole. Teda ak na také veci veríte - čo ja neverím."

„Ja tiež nie. Také veci ako anjeli neexistujú. Ani diabli. Okrem toho, čo je v každom z nás. Chcem povedať, že všetci máme v sebe dobro a všetci máme v sebe zlo. To z nás robí ľudí. Čo sa týka umierania, povedali by mi, keby vás museli resuscitovať. Nič také mi nepovedali."

„Ako potom vysvetliť náhly výskyt tetovania, a teraz sa zmenilo na skutočné krídla? Včera som ich nemal. Čo sa teda stalo medzi včerajškom a dneškom? Nič, čo by odôvodňovalo rast nejakých nových prírastkov."

„Nič, na čo by si mohol prísť," povedal Sam. Zasmial sa.

E-Z si zabodol palacinku a napchal si ju do úst, pričom nechal sirup stekať po brade. Ann sa vyškierala.

„No, určite momentálne nevyzeráš veľmi anjelsky," povedal Sam a nabral si plnú vidličku miešaných vajec. „Mm, tie sú naozaj dobré." Po niekoľkých ďalších sústach siahol do aktovky a vytiahol notebook. Klikol naň a zadal do vyhľadávača „definovať anjela". Otočil obrazovku tak, aby si informácie mohli prečítať počas jedenia.

„Posol, najmä boží," čítal Sam, "osoba, ktorá plní poslanie boha alebo koná, akoby ju poslal boh."

„Koná, akoby," zopakoval E-Z, keď si do úst napchal ďalšie palacinky.

Sam prečítal: „Neformálna osoba, najmä žena, ktorá je milá, čistá alebo krásna. Si celkom pekná, so svojimi blond vlasmi a modrými očami."

„Drž hubu."

„Konvenčná reprezentácia," odmlčal sa. „ Ktorákoľvek z týchto bytostí zobrazená v ľudskej podobe s krídlami." Sam si znova lokol kávy, v čase, keď mu Ann doliala šálku.

„Dostanete tráviace ťažkosti, keď budete čítať a zároveň jesť."

E-Z sa zasmial.

Sam povedal: „Nie, robím v informačných technológiách, takže som celkom dobrý v multitaskingu." „A čo?" opýtal sa.

Ann sa uškrnula a odišla.

„Čo myslia tými „týmito bytosťami"?" E-Z sa spýtal.

„V stredovekej angelológii sa píše, že anjeli sa delili na hodnosti. Deväť rádov: serafíni, cherubíni, tróny, domíniá (známe aj ako panstvá)," odmlčal sa a napil sa vody. Potom pokračoval: „Cnosti, kniežatstvá (známe aj ako kniežatá), archanjeli a anjeli."

„Páni! Skús to rýchlo povedať desaťkrát." Usmial sa. „Netušil som, že existuje toľko druhov anjelov."

„Ani ja. To jedlo je také dobré, že stále rozmýšľam, či sa nám to nezdá."

„Chceš povedať, že si želáš, aby sme snívali - a moje krídla by zmizli?"

„Mohli by odísť tak rýchlo, ako prišli." Posunul laptop bližšie a napísal „Ľuďom rastú anjelské krídla." E-Z sa posmieval, ale naklonil sa bližšie, aby videl, čo sa mu objaví. Sam klikol na vedecký článok.

„Ako som povedal, v záznamoch nie sú žiadne dôkazy o anjelských krídlach. To som si nemyslel. Myslím, že ten incident, vieš, keď som zachránil to dievčatko - mal niečo spoločné s ich objavením sa. Bol to spúšťač, pretože pálenie sa začalo hneď po tom, ako som sa vrátil domov, a potom, no, zvyšok poznáte."

„Ako sa tu vy dvaja máte?" Ann sa spýtala.

„Objednala som ti ďalšie dve palacinky, E-Z, Ako zvyčajne. Ak teda nemôžeš zjesť viac?"

„Perfektné."

„A čo ty, Sam?"

„Len si dolej," povedal a ponúkol jej svoj prázdny hrnček, ktorý si vzala a vrátila sa s naplneným až po okraj. V kuchyni zazvonil zvonček a ona si išla po palacinky.

E-Z na ne vyliala javorový sirup a za ním kopček masla. „Si úžasná," povedal Ann. Usmiala sa a nechala ich dojesť.

Strýko Sam pozorne sledoval svojho synovca. Prial si, aby si objednal jablkové palacinky, ale už bol plný.

„Čo?"

„Neviem, je to tak, že keď ochutnáš jedlo, tvár sa ti rozžiari ako anjelovi na vianočnom stromčeku."

E-Z odložil vidličku. „Veľmi vtipné. Si normálny komik."

Keď dojedli, Sam sa spýtal: „Takže po tom, čo si si prečítal o anjeloch, zmenil si názor? Myslím tým, či si stále myslíš, že sa na jedného zmeníš. A ak áno, čo s tým urobíš?"

„Ako to myslíš, DO? Mám krídla, mohol by som ich aj použiť.“

„Ja to vidím tak, že ak ich nebudeš používať, ak budeš popierať ich existenciu - potom zmiznú.“

E-Z pokrútil hlavou. „To neprichádza do úvahy. Videl si, čo sa stalo. Vyšli von, bez toho, aby som čokoľvek urobil, a povedal som ti, že keď som sa ráno zobudil, lietal som nad posteľou. Bol som, do prdele, VZDUCHOM.“

„E-Z, myslím na budúcnosť. Možno sa musíš s niekým porozprávať, musíme sa o tom s niekým porozprávať.“

„Nehoda sa stala pred vyše rokom, poradca povedal, že som v poriadku. Okrem toho je to všetko nové.“

„Mohlo by sa to oddialiť. Niečo to mohlo vyvolať.“

„Prejdime si fakty. Po prvé, mal som tetovanie, keď som sa nedal tetovať. Číslo dva, moja stolička sa zdvihla zo zeme a ja som zachránil malé dievčatko - navyše som sa zdvihol zo sedadla, aby som chytil loptu pri hre. Donedávna som to popieral... Číslo tri tetovania pálili ako čert. Číslo štyri, objavili sa skutočné krídla. Číslo päť, môžem lietať. Znie vám niečo z toho povedome? Myslím v iných prípadoch.“

„Práve tomu nerozumiem. Ako sa to mohlo stať, ale myseľ je nesmierne výkonný počítač. To je to, čo nás odlišuje od zvieracej ríše a prečo človek prežil tak dlho. Počul som príbehy, keď bol človek v extrémnom nebezpečenstve a prišla mu pomoc. Alebo keď bol človek uväznený pod vozidlom - a okoloidúci dokázal zdvihnúť auto, aby mu zachránil život.“

„Čítal som o tom, hovorí sa tomu hysterická sila - ale nikdy som nepočul o prípade, keď by mu narástli krídla.“

„Možno sa krídla objavili, aby ťa zachránili.“

„Pred čím? Z príliš dlhého spánku?“ zasmial sa. „Pri nehode by sa boli hodili. Mohol som letieť mame a otcovi po pomoc namiesto toho, aby som tam čakal s krvavým polenom na mne. Držali ma na zemi. Nie je to žiadny zázrak. Ja, neviem, čo to je, strýko Sam, viem len, že to je.“

„Rozprávame sa. Posudzujeme. Vymieňame si názory. Snažíme sa nájsť odpovede.“

„Bolo by pekné mať odpovede, ale... kto by bol odborník, ktorého by sme sa mohli v tejto situácii opýtať?“

„Čo tak farára alebo kňaza?“

E-Z pokrútil hlavou. V kostole nebol od pohrebu svojich rodičov.

„Čo môžeme stratiť?“

„Myslím, že to stojí za pokus, ale. Ach, ach.“

„O čo ide?“

„Cítim, ako ma tlačí na lopatky. Musím ísť a my sme sem nešli autom. Prepáč, musím sa ponáhľať. Uvidíme sa doma.“ Vybehol z kaviarne a pokračoval v ceste, až kým sa mu z mikiny nevytrhli krídla a on sa neodlepil od zeme. Doma si uvedomil, že nemá kľúč, ale nemohol zostať na verande - nie s krídlami vonku. Skúšal latinčinu, aby ich vrátil dovnútra - ale nič nepomáhalo. Vyletel teda hore a podarilo sa mu dostať sa dnu cez okno spálne bez toho, aby ho niekto videl.

„E-Z!“ Zavolal Sam, keď prišiel domov. „E-Z!“

„Som tu hore.“

„Si v poriadku? Prišiel som sem tak rýchlo, ako som len mohol.“

„Poď ďalej, posaď sa. Žiadne stopy po tom, že by sa stiahli - zatiaľ.“

Vidiac otvorené okno. „Chápem to tak, že ste sem prileteli?“

„Áno, dobre, že som si včera večer zabudol zamknúť okno. Mohli by sme pokračovať v našej diskusii, kým nebudem môcť opäť vyjsť von.“

„Poznám jedného kňaza. Ak niekto môže pomôcť, tak on.“

O dve hodiny neskôr, s melódiami vychádzajúcimi z rádia, boli na ceste za kňazom. Rozhlasové vlny zaplnila skladba Take Me to Church od Hoziera. Náhoda? Mysleli si, že nie, a z plných pľúc si spievali text. Našťastie ich pri zdvihnutých oknách nikto nepočul.

Do kostola nebol bezbariérový prístupabolo tam veľa schodov.

„Ty choď do tieňa veľkého duba a ja pôjdem nájsť otca Hoppera," navrhol Sam.

„Je to jeho skutočné meno?" E-Z sa zasmial.

„Pokiaľ viem. Ty zostaň na mieste a ja sa hneď vrátim."

„Urobím to."

Tínedžer vytiahol svoj telefón. Hoci sa tešil z tieňa, ktorý mu poskytoval strom - znemožňoval mu vidieť na displej. Premiestnil si stoličku a všimol si nezvyčajný šum vo vzduchu. Šum, ktorý akoby vychádzal zo samotného stromu.

Vzhliadol a snažil sa rozoznať, či je to vták, keď sa výška tónu zvýšila a hlasitosť sa zvýšila. Vypol zvuk telefónu. Zvuk sa skončil a začal sa nový zvuk. Tento bol melodický; hypnotizujúci a on upadol do snového stavu.

Hlava sa mu predklonila, kým ho nový zvuk neprebudil. Šepot, ktorý prichádzal spoza jeho hlavy. Hlasy vychádzajúce z lístia stromu. Prekrížil si ruky, keď ním prešiel chlad, ktorý spôsobil, že sa mu uvoľnili krídla. Skôr než sa nazdal, jeho stolička sa zdvihla zo zeme. Uhýbal konárom, keď sa vzniesol do srdca mohutného duba.

„Položte ma na zem!" prikázal.

Pokračoval v stúpaní. Keď sa jeho končatiny spojili so stromom, po predlaktiach a hlave mu stekala krv.

„Prestaň! Ty hlupák..."

„To nie je veľmi pekné, píp-íp," ozval sa piskľavý vysoký hlas.

„Myslel som, že si hovoril, že je milý, keď sa zobudí zoom-zoom," ozval sa druhý hlas.

„Páni!" E-Z povedal, že sa snaží ovládnuť a vyhnúť sa úplnému vybočeniu. Niekoľkokrát sa zhlboka nadýchol. Upokojil sa. „Kto, čo a kde si?"

„Kto sme naozaj, píp-íp."

Pred očami mu opäť tancovali tie isté svetlá, zelené a jedno žlté.

Zo zvedavosti povedal: „Ahoj."

Žlté svetlo zmizlo.

Ozval sa výkrik.

Potom zmizlo aj to zelené.

„Čo to? Vy dvaja, nech už ste ktokoľvek, nechajte toho. Dlžíte mi vysvetlenie. Viem, že ste ma prenasledovali. Vyjdite von a postavte sa mi tvárou v tvár!"

POP.

Na nose mu pristála malá zelená vec podobná anjelovi. Jeho smerom sa šíril zvláštne nevábny, takmer limburgerový zápach. Zakryl si nos.

„Dobrý deň, E-Z, píp-píp," povedala tá vec a uklonila sa.

Keď vyslovilo jeho meno, stratil kontrolu nad krídlami. Zakolísal a zakolísal vo vzduchu ako vták, ktorý sa učí lietať. Chtiac-nechtiac sa mu krídla vrátili späť, ale ignorovali ho. Pri páde sa držal ramien kresla.

POP!

Teraz boli dvaja. Každý z nich ho chytil za jedno ucho a bezpečne ho aj s kreslom spustil na zem.

„Au," povedal E-Z a pretieral si uši, keď sa kňaz a jeho strýko objavili za rohom. „Ehm, vďaka, myslím."

POP.

POP.

Obe bytosti zmizli.

„E-Z, toto je otec Bradley Hopper a veľmi rád by ti pomohol."

Hopper natiahol ruku, E-Z urobil to isté. Keď sa ich telá spojili, tínedžer zmizol.

Hopper a Sam zostali vedľa seba, s vytreštenými očami. Obaja hľadeli do prázdna ako dve figuríny vo výklade.

KAPITOLA 7

E-Z sa nohami dotkol zeme a najprv ho oslepila biela farba. Kládol jednu nohu pred druhú, najprv kráčal, potom bežal na mieste a potom sa rozbehol do plného behu. Vrhol sa do steny, odrážal sa, akoby bol v skákacom hrade.

POP

POP

Už nebol sám. Pred ním stáli dve mnohokrídle veci, v kvetoch. Jedna bola zelená, druhá žltá. Keď sa priblížil, ich krídla sa ako kaleidoskop otáčali okolo zlatých očí.

Najskôr sa dotkol okvetných lístkov-krídiel zeleného kvetu. Nikdy predtým nevidel úplne zelený kvet, nieto ešte taký, ktorý by mal oči. Oči, ktoré poznal z ich predchádzajúceho stretnutia. Krídla ho poštekliii na prste a zelený kvet sa zasmial. Vyhol sa tomu, aby sa nosom priblížil príliš blízko, očakával, že sa dopredu bude šíriť syrová vôňa - ale nestalo sa tak.

Druhý kvet, žltý, mal viac okvetných lístkov-krídel ako ten druhý. Okvetné lístky reagovali na jeho dotyk ako koraly pohybujúce sa v oceáne. Zlaté oči na tomto mali vymedzené mihalnice. Naklonil sa, aby si ho pozrel zblízka.

Keď ich ďalej pozoroval, vzduchom sa rozľahlo PFFT. Spolu s ním sa vyvalil silný a veľmi odporne sladký zápach, z ktorého sa mu urobilo nevoľno. Odstúpil, zakryl si nos a zotrel si žihadlo z očí.

Žltý kvet prehovoril. „Volám sa Reiki a priniesli sme ťa sem píp-píp."

„Kde presne to tu je? A prečo mi fungujú nohy?"

„Nezáleží na tom, kde, E-Z Dickens, ani na tom, prečo si taký, aký si, píp-píp."

Prešiel cez miestnosť a pravou rukou zdvihol žltý kvet a ľavou zelený. KĽÚČ! Tentoraz ho zasiahla štipľavá hmla a on začal kýchať a kýchal ďalej.

„Prosím ťa, polož nás, skôr ako nás pustíš, píp-íp."

„Tam je škatuľa s vreckovkami, tam zoom-zoom."

„Ach, prepáčte." Odložil ich, vzal do ruky vreckovku - ale už ju nepotreboval. Udržiaval vzdialenosť, opieral sa chrbtom o bielu stenu.

„Teraz sme ťa sem priviedli, píp-píp."

„Ja som Hadz, mimochodom, zoom-zoom."

„Pretože ste to potrebovali vedieť, píp-píp."

„Že nesmieš hovoriť s kňazom, o svojich krídlach zoom-zoom."

„V skutočnosti nesmieš s nikým hovoriť o ničom píp-íp."

Položil ruku na stenu, kráčal a premýšľal pritom. „Predovšetkým, prečo hovoríš píp-piep a zoom-zoom?" "To je pravda.

Reiki a Hadz prevrátili očami. „Ty si ešte nepočul o onomatopoje?"

„Samozrejme, že áno."

„Tak to by si mal vedieť, píp-píp."

„Že to dodáva vzrušenie, akciu a zaujímavosť, zoom-zoom."

„Aby čitateľ počul a zapamätal si, píp-píp."

„Čo chcete, aby vedeli, zoom-zoom."

Zasmial sa. „To platí, ak niečo čítate, ale nie je to potrebné pri rozhovore. Pamätám si, čo hovorí Reiki, lebo to hovorí on, a pamätám si, čo hovorí Hadz, lebo to hovorí ona. Predpokladám, že jeden z vás je dievča a jeden chlapec - je to tak?"

„Áno," potvrdila Hadz. „Ja som dievča. Uf, som rada, že nemusím stále hovoriť zoom-zoom."

„A ja som chlapec. Bude mi chýbať, keď budem hovoriť píp-píp."

„Môžeš ich hovoriť, ak chceš, ale je to trochu otravné a počas rozhovoru môže byť opakovanie nudné."

„Nechceme byť nudní!"

„To by zmarilo náš účel, že sme vás sem priviedli."

„Dobre," povedal E-Z. „Takže teraz sa vráťme k tomu, čo si povedal predtým, ako sme začali hovoriť o literárnom prostriedku." Prikývli. „Ak nemôžem nikomu povedať o tom, čo sa so mnou deje, potom som v tejto veci - nech je to čokoľvek - sám. Zachránil som malé dievčatko. Predpokladám, že to malo niečo spoločné s tebou?"

„Áno, v tomto predpoklade máš pravdu, píp, ups, prepáč."

„Chcem vedieť, čo to je a prečo sa to deje práve mne?"

„Zavri oči," povedal Hadz.

„Zavriem, ale žiadna sranda."

Kvety sa zachichotali.

Jeho nohy opustili zem a on pristál v inej miestnosti. V tejto miestnosti ho rovnako ako predtým najprv oslepila biela farba. Keď si jeho oči privykli na okolie, všimol si knihy. Police a poličky naskladané zväzkami do neba.

„Neboj sa," povedal Hadz.

Nebál sa. V skutočnosti bol nadšený. Pretože v tejto miestnosti nielenže mohol používať nohy, ale cítil, ako mu v nich pulzuje krv. Zmysly sa mu vystupňovali, jeho smerom sa šírila vôňa starej knihy. Privoňal k sladkému parfumu prunus dulcis (sladká mandľa). Zmiešaný s planifolia (vanilka) vytváral dokonalú anizolu. Srdce mu bilo, krv mu pulzovala - nikdy sa necítil živší. Chcel zostať, navždy.

Vo vnútri topánok mu pohyb každého prsta na nohe prinášal potešenie. Spomenul si na hru, s ktorou sa hrával ako malý chlapec. Vyzul si topánky a ponožky a dotýkal sa každého prsta na nohe, pričom hovoril rýmovačku: „Toto prasiatko išlo na trh."

"He's lost his mind," Reiki said, as E-Z exclaimed, "Wee!"

„Daj mu chvíľu. Toto je celkom úžasné miesto."

E-Z si opäť obliekol ponožky. Šmýkal sa po miestnosti na bielej podlahe, ktorá sa leskla ako ľadová plocha. Zasmial sa, keď sa vymrštil do prvej, potom do druhej steny, odrazil sa a pristál na podlahe. Nemohol sa prestať smiať, kým si nevšimol, že s knihami nad ním sa deje niečo zvláštne. Pokrútil hlavou, keď mu jedna z nich vyletela z police do ruky. Bola to kniha jeho predka, Charlesa Dickensa. Kniha sa sama otvorila, prelistovala sa od začiatku do konca a potom vyletela späť nahor, odkiaľ prišla.

„Vitajte v anjelskej knižnici," povedal Reiki.

„Páni, jednoducho páni! Takže vy dvaja ste anjeli?"

„Máš pravdu," povedal Hadz. „A ste tu preto, lebo sme boli vymenovaní za vašich mentorov."

„Menovaní? Určení kým? Bohom?" posmieval sa.

Hadz a Reiki sa na seba pozreli a pokrútili kvetnatými hlavami.

„Naším cieľom."

„Je vysvetliť ti tvoje poslanie."

„A tiež ukázať vám cestu. Aby sme vám pomohli," povedali spoločne.

„Misia? Aké poslanie?" Jeho myseľ sa vzdialila. V hlave počul tému z filmu Mission Impossible. Videl Toma Cruisa, ako ho káblom púšťajú do počítačovej miestnosti. „Hej. Počkajte chvíľu! Vy dvaja ste boli v mojej izbe, však? A od tej nehody ste ma sledovali."

„Čakali sme na vhodnú chvíľu, aby sme sa predstavili," povedala Reiki. „Dúfali sme, že to urobíme menej formálnym spôsobom, ale keď ste boli...."

„...išli rozprávať s kňazom, museli sme zatlačiť na pílu."

„No, určite ste si dali načas. Myslel som si, že mám halucinácie," povedal hlasnejšie, ako chcel.

POP.

Reiki zmizla.

„A teraz sa pozri, čo si urobil!" Hadz povedal.

POP.

Keďže boli preč a on netušil, kde, kedy a či vôbec sa vrátia. Napriek tomu nemienil premárniť ani minútu. Vrhol sa na zem a urobil dvadsať klikov, po ktorých nasledoval rovnaký počet výskokov. Oči ho boleli od oslnenia a želal si, aby mal slnečné okuliare.

TICK-TOCK.

Zo vzduchu sa zjavili slnečné okuliare. Nasadil si ich, keď mu zakručalo v žalúdku. Urobil si selfie a potom skontroloval čas. S hodinami sa dialo niečo čudné. Bláznili sa. A čísla sa neprestávali meniť. V žalúdku mu opäť zakrčalo.

TICK-TOCK.

Objavil sa cheeseburger a hranolky, teraz mal plné ruky práce. Pomyslel na čokoládový hustý kokteil s maraschino čerešňou na vrchu.

TICK-TOCK.

Na biely stôl, ktorý tam predtým nebol, prišiel extra veľký koktail s čerešňou na vrchu. Alebo žeby bol? Možno si to nevšimol, keďže obaja boli bieli.

Skôr než začal jesť, vychutnával si vôňu a potom s každým sústom aj chuť. Bolo to, akoby nikdy predtým nejedol cheeseburger alebo hranolky. A čerešňa, chutila tak sladko, nasledovala čokoládová čokoláda. Svoje jedlo zhltol v stoji.

Jedlo vždy chutilo lepšie, keď sa konzumovalo v stoji. Táto objednávka chutila tak dobre; bolo to smiešne.

Keď dojedol, nikomu za jedlo nepoďakoval. Potom obrátil pozornosť ku knižnici a, bielemu rebríku, ktorý si predtým nevšimol. Stačilo naň pomyslieť a rebrík sa k nemu priblížil, akoby chcel byť užitočný. Vyšplhal sa naň a ten sa pohyboval ako kotúč na tabuli Ouija a míňal jednu policu za druhou s knihami. Potom sa zastavil.

Keď vyliezol, prečítal si názvy na chrbtoch. Tie priamo pred ním boli od Charlesa Dickensa, každý zväzok mal svoj pár krídel.

Jeden letel k nemu, Vianočná koleda. Prelistoval pár strán, aby mu ukázal, že ide o prvé vydanie, ktoré vyšlo 19. decembra 1843. Keď pokračovalo v posúvaní stránok, obdivoval ilustrácie. Boli také detailné a navyše farebné. A v pozadí, za Drobčekom Timom a jeho rodinou na jednej z kresieb, sa niečo pohlo. Oči. Dva páry. Hadz a Reiki! Takmer pustil knihu. Keďže mala krídla, vrátila sa na miesto, kde bývala na polici. Medzitým stratil rovnováhu, spadol z rebríka a visel na ňom ako o život. Keď bol opäť stabilný, postupne schádzal dolu a pevne sa oprel nohami o zem. Rozmýšľal, prečo sa jeho krídla nevynorili, aby mu pomohli. Všetko ostatné tu malo krídla, ktoré fungovali, vlastne anjeli mali viac párov krídel. Vo svete tam vonku mu nohy nefungovali a on mal krídla, ktoré fungovali. Tu, kdekoľvek sa nachádzal, mu nohy síce fungovali, ale jeho krídla boli teraz nefunkčné.

Poškrabal sa na hlave. Keby tu bol aspoň strýko Sam. A predsa sa s ním nemohol rozprávať. Bolo to zakázané. Ale prečo? Čo by mu mohli urobiť? Anjeli ho prenasledovali od nehody. Predpokladal, že sú to dobrí anjeli, keďže mu neublížili - zatiaľ. Stesk po domove sa naňho valil ako obrovská vlna a hrozil, že ho strhne pod hladinu.

„Chcem ísť domov!" zakričal, keď mu zavibroval telefón. Skôr než ho stihol odomknúť...

POP.

Reiki ho schmatol a hodil do...

POP.

Hadzovi, ktorý ho hodil o najvzdialenejšiu bielu stenu. Odrazil sa, dopadol na podlahu a rozbil sa na kúsky.

„Dlžíš mi štyristo dolárov za nový telefón! Dúfam, že vy anjeli máte hotovosť."

Hadz sa natiahol a udrel E-Z krídlom po tvári. Perie ho namiesto toho, aby ho zranilo, pošteklilo. „A teraz si ty, E-Z Dickens, sadni sem." Biela stolička ho pritlačila k zadnej časti nôh a prinútila ho sadnúť si.

„A prestaň sa správať ako kokot," povedal Reiki.

„Páni! Môžu to povedať anjeli? Čo ste to vlastne za anjelov? Anjeli vo výcviku? Som ja ten, čo ti pomôže získať krídla?"

Uvedomil si, že už krídla majú. Vlastne niekoľko párov. Takže pointa, ktorú sa snažil vyjadriť, sa zdala byť bezpredmetná, keď sa nad ním vznášali.

„Som ja ten, kto ti pomôže, alebo ty máš pomôcť mne? Pretože ak si, čo si povedal, že si, potom robíš hroznú prácu. Ani za jedného z vás sa v najbližšom čase neprihovorím dobrým slovom."

„Čakáme na ospravedlnenie."

„No, budete naň čakať, a to dlho. Pretože som smädný."

TICK-TOCK.

Objavil sa hrnček koreňového piva v matnom pohári. Vypil ho na jeden dúšok. „Pretože si ma sem priviedol bez môjho súhlasu. A..."

„ZATÍM!" ozval sa dunivý hlas, ktorý sa ovíjal z jednej z bielych stien.

Bola vysoká ako strop. Vlastne ešte vyššia. Bola krivá, no obrovská svojou veľkosťou a postavou. Krídlami sa otierala o steny a strop. „DRŽTE SI TELESO!" žiadal nadrozmerný anjel a so ŠUCHOM pritiahol jej krídla k E-Z, až mu bol priamo pred nosom.

E-Z Dickens, bol si sem predvolaný predo mňa," povedal obrovský anjel. „Som Ophaniel, vládca mesiaca a hviezd. A toto sú moji podriadení. NESMIEŠ sa k nim správať drzo. MUSÍŠ sa k nim správať láskavo a s úctou, lebo sú to moje OČI a moje UŠI pre teba. Bez nich ste NIKTO."

Zakoktal nezrozumiteľnú vetu a bojoval s nutkaním utiecť.

„NEPRERUŠUJ, kým nedokončím reč," prikázal Ophaniel.

Prikývol, telo sa mu triaslo, príliš sa bál povedať slovo.

„E-Z," zahromžil jeho hlas. „Bol si zachránený. Zachránili sme ťa, a to za istým účelom."

Reiki a Hadz prileteli bližšie a sadli si Ophanielovi na plecia.

„Buďte pokojní," prikázal Ophaniel.

Zložili krídla a naklonili sa, aby im neuniklo ani slovo.

E-Z si v duchu poznamenal, aby sa ich opýtal, ako si má krídla skladať rovnako efektívne ako oni. Teda ak dostane svoje krídla späť.

Ophaniel pokračoval. „Keď zomreli tvoji rodičia, E-Z Dickens, mal si zomrieť aj ty. Bol to tvoj osud. Taký, ktorý sme zmenili pre náš účel. Úspešne sme sa prihovárali za tvoj prípad. Sľúbili sme, že dokážeš pozoruhodné veci. Že budeš pomáhať iným. Zachránili sme ťa a vznikol dlh. Dlh, ktorého väčšinu si v plnej miere splatil tým, že si sa vzdal svojich nôh."

Vzdal sa? To znelo, akoby mal na výber. Že urobil konečné rozhodnutie, že už nikdy nebude chodiť, čo bola lož. Otvoril ústa, aby prehovoril, ale Ophanielov hlas hromžil ďalej.

„Ešte stále je tu dlh, dlh, ktorý máš voči nám."

E-Z sa poriadne nadýchol vzduchu. Chcel prehovoriť, ale nemohol. Jeho pery sa pohli, ale nevydal žiadny zvuk. Ako sa opovažuje tento, anjel, rozhodovať zaňho a hovoriť mu, že má dlh?

„Dali sme ti nástroje - mocnú stoličku. To, aby ti pomohlo. Aby si jedného dňa mohol byť tu so svojimi rodičmi a kráčať s nami, s nimi, vo večnosti." Ophaniel na niekoľko sekúnd zaváhal, aby to nechal vstrebať. „Dnes mi môžeš položiť jednu otázku, ale len jednu. Nech je dobrá."

Namiesto toho, aby sa zamyslel nad svojou otázkou, E-Z vyhrkol: „Kedy opäť uvidím svojich rodičov?"

„Keď splatíš svoj dlh v plnej výške."

„Ešte jednu otázku, prosím."

„Bude čas na otázky a bude čas aj na odpovede. Zatiaľ si v starostlivosti mojich podriadených. Môžete im klásť otázky a oni sa môžu rozhodnúť odpovedať. Alebo sa môžu rozhodnúť neodpovedať. Bude na nich, či odpovedia áno alebo nie. Rovnako si budete môcť vybrať, či im odpoviete, keď vám položia otázky. Správajte sa k nim tak, ako by ste chceli, aby sa správali k vám, a neprezrádzajte podrobnosti o tomto mieste alebo o našom stretnutí. Nehovorte o tom, o ničom z toho žiadnemu človeku. Opakujem, nechajte si tieto záležitosti len pre seba.“

Stále nemohol prehovoriť. Bez toho, aby sa ho opýtal, Ophaniel pristúpil k odpovedi na jeho ďalšiu otázku.

„Ak tento sľub porušíš, tvoje krídla budú ako cestoviny - slabé - a nikdy nebudeš môcť splatiť svoj dlh.“

Napadla ho ďalšia otázka.

„Áno, keď si zachránil to dievčatko - to upálenie - bolo súčasťou procesu. Tvoje krídla sa musia spáliť, posilniť, pripútať sa k tebe, aby si bol pripravený na ďalšiu výzvu.“

Pomyslel si, čo ak nechcem.

Ophaniel sa zasmial a vyletel do najvyššej časti miestnosti. Potom zmizla cez strop.

KAPITOLA 8

Na čo si spomenul, bol späť na vozíku a stál tvárou v tvár kňazovi.

„Uh, strýko Sam, musíme ísť. TERAZ."

„Aha," povedal Sam, keď sledoval, ako sa jeho synovec odviezol na kolieskach. „Ospravedlňujem sa, že som vás pripravil o čas, on, ehm, potrebuje ísť domov." Sam sa ponáhľal, zatiaľ čo Hopper sa za ním vlečie. Zrýchlil tempo, dobehol synovca a preberajúc kontrolu nad riadidlami tlačil vozík. Hopper sa rozbehol a čoskoro kráčal vedľa nich, hoci zadýchaný.

„Vidím, že teda naozaj nemáš krídla, E-Z."

Pozrel sa cez plece, zdvihol k ústam predstieraný pohár a potom prevrátil oči.

„Nemám problém s pitím," povedal Sam vzdorovito.

Tínedžer opäť prevrátil očami, keď sa blížili k parkovisku. Kňaz ho nesledoval.

Keď dorazili k autu, Sam povedal, pričom sa snažil popadnúť dych: „Čo to, do pekla, malo znamenať?" Keď otvoril dvere a pomohol synovcovi nastúpiť.

„Najprv sa odtiaľto dostaneme." Zháňal čas, pretože mu nemohol povedať, čo sa stalo. Potreboval vymyslieť presvedčivú lož - a on nikdy nebol dobrý klamár. Matka ho vždy prichytila, lebo keď klamal, vždy mu sčervenali uši.

„Čakám na vysvetlenie," povedal Sam a pevnejšie zovrel volant.

V reproduktoroch auta sa rozozvučala pieseň Don't Look Back od Bostonu.

„Prepáč, musel som ísť. Nemyslím si, že by mi Hopper mohol pomôcť, a nechcel som, aby vedel niečo viac, než si mu už povedal."

„Stále si mi nevysvetlil, prečo si naznačil, že mám problém s alkoholom."

„Aha, to. Napadlo mi to a povedala som to bez rozmýšľania. Je mi to ľúto."

„Som hrdý na to, že sa nezúčastňujem na alkohole. Jasné, sem-tam si dám pivo. Aby som bol spoločenský na pracovnej akcii. Ale nie som ako ostatní chľastúni z informačného oddelenia. A nikdy nebudem."

E-Z sa nezamýšľal nad tým, čo hovorí strýko Sam. Namiesto toho si prechádzal informácie, ktoré mu povedal Ophaniel. Bol mu dlžný, anjelom, za to, že ho zachránili, a on vymenil nohy za svoj život. Výmenný obchod zo strany anjelov, bol pre ich vlastné účely - a teraz očakávali, že dlh splatí - ale ako?

Jediné, čo vedel s istotou, bolo, že musí vyhrať. Nech mu do cesty postavili akékoľvek úlohy, musel ich prekonať. S pomocou Reiki a Hadža - aj keď boli malí, zaplatil by, čo mu dlhovali. Potom, ak nič iné, uvidí opäť svojich rodičov. Predpokladal, že to znamená, že zomrie a stretnú sa v nebi, ak také miesto existuje. Čoskoro to zistí.

KAPITOLA 9

K eďsatínedžer vrátil domov, išiel rovno do svojej izby.

„Ak potrebuješ moju pomoc," bolo všetko, čo Sam stihol vypustiť z úst, kým jeho synovec zabuchol dvere.

E-Z si zakryl tvár rukami. Bolo to niečo, keď sa mu vrátili nohy. Udrel päsťami do opierky, keď sa mu z nej vynorili krídla a preleteli k posteli. „Vďaka," povedal im, akoby boli oddelené a neboli jeho súčasťou.

„Dávaj pozor," povedal Hadz, ktorý si odpočíval na vankúši. Anjel priletel k svietidlu a povedal: „Prebuď sa, je doma." Hadz sa naňho pozrel.

E-Z sa teraz pohodlne vyvaľoval na posteli, oči mal zatvorené a takmer spal.

„Dnes v noci letíš," zaspieval anjel.

„Pozri, mal som vyčerpávajúci deň, ako vieš, a jediné, čo chcem, je spať."

„Môžeš si na päť minút zdriemnuť," povedala Reiki.

„Potom budeš hore a na nich!"

Už takmer zaspal, keď do miestnosti vtrhol Sam. „Prepáč, že ťa vyrušujem, ale PJ a Arden vravia, že sa ťa snažia dostať celý deň. Máš vybitú batériu?"

„Ehm, nie, stratil som telefón,“ povedal a skrížene sa pozrel na svojich dvoch pomocníkov.

„Klamár, klamár, nohavice v ohni,“ zahriakli ho. Sam vzhľadom na to, že nereagoval, nepočul ich vysoké hlasy. E-Z ich odstrčil.

„Práve preto si k svojmu plánu vždy kupujem poistenie. Neboj sa, zajtra ti zabezpečíme náhradu. Aj tak je najvyšší čas, aby ste si ju vylepšili. Môžeš si nechať to isté telefónne číslo. Dám chlapcom vedieť, že sa potom ozveš.“

„Vďaka, strýko Sam. Dobrú noc.“

„Dobrú noc, E-Z.“

KAPITOLA 10

V o sne bol s rodičmi na lyžovačke. V skutočnosti to bola spomienka, ale prežíval ju ako sen.

E-Z mal šesť rokov. Spolu s mamou ho všetky pohyby učil lyžiarsky inštruktor. Medzitým sa jeho otec - ktorý nebol nováčikom ako oni - pustil po zasneženom kopci.

Učili sa lyžovať na detskom kopci - tak sa hovorilo testovacím kopcom.

„Ste pripravení?" spýtal sa inštruktor, ‚vyraziť' na jeden z veľkých kopcov?' ‚Áno,' odpovedal.

Povedali, že áno. Mysleli si, že sú. Ale povedať a urobiť sú dve rôzne veci.

Pri prvom pokuse sa nedostali ďaleko, kým jeden z nich nespadol. Bola to jeho mama, a keď sa zotrela, sedela na studenom snehu a smiala sa. Pomohol jej vstať a znova vyrazili.

Tentoraz to bol E-Z, kto sa zrútil a zaboril si tvár do studenej bielej hmoty. Otriasol sa, inštruktor mu pomohol vstať, zatiaľ čo jeho mama išla okolo a cestou rozprašovala sneh. On to bral ako výzvu, zrýchlil a s úsmevom ju predbehol.

Vzápätí si uvedomil, že sa blíži za ním. Narazila na zbalený prašan - a nechala ho za sebou - a našla svoj krok. Napriek tomu sa do toho oprel, dal do toho všetko a dobehol ju. Znášali sa dole, bok po boku, potom od seba a potom opäť spolu. Celý čas sa smiali ako dve malé deti.

Na úpätí kopca, oblečený od hlavy po päty v nebesky modrom, stál jeho otec. Vyčnieval; kúsok modrej farby obklopený panenským snehom - s vozíkom v rukách.

„Sneh," povedal E-Z a vdýchol ďalší marshmallow. Chutil ešte lepšie celý roztopený. Potom pocítil mrazivý chlad a zobudil sa obklopený ľadom vo vani. Bol tam strýko Sam, sedel vedľa neho.

„E-Z, tentoraz si ma naozaj vystrašil."

„Čože? Čo sa stalo?

„Počul som nejaké zvuky, tak som ťa išiel skontrolovať. Tvoje okno bolo otvorené dokorán, záclony sa dvíhali. Nahmatala som ti čelo a ty si horel. Bál som sa, že dostaneš úplný záchvat. Dokonca aj tvoje krídla vyzerali zvädnuté.

„Uvažovala som, že zavolám záchranku, ale potom som sa rozhodla, že to neurobím. Veď som ťa nemohla vziať na pohotovosť, nie s tými krídlami. Musel som ťa posadiť do vozíka, napustiť vaňu ľadom a zistiť, či sa mi podarí znížiť ti teplotu. Chodila som po ľad a prosila som o dary priateľov zo susedstva. Boli veľmi nápomocní."

„Už sa cítim lepšie, vďaka," povedal a pokúsil sa vstať. Nedostal sa ďaleko, kým opäť nepadol na zem.

„Musíš mi povedať, čo sa deje."

„Nemôžem, strýko Sam. Musíš mi dôverovať."

Tínedžer sa opäť pokúsil vstať. „Počkaj tu," povedal Sam, keď vyšiel z kúpeľne a vrátil sa s vozíkom. „Tu máš," vložil synovcovi do úst teplomer. „Ak je v norme, môžeš si sadnúť do kresla."

Bolo to normálne, a tak s ovinutým županom E-Z zdvihol z vane a posadil ho do kresla. Krídla sa mu roztiahli, potom sa uvoľnili na mieste a už nemal pocit, že horia.

Keď prechádzal okolo obývačky, zahliadol správy.

„Včera večer sa odklonila havária lietadla," povedal hovorca. „Nazývajú to zázračným pristátím, ale tu je niekoľko surových záberov, ktoré urobil jeden z našich divákov, keď sa to stalo."

Pozrel si klip, na ktorom bolo vidieť pristátie lietadla, ale nebolo tam nič iné - žiadny záber. Uľavilo sa mu a vrátil sa do svojej izby.

„Hneď sa vrátim, aby som ti pomohol obliecť sa."

Tak veľmi si želal, aby mohol strýkovi všetko povedať - ale nemohol. „Vďaka," povedal, keď sa obliekol.

„Vždy ti kryjem chrbát."

„Hneď sa ti ozvem," povedal tínedžer. „Myslím, že pôjdem dole do svojej kancelárie, aby som niečo napísal."

„Dobrý nápad, mám na zozname úloh okolo domu práce, ktoré by som dnes chcel stihnúť." Začal odchádzať, potom sa otočil späť. „Vieš, chlapče, nemusíš hneď písať román. Môžeš si písať denník alebo zápisník. Zapisuj si veci, na ktoré by si jedného dňa mohol zabudnúť. Napríklad vzácne spomienky."

„Napadlo mi, že niečo napíšem a nazvem to Tetovanie anjel."

„To sa mi páči."

Keď sa ocitol vo svojej kancelárii, chvíľu sedel a premýšľal o lietadle - premýšľal, ako dokázal urobiť to, čo sa od neho žiadalo. Bez pomoci labute a jej vtáčích priateľov, ani bez pomoci svojej stoličky by to nedokázal. Dokonca aj tí dvaja rádoby anjeli mu svojím spôsobom pomohli, keď ho v pozadí povzbudzovali.

Sústredil sa na písanie a napísal názov: Tetovanie anjela.

Jeho prsty chceli písať viac, ale myseľ sa mu chcela túlať. Oprel sa na stoličke a hľadel na prázdnu obrazovku. Potreboval fantastickú prvú vetu, akú napísal jeho predok Charles Dickens - „Narodil som sa".

Keď o niečo neskôr už nemohol vydržať pohľad na bielu obrazovku, napísal -

Želám si, aby som sa nikdy nenarodil.

A pokračoval v písaní.

Už nemôžem chodiť.

Nikdy nebudem hrať profesionálne bejzbal alebo hokej, ani nedostanem športové štipendium.

Nemôžem behať.

Nemôžem skákať.

Je toľko vecí, ktoré nemôžem robiť.

To nikdy nebudem robiť.

Prestal písať a v pravom hornom rohu obrazovky uvidel niečo, čo sa pohybovalo smerom nadol. Plynutie.

Slzy. Maličké slzy.

Spájajúce sa. Zväčšovali sa a zväčšovali.

Kaskádovito sa valia po obrazovke.

Zdalo sa mu, že niečo počuje - zvýšil hlasitosť.

"WAH! WAH! WAH!" zaspieval vysoký hlas.

Pridal sa druhý hlas.

"WAH-WAH!

WAH-WAH!

WAH-WAH!"

E-Z vypol počítač.

Bola to len rečička a on sa cítil lepšie. Každý občas potrebuje večierok ľútosti. Už to mal za sebou.

Jednu vec vedel s istotou - ako spisovateľ nebol Charles Dickens.

Charles Dickens však nevedel lietať.

Vstávajte, je čas ísť!" Reiki priletela k oknu.

 Hadz čakal pri otvorenom okne. „Pripravený?"

Očakávali teda, že skočí, a to z tretieho poschodia svojho domu. „Ja tam nepôjdem! Pozri, ako vysoko sme."

„Zabúdaš, že máš krídla."

„A ak spadneš, prídeš na to."

Aspoň že bol stále oblečený, keď ho vysadili na vozík. Zachvel sa, pozrel sa dolu a premýšľal, ako mali jeho krídla udržať vo vzduchu jeho aj vozík.

„A čo môj vozík?"

„Pamätáš si, čo povedal Ophaniel? Teraz - von!"

Keď už bol vonku, krídla sa mu naplno roztiahli. Cez plecia mohol vidieť krídla v akcii.

Malé, ale silné stvorenia ho dvíhali do výšky, stále vyššie a vyššie, viedli tínedžera po nočnej oblohe, zatiaľ čo naňho hľadeli jasné hviezdne oči. Keď usúdili, že je pripravený, pustili ho.

„Dokážem lietať," povedal. „Ja naozaj môžem lietať!"

„Prestaň sa predvádzať," povedala Reiki, "a začni plniť program."

„Urobil by som to, keby som vedel, čo to je," uškrnul sa.

Hadz letel dopredu. E-Z a Reiki sa vzniesli nad školu pri baseballovom ihrisku. Ďalej smerom k jadru mesta. Svetlá na dráhe pri letisku priamo konkurovali hviezdam nad ním.

„Ide ti to veľmi dobre," povedal Reiki.

„Ďakujem."

Jeho pozornosť upútal zvuk zlyhávajúceho motora v jumbo jet pred nimi.

„Pozrite sa tam, to lietadlo má problémy. Škoda, že nemám telefón, aby som zavolal o pomoc." Motor sa rozprskol a lietadlo trochu kleslo, potom sa vyrovnalo.

„Nepotrebuješ telefón. Vitaj na svojej druhej skúške."

„Očakávaš odo mňa, čo? Niesť lietadlo na chrbte? Nemôžem zachraňovať lietadlo, nemám dosť síl. Nedokážem to."

„Dobre teda," povedal Hadz, ktorého teraz dobehli.

„Jednu vec by si však mal vedieť, ak ich nezachrániš - všetci na palube zahynú."

„Všetkých 293 cestujúcich. Muži, ženy aj deti."

„Plus dva psy a jedna mačka," dodal Reiki.

Hlavu mu zaplnili výkriky ľudí vo vnútri lietadla. Ako ich počul cez hrubé kovové steny? Psy štekali a mačka mňaučala. Plakalo aj dieťa.

„Prestaň, vypni to a ja to urobím."

„Nevypneme to."

„Ale skončí sa to, keď bezpečne položíte lietadlo na letisku, tam."

„Veríme vám," povedal Hadz.

„Ale neuvidia ma? Ak ma uvidia, bude koniec hry, teda s Ophanielovými podmienkami - nikdy neuvidím svojich rodičov."

„Uvidia ťa?"

„To je tá najmenšia starosť!"

„A teraz choď," povedal Hadz. „Aha, a možno budeš potrebovať toto."

Teraz mal bezpečnostný pás, aby ho udržal na vozíku, keď sa rútil po oblohe smerom k padajúcemu lietadlu.

„Budeme sa pozerať," zavolali.

„Pomôžete mi, ak vás budem potrebovať?"

„Toto sú tvoje skúšky, ktoré sa pripisujú len a len tebe. Sme tu, aby sme ťa povzbudzovali. Veľa šťastia."

„Počkajte chvíľu, nebudete mi dávať nejaké poriadne lekcie? Ukázať mi, čo mám robiť?"

POP.

POP.

„Vďaka za nič!" zvolal.

N aletisku vo veži riadenia letovej prevádzky si dispečer všimol, že lietadlo má problémy. Keďže sa mu nepodarilo skontaktovať s pilotom, všimol si na radare neidentifikovaný lietajúci objekt.

Využijúc inšpiráciu Supermanom a Mighty Mouse, E-Z zdvihol ruky. Umiestnil sa pod telo mohutnej kovovej obludy a zmobilizoval všetku svoju silu.

„Myslel som si, že by sa ti hodila malá pomoc," povedal väčší než obyčajná labuť. Prikývol a z mnohých strán prileteli vtáky. Keď sa s ním jumbo jet spojil, skutočné vtáky sa vyrovnali. Pomáhali mu udržať lietadlo v stabilnej polohe. Stabilizovať ho, aby on a jeho kreslo mohli prevziať jeho plnú váhu.

Vo vnútri sa veci kotúľali ako guľôčky. Musel sa ponáhľať a želal si, aby mal ďalšie krídla alebo silnejšie krídla. Keby tak bol v bielej miestnosti. Sústredil sa na úlohu, ktorú mal pred sebou, a psychicky sa pripravil na zostup. Pri pohľade nadol si všimol, že aj jeho stolička má krídla, na podnožkách a na kolieskach. „Ďakujem," zašepkal nikomu. Potom vtákom: „Už to zvládnem, ďakujem za pomoc."

Teraz už pripravený, spustil jumbo dole, udržiaval ho stabilné a vodorovné. Dotkol sa prednou časťou lietadla na asfalt. Potom, keďže podvozok neklesol, musel sa dostať z cesty. Natiahol pravú ruku, čo najďalej to šlo, a umiestnil kreslo od stredu lietadla. Spustil stred lietadla, potom chvost. Podarilo sa mu to! Áno! Vzdialil sa za desivých zvukov kričiacich sirén blížiacich sa zo všetkých strán v podobe hasičských áut, sanitiek a policajných áut.

Skôr než ho zbadali, odletel. Vďační cestujúci vo vnútri jasali, fotografovali ho a nahrávali na svoje telefóny. Onedlho bol späť s Hadžom a Reiki.

„Počínal si si veľmi dobre. Sme na teba hrdí, chránenec."

Usmial sa, až mal pocit, že mu niekto zapálil krídla. Vzápätí si uvedomil, že horí, a bolelo ho to tak veľmi, že chcel zomrieť. Prial si smrť. Túžil po nej. Teraz vo voľnom páde, s kreslom otočeným smerom nadol, mal oči dokorán a čakal, kým sa jeho pery pobozkajú na zem. Potom ho odniesli dvaja anjeli, ktorí ho vzali domov a uložili do postele.

Bolesť sa nezmiernila, ale E-Z vedel, že dnes nezomrie. Na ďalší deň bude v bezpečí. Ďalšia skúška. Jediné, čo musel urobiť, bolo prežiť túto.

Kedyzačne fungovať diamantový prach?" Hadz sa
„ spýtal. „Stále má obrovské bolesti."

„Bola to nová liečba, takže neviem povedať kedy - ale začne účinkovať - nakoniec."

„Dúfam, že to vydrží tak dlho!"

„S pomocou strýka Sama to zvládne. Keď to začne účinkovať, uvidíme príznaky. Nejaké fyzické zmeny."

E-Z pokračoval v chrápaní

POP.

POP.

A opäť boli preč.

KAPITOLA 11

O deň neskôr mal E-Z svoj deň naplánovaný. Najprv si musel pripraviť batoh na sobotňajší výlet do parku. Zjedol by raňajky, trochu si popísal a potom by vyrazil von. Kým si pripravoval batoh, počul vysoké hlasy Hadža a Reikiho skôr, ako ich uvidel.

„Počujem vás," povedal.

POP.

Hadz sa objavil ako prvý.

POP.

Potom Reiki - obaja vo svojej úplne premenenej anjelskej nádhere.

„Dobré ráno," zaspievali v chorobne sladkom unisone.

E-Z si do batohu strčil zápisník a niekoľko pier, ktoré ich ignorovali. Dúfal, že v parku nájde niečo inšpiratívne na písanie. Načiahol sa, aby si zapol batoh, keď si všimol, že na zipse sedia dvaja anjeli.

„Ach, prepáčte. Takmer som si vás tam nevšimol."

„Fúha, to bolo tesné," povedala Reiki.

Hadz sa príliš triasol, aby vyslovil čo i len jedno slovo.

Vleteli mu na plecia, keď smeroval stoličkou k zatvoreným dverám.

„Musíme sa s tebou porozprávať," povedal Hadz.

„Je to... dôležité. Niečo sme urobili..."

„Mne?"

Vznášali sa mu pred očami.

„Áno. Keď si pred niekoľkými týždňami spal."

„Pred niekoľkými týždňami! Dobre, počúvam..." Popravde, snažil sa, aby mu nepraskla hlava. Pri pomyslení na to, že mu niečo urobili. Kým spal. Bez jeho dovolenia. Bolo to strašné porušenie dôvery. Zaťal päste. Ticho. Prekrížil si ruky. Nemienil im to uľahčiť.

Sam zaklopal na dvere: „Raňajky E-Z, potrebuješ pomoc?"

„Nie, som v pohode. Budem tam o pár minút." Ticho prehradili zvuky zvonku, keď sa Sam vrátil do kuchyne.

„Predovšetkým," povedal Hadz, "urobili sme to, čo sme urobili, len aby sme ti pomohli."

„So skúškami. Urobili sme niečo, aby sme ti pomohli dosiahnuť tvoje ciele."

„Chcete povedať, že ste mi mohli pomôcť, s tým lietadlom? Určite som mohol využiť vašu pomoc. Našťastie sa nám to podarilo vďaka tej labuti a vtákom." "To je pravda.

„Ehm, áno, čo sa týka toho, pomoc nie je dovolená - ani od priateľov, ani od vtáctva. Spomínaný incident sme nahlásili príslušným orgánom."

E-Z pokrútil hlavou, nemohol uveriť tomu, čo počul. „Nehovorte mi, že niekto ublížil labuti alebo vtákom? To mi radšej nehovorte… Aha, a prečo presne sa mi tá labuť prihovorila, po anglicky. Veď viete.“

„Táto záležitosť je dôverná,“ povedal Hadz a s rukami na bokoch sa zatrepal tesne pri jeho tvári. Reiki zaujal rovnaký postoj a ich krídla sa dotýkali jeho očných viečok.

„Hej, prestaň,“ povedal hlasnejšie, ako mal v úmysle.

„Je tam všetko v poriadku?“ Sam sa spýtal cez zatvorené dvere.

„Som v poriadku,“ povedal a mávol si rukou pred tvárou, čím odhodil stvorenia po miestnosti. Reiki narazil na stenu a skĺzol dolu. Hadz sa už ďalej pokúsil Reikiho zachytiť, ale neskoro. Obaja anjeli sa zrútili a dopadli na podlahu.

„Prepáčte,“ povedal tínedžer. Posunul svoj vozík bližšie k nim. Rozmýšľal, či im v hlave nekrúžia hviezdy ako postavičkám zo starých kreslených filmov. Kedysi sa mu to páčilo, keď sa to stalo Wile E. Coyotovi. Trochu sa zapotácali, tak ich položil na posteľ. Keď sa anjeli spamätali, povedal: „Ešte raz sa ospravedlňujem. Nechcel som vás švihnúť. Tvoje krídla ma šteklili v očiach.“

„Ale áno!“ Reiki povedala.

„A my na to nezabudneme.“

Cítil sa zle. Boli také malé; neuvedomil si, že obyčajné švihnutie ich môže takto poslať do vzduchu. Bolo to, akoby ich odpálil z parku, a pritom sa ich sotva dotkol.

„Čo sa týka toho…“ Reiki povedal.

„Kým si spal, vykonali sme na tebe rituál,“ ozval sa Hadz.

E-Z opäť zachoval chladnú hlavu, ale len ťažko. „Hovoríš rituál?“ Pozreli sa naňho, previnilo sa ako hriech. „Keby si bol človek, hodili by na teba knihu za to, že si mi niečo urobil bez môjho dovolenia. Je to útok na maloletého. Bol by si vo väzení..."

Anjeli sa zachveli a držali sa jeden druhého.

„Nemali sme na výber."

„Urobili sme to pre tvoje vlastné dobro."

„To chápem, ale v tejto chvíli vaše ospravedlnenie NEPrijímame."

„To je fér," povedali anjeli. „Zatiaľ." Skandovali: „Privolali sme sily, veľké a iluzórne sily nad vami a všade okolo vás. Požiadali sme ich, aby ti poskytli pomoc tým, že ti zvýšia silu, odvahu a múdrosť. Jednoducho povedané, verili sme, že potrebuješ viac, a tak sme to pre teba vyčarovali."

„Rozumiem. Ospravedlnenie stále NEPrijímam."

„Urobili sme to tak, aby ti to spôsobilo čo najmenej nepríjemností," povedal Hadz.

E-Z zvážil túto najnovšiu informáciu. Zároveň si pritom prezeral svoj vozík. Naozaj sa mu teraz zdalo iné, okrem očividnej zmeny farby podrúčok.

„Čo sa to v poslednom čase deje s mojím kreslom?" spýtal sa. „Akoby malo vlastnú myseľ."

Anjeli sa opäť zachveli.

„Čo si to urobil? Presne tak? Pretože mám podozrenie, že si nielen napadol mňa, ale aj moju stoličku."

Napokon anjeli vysvetlili všetko o diamantovom prachu a krvi. O silách, ktorými bol obdarený on sám a kreslo. „Keď sa ťažkosti s úlohou zvýšia, budeš sa musieť posilniť."

„Už to viem, preto mi horeli krídla. Zvyšujúcu sa teplotu po každej úlohe. Ale stále si opakujem, že to všetko bude stáť za to, keď opäť uvidím svojich rodičov."

„Ak dokončíš skúšky v stanovenom čase. A do bodky dodržíš pokyny," povedal Hadz.

„Počkaj chvíľu," povedal E-Z a udrel rukami do opierky. „Nikto nepovedal, že je nejaký termín. Nie v Bielej miestnosti. Ani v žiadnom inom čase. A ak existuje kniha pravidiel, podľa ktorej sa mám riadiť, tak mi ju daj, aby som si ju mohol prečítať. Takisto ani na jednej strane nebol žiadny záväzok. Nikto nepovedal, koľko dokončených pokusov je potrebných na spečatenie dohody. Musíme dať všetko písomne? Existuje niečo také ako anjelský právnik alebo ešte lepšie anjelská právna pomoc?"

Hadz sa zasmial. „Samozrejme, máme Anjelských právnikov, ale musíte byť Anjel, aby ste mali nárok na ich získanie."

Reiki povedala: „Prvú úlohu si splnil bez akejkoľvek pomoci. Iniciatívou svojej stoličky, silou vôle a šťastím si zachránil život toho dievčatka. Tieto tri veci ťa môžu dostať len tak ďaleko, preto sme ti zaobstarali väčšiu palebnú silu. Najviac, čo sme si mohli želať."

„Najviac, čo sme mohli riskovať, že ti dáme."

„Hej, čo myslíš tým riskovať? Chcete povedať, že tento rituál by mi mohol ublížiť?"

„Urobili sme ti láskavosť. Vystavili sme sa riziku, aby sme ti pomohli. Ak nám nedokážeš odpustiť teraz, tak nám to jedného dňa odpustíš."

„Hovor o vyhýbaní sa mojej otázke! Rozmýšľal si niekedy o tom, že by si sa dal na anjelskú politiku - ak niečo také existuje?"

Hadz povedal. „Ľudia okolo teba si môžu všimnúť isté zmeny v tvojom fyzickom vzhľade."

„Áno, môžu," povedala Reiki s úsmevom.

„Čo myslíš tými fyzickými zmenami?" vykríkol.

POP.

POP.

A boli preč.

E-Z bol opäť úplne sám. Keď sa vydal k dverám, premýšľal, čo tým mysleli. Nech to bolo čokoľvek, čoskoro to zistí. Medzitým premýšľal o tom, že jeho kreslo má teraz jeho krv. Ako bolo kreslo predĺžením jeho samého. Zamieril do kuchyne, kde ho čakal strýko Sam.

$$* * *$$

„No, nedopadlo to presne tak, ako sme plánovali," povedal Reiki. „Bol na nás dosť nahnevaný. Myslím, že nám už nikdy nebude dôverovať."

„Potrebuje nás viac ako my jeho."

„Mohli by sme mu vymazať myseľ, ako sme to urobili ostatným."

„Ak nám neodpustí, nemôžeme s tým nič urobiť. Vymazať mu myseľ neprichádza do úvahy. Bez jeho súhlasu a ak, nie keď sa to dozvie, navždy by sme sa mu odcudzili. A vieš, komu by sa to nepáčilo."

„Máš pravdu ako vždy," povedal Hadz.

„Myslíš, že si dnes niekto všimne zmeny na jeho výzore?" ‚Áno,' povedal.

„Všimli sme si, nie!"

„Možno sme mu to mali povedať, aspoň o jeho vlasoch. možno by sa nám zapáčil. Keby sme mu to vysvetlili."

„Myslím, že by bolo lepšie, keby tie zmeny pochádzali od niekoho iného ako od nás."

„Ľudia sú veľmi zvláštni," povedala Reiki.

„To sú. Ale práca s nimi je jediný spôsob, ako sa môžeme presadiť ako skutoční anjeli.“

„Naštastie pre nás, je celkom milý.“

KAPITOLA 12

E-Z zabodol vidličku do taniera plného palaciniek. Bol hladný, akoby nejedol už niekoľko dní. A bol smädný. Hádzal do seba pohár za pohárom pomarančového džúsu. Dopĺňal si tanier palacinkami, jedol, kým všetky nezmizli.

Sam sa zasmial, keď videl svojho synovca, a potom si ďalej namáčal do kávy plátok toastu s maslom.

„Čo je také smiešne?" Spýtal sa E-Z.

„Hm, asi nič."

Jediné zvuky v kuchyni boli šúľanie, krájanie a žuvanie. Okrem hodín tikajúcich na stene za nimi.

„Čo?" E-Z sa dožadoval a všimol si, že strýko sa usmieva a skrýva to za rukou.

„Na tvojom, no, vieš, dnešnom rande je niečo iné. Chceš mi niečo povedať? Napríklad prečo?"

Dve stvorenia sa pristavili a každé si sadlo E-Zovi na jedno z ramien. Odpočúvali a jemu sa ich nepozvané vyrušovanie vôbec nepáčilo, a tak ich od seba odsotil.

POP.

POP.

Zmizli.

„Nie som si istý, čo tým myslíš.“

Sam si nalial ďalšiu šálku kávy. „Je to pre dievča? Pretože každé dievča, by ťa malo prijať takého, aký si.“

E-Z sa zasmial. „Žiadne dievča. Si úplne mimo.“

Obaja boli ešte niekoľko okamihov ticho baru, v ktorom tikali hodiny.

„Zbalila som si tašku a po tom, čo ráno trochu napíšem, pôjdem do parku. Beriem si poznámkový blok a niekoľko pier pre prípad, že by ma park inšpiroval.“

„To znie ako plán, ale najprv mi pomôž upratať.“ Sam vstal od stola.

Tínedžer si odsunul stoličku a spoločne rýchlo upratovali. E-Z išiel do svojej kancelárie a zavrel za sebou dvere, keď sa ozval zvonček pri vchodových dverách.

Sam vpustil dnu Ardena a PJ. „Je vo svojej kancelárii a pracuje. Očakáva vás? Ak áno, tak mi o tom nič nepovedal.“

„Poslal som mu esemesku, ale neodpovedal,“ povedal PJ.

„Tak sme si povedali, že sa dnes zastavíme a vezmeme ho von. Uistíme sa, že sa trochu zabaví. Ten chlap príliš veľa pracuje. Mama povedala, že nás tam odvezie. Len si to musíme overiť u E-Z a potom jej zavolať.“

„Môj synovec je nadšený z tej knihy, ktorú píše. Mohol by mať námietky.“

„Tak či onak, dnes ho odtiaľto odvezieme,“ povedal PJ.

„Mal v pláne ísť do parku, keď trochu napíše. Ale choď dolu, môže sa tam s tebou stretnúť neskôr?“ Sam sa vrátil do kuchyne a z mrazničky vybral mleté hovädzie mäso. Skontroloval, či v skrini nie je omáčka, špagety, vajcia, cibuľa, strúhanka a špenát. Mal všetko, čo potreboval na neskoršiu prípravu špagiet a mäsových guľôčok.

Po zavesení kabátov sa obaja chlapci vydali chodbou.

Sam sa obliekol do kabáta. Kosenie trávnika už nejaký čas odkladal. Dnes bol deň, keď sa oň mal postarať.

E-Z sa pokúšal písať, ale kreativita mu nevychádzala. Keď prišli jeho priatelia - bol rád za vyrušenie. Otvoril Facebook a tváril sa, že si prezerá aktualizácie. „Uh, ahoj, chalani." Otočil k nim stoličku.

„Páni, čo sa ti to, dočerta, stalo s vlasmi? Boli ste v kozmetickom salóne bez nás?"

„Ukázali ste im fotku a požiadali o obrátený vzhľad Pepe Le Pew?" ,Áno,' povedal.

„A tvoje obočie tiež! Ani som nevedel, že ich vedia farbit?"

E-Z si prešiel prstami po vlasoch a vôbec netušil, o čom sa rozprávajú. Počkať - bolo to to, na čo Sam narážal?

„A jeho oči, tie sú tiež iné."

Arden sa zohol: „Áno, majú v nich zlaté škvrnky. Úžasné!"

„Hej, človeče, daj si pohov," povedal E-Z. „Vy dvaja ma desíte. Narušovať môj priestor nie je v pohode."

„Aspoň nesmrdí ako Pepe," povedal Arden a ustúpil. PJ sa k nemu pridal na druhej strane miestnosti, kde si medzi sebou šepkali.

„Nevadí, keď sa odfotíme?"

E-Z sa usmial a povedal: „Mozzarella."

PJ ukázal Ardenovi záber, ktorý urobil. „Vidíte!" povedali, keď robili veľké odhalenie.

E-Z nemohol uveriť tomu, čo vidí. Jeho svetlé vlasy mali čierny pruh tiahnuci sa stredom a sivé škvrny na spánkoch. Sivé! Priblížil si ich, mali pravdu, jeho oči mali zlaté škvrnky. Mysľou mu preblesklo, ako vyzeral diamantový prach, či takto vyzeral diamantový prach? To urobili tí dvaja idiotskí anjeli! A radšej nech vedia, ako to napraviť! Nabudúce, keď ich uvidí, donúti ich zaplatiť. Medzitým sa pokúsil situáciu rozptýliť.

„To je toho. Mal som ťažkú noc.“

„Čo nám to nehovoríš?“ spýtal sa Arden.

PJ dodal: „Vlasy ti šedivejú a ešte stále si na strednej škole. Myslíš, že je to normálne?“

„Myslím, že má pravdu, robíme z ničoho veľkú vec. Čo na to povedal tvoj strýko?“

„Nevšimol si to - alebo ak si to všimol, nič nepovedal.“

„Čože? Chceš mi povedať, že Sam si to ani nevšimol?“

„Mal otvorené oči?“

E-Z sa pokúsil spomenúť si. Najprv sa strýka Sama spýtal, či mu chce niečo povedať. Mal na mysli práve toto?

„Len sekundu,“ povedal E-Z a zamieril do kúpeľne. Použil desaťnásobné zväčšenie zrkadla, aby sa pozrel zblízka. Zalapal po dychu. Hviezdičky či škvrny v jeho očiach boli iné. Nie na škodu, v skutočnosti ho robili cool. Zbadal sivé vlasy pozdĺž spánkov.

No a čo? So smrťou rodičov toho prežil veľa. Plus každodenný tlak strednej školy. A zvykanie si na invalidný vozík. Nehovoriac o tom, ako sa vysporiadať s archanjelmi a skúškami.

Jeho predčasne šedivejúce vlasy neboli problém. Pohyboval zrkadlom a prstami si prechádzal po vlasoch. Ich štruktúra bola iná, keď sa dotkol čierneho pruhu. Bol hrubý, pripomínal štetiny. Žiadny problém, šplechol by naň trochu gélu a...

Vonku sa rozbehla kosačka na trávu. Sam konečne robil tú obávanú prácu. Pred nehodou bolo kosenie trávnika E-Z-ovou najnenávidenejšou povinnosťou.

„YEOW!" Sam vykríkol, keď sa kosačka s kašľom zastavila.

E-Z-ova stolička sa vrhla k vchodovým dverám, ktoré sa samé rozleteli. Vzlietol, minul schody a pristál na trávniku za Samom.

„Do čerta!" Sam vykríkol. Kosačkou trafil kameň, ktorý vyletel do vzduchu a zasiahol ho blízko oka. Po tvári mu stekali kvapky krvi a hromadili sa na tráve.

Invalidný vozík sa presunul na miesto, kde bola krv, a kolesami ju pohltil.

„Si v poriadku?"

„Som v poriadku," povedal Sam. Siahol do vrecka, vytiahol vreckovku a priložil si ju k rane.

Prišli Arden a PJ. „Počuli sme ten krik."

„Som v poriadku, naozaj," povedal Sam. „Malá nehoda. Netreba sa báť ani znepokojovať. Vráťme sa dovnútra."

Chytil rukoväte invalidného vozíka a tlačil ho. Bolo nesmierne ťažké manévrovať s ním po tráve.

Arden medzitým priniesol kosačku a schoval ju do kôlne.

„Pribrala si?" PJ sa spýtal, keď si všimol, aké má Sam ťažkosti.

„Dnes ráno som zjedol asi dvadsať palaciniek." "To je pravda.

„Možno je ten čierny pruh ťažší ako tvoje normálne vlasy?" Arden sa k nim s úsmevom vrátil.

„Aha, všimli si to," povedal Sam.

„Áno, od chvíle, čo prišli, ma kvôli tomu šklbú. Prečo si nič nepovedal?"

Teraz vo vnútri E-Z vytiahol náplasť a priložil ju strýkovi na ranu.

„Bola to jemná zmena," povedal Sam. „Nie!" usmial sa. „Aha, a neuvažoval si niekedy o tom, že by si sa dal na povolanie zdravotnej sestry? Máš jemný dotyk."

PJ a Arden sa posmievali.

KAPITOLA 13

E-Z a jeho priatelia sa vrátili do jeho kancelárie. Rozhodol sa, že sa bude držať blízko domova pre prípad, že by ho Sam potreboval. Sam bol príliš zaneprázdnený varením večere, aby premýšľal o tom, čo sa mohlo stať s kosačkou.

„Večera je hotová," zavolal o niekoľko hodín neskôr. „Príď si po ňu."

E-Z ho viedol: „Výborne to vonia!"

Posadali si a podávali si jedlo a koreniny.

„Už sa ti tam celkom leskne," povedal Arden Samovi.

Sam, ktorý doteraz nevedel, že má viditeľné zranenie, a teraz ho nosil s hrdosťou. Zabodol sa do ďalšej mäsovej guľôčky a položil si ju na tanier.

„Čo sa tam vlastne stalo," spýtal sa PJ.

„Bol to kameň. Zachytil sa v kosačke a trafil ma." Pokračoval v posúvaní jedla na tanieri. „Ako ide písanie?" spýtal sa synovca a odvrátil pozornosť od seba.

„Dnes ráno som nemal čas sa do toho pustiť."

Sam zmenil tému a spýtal sa, či sa niečo deje v škole alebo v tíme.

„Dnes večer máme tréning," povedal PJ.

„A dúfame, že E-Z bude chytať v zajtrajšom zápase."

E-Z pokrútil hlavou, že určite nie, a pokračoval v jedení.

„Jedno striedanie, len jedno, a ak nechceš pokračovať v hre, nevadí nám to," povedal Arden.

„Skvelý nápad," povedal strýko Sam. „Ponor sa do toho. Ak sa nebudeš cítiť dobre, vystúp. Čo môžeš stratiť?"

PJ otvoril ústa, aby niečo povedal, ale rozhodol sa, že to neurobí. Pichol si do papule mäsovú guľôčku. Prežúval, napil sa. „Keď si tam ty, E-Z, všetkým zdvihneš morálku. Chlapi si o tebe veľa myslia. Vždy to tak bolo a vždy to tak bude."

„Dobre," povedal E-Z. „Budem sedieť na lavičke, ak si myslíš, že to pomôže. Po večeri pôjdeme dole do parku a trochu si zatrénujeme. Uvidíme, ako to pôjde."

„To je fér," povedal PJ.

Poďakovali Samovi za úžasnú večeru.

„Ty si varil, tak my poupratujeme," ponúkol sa Arden.

E-Z a PJ si vymenili pohľady.

Keď bol Sam mimo dosahu, PJ povedal: „Ty si taký bozkávač."

Arden špliechol smerom k PJ trochu vody, ale E-Z zachytil väčšinu z nej do tváre.

PJ oplatil šplechnutie, ktoré sa rozprsklo po kuchynskej podlahe a zasiahlo Samove topánky.

„Mop a vedro sú v skrini," povedal a cestou von si chytil kabát.

Dokončili upratovanie, dovtedy boli väčšinou suchí, okrem E-Z, ktorý si prezliekol tričko. Konečne dorazili k bejzbalovému diamantu a ten už bol obsadený.

„Výborne," povedal E-Z. „Poďme."

Na vedľajšej ploche stálo niekoľko dievčat z družstva roztlieskavačiek súperovho tímu. Jedna z nich, ryšavé dievča, sa pozrela smerom k E-Z. Urobila kotrmelec a ľahko pristála.

„Hádam by sme mohli chvíľu zostať," povedal E-Z.

Prešli cez ihrisko k lavičkám. Museli sa aspoň pozdraviť, inak by vyzerali ako blbci.

Malá ryšavá dievčina niečo pošepkala svojej kamarátke a ony sa zachichotali.

E-Z si bol istý, že sa mu smejú.

„Máme spoločnosť," povedalo červenovlasé dievča.

„Áno, frajer na vozíčku so zebrovanými vlasmi a dvaja šprti," zakričal tretiak. Očakával, že sa všetci budú smiať na jeho chabom vtipe, ale nikto sa nesmial.

„Nevšímajte si ho," povedal kamarát červenovlasého dievčaťa. „Je patetický."

„Vypadni," zakričal hráč ľavého poľa. „Tu nie je miesto pre mrzáka."

E-Z ignoroval všetky komentáre. Jeho stolička však nie. Tlačilo sa, revúc ako býk, ktorý sa snaží dostať z ohrady. „Whoa!" povedal, keď stolička balansovala ako divoký kôň.

Arden chytil stoličku za rukoväte a stolička sa vrátila k svojej normálnej funkcii.

Za doskočiskom chytač pustil mušku a zahmlieval nadhod. „Vidím, že potrebujete poriadneho chytača," povedal E-Z.

Roztlieskavačky sa zachichotali.

„Dajte mi päť minút za doskou, len päť. Ak budem schopný chytiť každý nadhod, ktorý pošlete mojím smerom, potom vám urobíme láskavosť a zostaneme."

„A keď nie?" spýtal sa nadhadzovač.

Chytač si zložil masku. „Kúpite nám hamburgery a hranolky." "To je pravda.

„A koktaily," dodal prvý pivot.

„Dohodnuté," povedal E-Z, keď sa jeho stolička posunula dopredu.

Trpezlivo sedel, kým si Arden zapínal chrániče kolien. PJ si cez hlavu pretiahol chránič hrudníka a na tvár si nasadil chytaciu masku. E-Z zatlačil päsť do chytačskej rukavice.

„Dobre, hoď mi loptu," prikázal E-Z.

„Dúfam, že vieš, čo robíš, kamarát," povedal Arden a PJ.

„Ver mi," povedal E-Z. Odkrútil sa do pozície za doskočiskom. „Odpaľovač nahor!"

Nadhadzovač pokynul Ardenovi, aby odpálil. Vybral si pálku a postavil sa na métu.

E-Z naznačil nadhadzovačovi, aby hodil vysoký fastball. Nadhadzovač namiesto toho hodil krivú loptu, ktorá bola presne v zóne. Ardenovi sa nepodarilo trafiť, ale nie úplne, pretože sa s loptičkou spojil o kúsok a tá sa odrazila späť. E-Z sa zdvihol na stoličke a chytil ju.

„Páni!" zakričal nadhadzovač. „Pekný zákrok."

„Šťastie," povedal prvý pivot.

Rozveselovači sa posunuli bližšie.

Druhý nadhod Ardenovi, ten vyskočil do pravého poľa.

PJ sa postavil na pálku a odpálil. E-Z chytil všetky loptičky ľahko, ale posledný nadhod išiel divoko a takmer oň prišiel. PJ si to namieril na prvú, ale E-Z hodil loptičku dole a bol out.

Hrali, až kým nebola príliš veľká tma na to, aby už videli loptu.

Po hre sa rozhodli, že je to remíza. Išli do neďalekej reštaurácie a každý si zaplatil jedlo sám.

„V zajtrajšom zápase vás zabijeme, chlapci," pochválil sa Brad Whipper, kapitán tímu.

„Hráte E-Z?" Spýtal sa Larry Fox, hráč prvej méty.

„Ach, určite hrá," povedali Arden a PJ.

„Určite."

Červenovláska sa volala Sally Swoonová a niečo pošepkala Ardenovi, ktorý pokrútil hlavou. „Spýtaj sa ho sama," povedal.

„Opýtať sa na čo?"

Líca sa jej začervenali.

„Chceš vedieť, čo sa stalo, však?"

Prikývla. „Požiadal si o to svojho kaderníka, alebo..."

„Urobili chybu?" povedal.

Prikývla.

„Ráno som sa zobudila a bolo to takto. Koniec príbehu."

„Vytiahnite tú druhú," povedal hráč. „A teraz nám povedz, prečo si na vozíku."

E-Z vyrozprával svoj príbeh. Všetci zostali ticho, kým to urobil. Nikto nejedol ani nepil. Keď skončil, obával sa, že sa k nemu budú všetci správať inak, ale nestalo sa tak.

Rozprávali sa o blížiacej sa Svetovej sérii a iných športových klebetách.

Neskôr, keď ho kamaráti odprevadili domov, boli všetci ticho. Poprial chlapcom dobrú noc a vrátil sa do svojej izby. Snažil sa pozerať televíziu, trochu písať, ale nech robil čokoľvek, stále myslel na všetko, čo stratil. Padol späť na posteľ, pozeral do stropu a nakoniec zaspal.

KAPITOLA 14

E-Z spal, sníval.

„Zobuď sa E-Z! Zobuď sa!" Reiki mu skákala po hrudi.

„Prestaň!" zakričal.

Hadz mu na tvár nastriekal trochu vody.

Ten ju zo seba striasol. „Vy dvaja máte čo vysvetľovať a čo naprávať. Vráťte mi vlasy do pôvodného stavu. A aj moje oči!"

„Nemáme čas!" povedali, keď sa jeho stolička prevrátila, zhodili ho do nej a potom vyleteli už otvoreným oknom.

„Ešte ani nie som oblečený!" E-Z zvolal.

Reiki a Hadz sa zachichotali a povedali E-Z, aby si prial, čo si chce obliecť. Keď sa opäť pozrel dolu, mal na sebe džínsy, opasok a tričko. Pozrel sa na svoje nohy, kde si bežecké topánky zaväzovali vlastné šnúrky. Keď sa vznášali po oblohe, E-Z im poďakoval.

„Takže nám odpúšťate?" Hadz sa spýtal.

„Daj tomu čas," povedal Reiki.

E-Z prikývol, keď jeho stolička stúpala čoraz vyššie. Nad lietadlom, ktoré míňalo lietadlo. Očividne to nebol ich cieľ.

Leteli ďalej, až kým sa jeho vozík úplne nezastavil, potom sa nasmeroval nadol.

„Tam je," povedal Reiki.

Dole pred vysokou kancelárskou budovou stála v zhluku skupina ľudí.

„Cítiš to?" E-Z sa spýtal, keď si všimol, že vzduch okolo incidentu je iný. Vibroval energiou.

„Áno," povedal Hadz.

„Dobre, že ste si to tentoraz všimli," povedal Reiki.

„Chceš povedať, že aj inokedy tam boli vibrácie?"

„Áno, ale keď tvoje schopnosti porastú, budeš schopný vynulovať miesta."

„A nielen ty, aj tvoja stolička ich dokáže zachytiť."

„Chceš povedať, že mám super-duper inteligentné kreslo? Vedel som, že je upravená, ale toto je úžasné!"

Anjeli sa zasmiali.

Kreslo sa rozbehlo, zatiaľ čo pod nimi sa ozývali výstrely. Videli, ako ľudia utekajú, kričia, padajú.

V ústrety chaosu E-Z a jeho kreslo leteli do prichádzajúcej spršky guliek. Ušklbol sa, keď ich vozík odrazil. Premýšľal, čo by sa stalo, keby kreslo niektorú z nich minulo.

„Sme si celkom istí, že si nepriestrelný," povedala Reiki bez toho, aby sa jej pýtal. „Bola to súčasť rituálu."

„A diamantový prach by mal fungovať."

„Celkom určite?" povedal a dúfal, že majú pravdu. „Ak to funguje, tak je to dobrý kompromis pre moju situáciu s vlasmi!" "To je dobré.

Rádoby anjeli sa zasmiali.

KAPITOLA 15

H je invalidný vozík tlačil dole a zameral sa na muža na streche budovy. Strieľal do davu pod sebou a na nich, keď sa k nemu priblížili. Vozík sa pohol dopredu, E-Z počul zvláštny zvuk, ako keď lietadlo vysúva podvozok. Vychádzalo to z vozíka, ako kovový kufor spadol a pristál na tom chlapovi. Zbraň mu vyletela z ruky a preletela cez strechu, skôr než sa výmysel zachytil. Muž sa pokúšal odbiť E-Z a vozík z chrbta, ale nič nepomáhalo.

V diaľke sa ozvala siréna a potom bola čoraz hlasnejšia, ako sa uzatvárala medzera.

„Ak vás pustím hore," spýtal sa E-Z, "budete sa správať slušne?"

Hoci muž prikývol na znak súhlasu, invalidný vozík sa odmietol pohnúť.

E-Z potreboval zneškodniť zbraň a dostať sa odtiaľ preč skôr, ako dorazí polícia. Zaujímalo ho, či je niekto dole zranený. Očakával, že sanitky sú na ceste. On a jeho kreslo by však mohli odletieť s ťažko zranenými do nemocnice oveľa rýchlejšie.

Zadíval sa na zbraň na druhej strane strechy. Sústredil sa a potom natiahol ruku. Akoby jeho ruka bola magnetom, zbraň do nej vletela a on ju zneškodnil tak, že ju zviazal do uzla. E-Z si stiahol opasok a použil ho, aby strelcovi zviazal ruky za chrbtom.

Kreslo sa zdvihlo a odletelo ako raketa, keď sa dvere na streche rozleteli. Upravený výmysel sa vzniesol, visel vo vzduchu, zatiaľ čo E-Z sledoval, ako sa k strelcovi presunula zásahová jednotka a vzala ho do väzby. Pohľad na tvár policajta, ktorý našiel zbraň zviazanú v uzle, bol na nezaplatenie.

Na sekundu či dve zaváhal, keď zvažoval svoj mandát, ale dole boli zranení ľudia a on im mohol pomôcť rýchlejšie ako ktokoľvek iný, a to aj urobil. O následky sa bude starať neskôr a dúfať, že to pochopia.

E-Z pristál blízko davu. Zozbieral štyroch najvážnejšie zranených, a keďže boli v bezvedomí, použil časť krídla, aby ich bezpečne udržal na stoličke, keď leteli po oblohe.

Kreslo absorbovalo krv zranených pasažierov, ktorá kvapkala z ich rán. Ich krv sa spojila s krvou E-Z a Sama Dickensa. Toto spojenie vytlačilo guľky z ich tiel a ich rany sa začali hojiť.

Trvalo niekoľko minút, kým sa dostali do nemocnice. Kým dorazili, všetci pacienti boli uzdravení, akoby sa im zranenia nikdy nestali. Vrhli sa okolo E-Z a ďakovali mu.

Na parkovisku pri nemocnici každý z nich zoskočil z vozíka.

Pri vchode stáli ošetrovatelia s pripravenými nosidlami.

E-Z sa pozrel ich smerom. Zamával im a potom odletel do neba. Pod ním mu tí, ktorých zachránil, mávanie opätovali. Dúfal, že čakajúci ošetrovatelia budú príliš nahnevaní, že ich predsa len nepotrebujú.

„Ďakujem," zakričal mladý muž a zamával mu.

„Dúfam, že sa ešte uvidíme," zvolala žena v stredných rokoch.

„Ste skutočný hrdina!" povedal muž, ktorý mu pripomínal strýka Sama.

„Pripomínate mi môjho vnuka - až na ten čudný pruh vo vlasoch!" povedala staršia žena.

Obsluha pristúpila k štvorici a spýtala sa: „Potrebuje niekto pomoc?"

Mladík povedal: „Nebudete tomu veriť, ale pred chvíľou ma postrelili - dvakrát. Myslím, že som odpadol. Keď som sa prebral," vyhrnul si prednú časť košele, ktorá bola od krvi, "rany boli preč."

Staršia žena, ktorej šaty boli zašpinené od krvi, vysvetlila, ako ju postrelili blízko srdca.

„Bola by som mŕtva, keby mi ten chlapec na vozíku nezachránil život."

Ďalší dvaja pacienti mali na rozprávanie podobné príbehy. Chválili E-Z a opäť mu ďakovali. Aj keď už nebol medzi nimi.

„Myslím, že by ste mali všetci ešte prísť do nemocnice," povedal prvý ošetrovateľ.

Druhý ošetrovateľ povedal: „Áno, prešli ste traumatickým zážitkom. Mali by ste navštíviť lekára a dostať povolenie."

Všetci štyria bývalí zranení občania dovolili ošetrovateľom, aby im pomohli dovnútra. Najstaršieho zo štvorice sa pokúsili dostať na nosidlá.

„Som zdravá ako rybička!" zvolala staršia žena.

Nasledovali ju do nemocnice.

Radšej to urobme hneď,“ povedal Reiki.

„Je to smutné. Urobil také pozoruhodné veci a teraz si na to nikto nespomenie.“

Všetkým v okolí vymazali myšlienky.

„Urobil úžasnú prácu.“

„Áno, bol dobre vybraný,“ povedal Hadz.

E-Z sa vrátil domov a letel tam tak rýchlo, ako len mohol. Vedel, že bolesť príde, ale nie to, aká bude tentoraz silná. Sotva sa dostal cez okno a na posteľ, už mu horeli ramená, čo spôsobilo, že omdlel.

Anjeli sa vrátili a šepkali mu upokojujúce slová, keď v spánku kričal. Keď bola bolesť príliš veľká, zmiernili ju tým, že ju vzali na seba.

„Tým je pokus číslo tri ukončený,“ povedala Reiki. „Prechádza nimi s ľahkosťou.“

„To je pravda, ale musíme sa uistiť, že ho neidentifikujú. Môže byť videný, ale musíme z neho vymazať spomienky. Obávam sa však, že môžeme niekoho prehliadnuť.“

„Ak vymažeme spomienky všetkým v okolí, všetko by malo byť v poriadku.“

KAPITOLA 16

R áno E-Z jedol cereálie, keď do kuchyne prišiel Sam.

"Káva určite dobre vonia," povedal Sam.

Tínedžer nalial strýkovi plný hrnček. "Čo?" spýtal sa s pocitom déjà vu.

"Čo, čo?" Sam sa spýtal, keď do šálky pridal trochu smotany.

"Pozeráš na mňa," povedal E-Z. Potriasol hlavou. Bol azda na Hromnice o deň viac? Vo filme o dni, ktorý sa opakuje stále dokola, s Billom Murrayom?

"Aha, to. Chceš mi niečo povedať?" Hodil si do kávy hrudku cukru.

Ignorujúc strýka si do úst nasypal kukuričné lupienky. "Nie som si istý, čo máš na mysli."

Sam počkal, kým synovec doje raňajky. "Včera večer som sa k tebe pozrel a tvoja posteľ bola prázdna a okno otvorené. Neviem, ako si sa dostal von so svojou stoličkou. V každom prípade, ak ideš von, mal by si mi to povedať. Som zodpovedný za teba a tvoje miesto pobytu. Nabudúce mi sľúb, že mi dáš vedieť, kam ideš a kedy sa vrátiš. Je to obyčajná zdvorilosť."

„I..."

POP.

POP.

Objavili sa Hadz a Reiki. Reiki priletela k Samovi a zatrepotala mu pred očami. Na niekoľko sekúnd sa Sam zdal byť zombifikovaný. Potom sa vrátil k popíjaniu kávy. Zdvihol pohár, napil sa, odložil ho. Opakoval.

E-Z pripomínalo to hračku pre vtákov - kde vták ponorí hlavu do pohára a napije sa. Ako sa tá vec vlastne volala?

„Dippy bird," povedal Sam. Pozrel sa na hodinky.

Čo to, dočerta? Mohol mu teraz strýko čítať myšlienky?

„Kto nevie čítať myšlienky?" Hadz povedal s úsmevom.

Sam sa postavil a so skleslými očami a pohybmi pripomínajúcimi robota šiel k drezu, vypláchol šálku a vložil ju do umývačky. Potom vzal kľúče od auta a bez slova odišiel.

E-Z visel s otvorenými ústami, keď spracoval informáciu, a potom sa dožadoval: „Dobre, vy dvaja. Čo ste urobili môjmu strýkovi Samovi? Nemali ste právo... urobiť to, čo ste urobili." Bol taký skrížený, že mal červenú tvár a zaťaté päste.

POP.

POP.

Nenávidel to. Vždy, keď urobili niečo zlé, zmizli a on sa im musel ospravedlniť, aby sa vrátili, hoci nič zlé neurobil.

„Prepáčte," povedal. „Prosím, vráťte sa."

POP

POP.

„Čo sa stalo, stalo sa," povedal pokojne. „Naozaj mi čítal myšlienky?"

„Áno, ale bol to ojedinelý prípad."

„To je dobre. Mne by nikdy nič neprešlo."

„Sme tvoja záloha, počas skúšok. Je na nás, aby sme ochránili teba a tvojich priateľov vrátane strýka Sama."

„Čo ste mu urobili?" spýtal sa znova, keď zazvonil zvonček. Nepohol sa, čakal, kým mu odpovedia na otázku. Zvonček sa opäť rozozvučal. „Len sekundu," povedal. „Povedzte mi, čo ste mu urobili. HNED!"

„Vymazal som mu myseľ," zašepkal Reiki.

„Čo si urobil?"

„Museli sme, aby sme ochránili teba a tvoju misiu," dodal Hadz.

PJ a Arden vošli do kuchyne. „Dvere boli odomknuté," povedal Arden.

„Áno, včera sme Samovi povedali, že ťa ráno vyzdvihneme."

„Aj vám prajem dobré ráno." Odsunul sa od stola.

„Musíme sa porozprávať, kamarát. Ale ponáhľame sa."

Vzal si batoh a obed. Vydali sa k vchodovým dverám. Na vrchole schodov sa stolička prudko pohla dopredu - akoby chcela letieť dole. Požiadal svojich priateľov, aby mu pomohli zísť dolu po rampe. Arden a PJ mu pomohli na zadné sedadlo auta. Arden uložil vozík do kufra.

„Dobrý deň, pani Lesterová," povedal E-Z, keď si traja chlapci sadli na zadné sedadlo auta.

„Dobré ráno," povedala a potom zapla rádio. Hlásateľ hovoril o novom recepte.

„Keď už boli na ceste," zašepkal PJ, ‚čo ste robili včera večer?' ‚Áno,' povedala.

„Nič moc. Jedla som. Spala som. Ako zvyčajne."

„Ukáž mu to."

PJ mu podal telefón a stlačil tlačidlo play.

Bolo to video na YouTube. Na ňom, ako na svojom vozíku lieta po oblohe a preváža zranených ľudí. Jeho kreslo bolo krvavočervené, pohybovalo sa tak rýchlo ako ohnivá škvrna. Bolo vidieť jeho biele krídla. A kontrast toho čierneho pruhu na jeho svetlých vlasoch zvýrazňoval jeho vzhľad.

„To ma bije," povedal E-Z, pričom sa poškriabal na hlave s nulovým zdieľateľným vysvetlením. Čakal, že prídu anjeli a vymažú kamarátom rozum - neprišli. Čakal, že sa svet úplne zastaví - nezastavil. Rozmýšľal, či ešte niekedy uvidí svojich rodičov? Bola to skúška? Prevrátil telefón a vrátil ho späť.

„Kámo," povedal Arden, keď jeho matka zacúvala na parkovacie miesto.

„Ponáhľaj sa, lebo prídeš neskoro," povedala, keď otvorila kufor.

„Uvidíme sa neskôr," povedal Arden, keď jeho matka odišla.

Traja kamaráti sa bez rozhovoru vybrali do školy. Posledné varovné zvonenie malo každú chvíľu zaznieť.

E-Z sa kotúľal po chodbe, usmieval sa sám pre seba a zároveň sa obával, kto ďalší uvidí klip. Hoci bolo úžasné vidieť sa v akcii. Ako chladnejší Superman. Skutočný hrdina. Zachraňoval ľudí. Zachraňoval životy. On a jeho vozík boli neporaziteľní. Boli dynamické duo. Rozmýšľal, či vôbec potrebujú pomoc dvoch rádoby anjelov. Bol to dobrý pocit. Každý jeden okamih. To zachraňovanie. Zachraňovanie. Úspešné dokončenie ďalšej skúšky. Úžasné. Keby tak mohol do svojho tajomstva zasvätiť svojich najlepších priateľov.

„E-Z Dickens!" Pani učiteľka Klausová naňho zavolala.

„Áno, madam," povedal E-Z a otočil stránku, aby si prečítal učivo. Rozmýšľal, prečo stráca čas v škole. Už ho nepotreboval.

Počas hodiny sa snažil neusínať. Pani Klausová ho sledovala viac ako zvyčajne. Zakaždým, keď sa odmlčal, zvýšila hlas, akoby si to všimla.

Keď zazvonilo a hodina sa skončila, študenti sa rozišli, aby ho nechali ako prvého vyjsť z dverí. Pozrel na niekoľko spolužiakov, aby sa im poďakoval. Len málo z nich nadviazalo očný kontakt. Väčšina sa odvrátila. Neboli zvyknutí na jeho nové postavenie - zatiaľ.

Na chodbe čakal zástup spolužiakov a obdivovateľov. Rozsvietili sa blesky, ako sa fotografovalo fotoaparátmi a kamerami. Dúfal, že sú tam aj školské noviny. Dokonca by o ňom mohli napísať článok. Počkajte chvíľu. Už nikdy neuvidí svojich rodičov - nie, ak sa to všetci dozvedia! Ako sa to mohlo stať!? Pretlačil sa cez cestu. Pokračovali v potlesku, s pribúdajúcim časom čoraz hlasnejšom. Niekoľko z nich zvolalo: „Reč!"

PJ sa postavil na stranu a spýtal sa: „Videli ste v poslednom čase Facebook?"

E-Z pokrčil plecami.

„Pozri sa na najnovšie," povedal PJ a ukázal priateľovi titulky.

„Miestny hrdina na vozíčku." Prestal sa hýbať a klikol na klip. Písalo sa v ňom, že miestny hrdina navštevuje Lincolnovu strednú školu v Hartforde v Connecticute. E-Z si čoskoro uvedomil, že študenti si myslia, že on je hrdina - bol ním -, ale nemohli to vedieť. Nemali vedieť nič z toho. Mali mať vymazané mozgy, ako to urobili strýkovi Samovi. Ale na tom nezáležalo - nežil v Hartforde v Connecticute. Mali to zle. Prečo teda jeho spolužiaci tlieskali?

On sa pretláčal, oni mu ustupovali z cesty. Vyšiel rovno do prudkého dažďa. E-Z premýšľal, či by mohol využiť novonadobudnuté schopnosti svojej stoličky vo svoj osobný prospech. Aj keď nebola žiadna kríza ani skúška, mohol by čarovať, alebo sa rituálne vrátiť domov? Premýšľal o tom, keď sa ďalej kotúľal po chodníku. Jeho stolička mu raz pomohla zachrániť malé dievčatko, a to ešte predtým, ako mala nejaké špeciálne schopnosti.

Myslel na čarovné slová ako bibbidi-bobbidi-boo a expelliarmus. Obe vyskúšal na svojom vozíku, ale ani jedno z nich nič nerobilo. Obzrel sa cez plece a počul, ako sa za ním blížia kroky. Očakával jedného zo svojich priateľov - namiesto toho to bol mladší študent, ktorý sa spýtal: „Kde máš krídla?"

E-Z sa zasmial: „Nemám krídla." Na znamenie sa mu vynorili krídla a vyniesli ho do neba. Najskôr si pomyslel, že to nie, ale rozhodol sa, že to zvládne, a zamával chlapcovi, ktorý bol späť na chodníku. Chlapec bol taký nadšený, že ho ani nenapadlo vytiahnuť telefón, aby tento okamih zachytil. „Domov!" prikázal mu. Záblesk červeného svetla ho preniesol cez oblohu, priamo okolo jeho domu, pretože stolička mala byť niekde inde.

Pokračovali v lete, až kým sa nedostali priamo nad nákupné centrum. Cítil, ako teraz vzduch vibruje a ťahá ho bližšie k miestu, kde ho potrebovali. Kreslo smerovalo nadol, púšťalo ho do brehu a potom sa zastavilo vo vzduchu. Zákazníci pod ním sa naďalej mrvili - bol mimo ich zorného poľa. Stále netušil, prečo je tu.

Je to ďalší súdny proces? spýtal sa. Čakal, ale odpoveď neprichádzala. Ak to bola ďalšia skúška, tak času medzi nimi bolo čoraz menej. Kde boli tí dvaja anjeli - nemali mu kryť chrbát? Premýšľal o ďalších skúškach. Väčšina z nich sa odohrala v noci. V tme. Čo ak rádoby anjeli nemohli vyjsť na svetlo, ako upíri? Zasmial sa nad tým čudným spojením a dúfal, že je pravdivé. Akosi mu nevadilo, že tentoraz je tu len on a jeho stolička. E-Z sa vrátil do prítomnosti. Vo vnútri obchodného centra kričali zákazníci. Vyletel dopredu, von z banky a do neďalekého obchodného domu. Ten bol prázdny.

Pri dotyku sa kolesá samé otočili a viedli ho ďalej. E-Z sa pokúsil prevziať kontrolu. Ale aj jeho vozík chcel mať kontrolu. Zrýchľoval, stále rýchlejšie a rýchlejšie. Nakoniec mu dovolil dominovať, bál sa, aby si nepomliaždil prsty.

Vozík sa úplne zastavil, keď sa na zemi asi štyri metre pred nimi rozliehali zákazníci. Väčšina z nich bola rozkročená a ležala tvárou k zemi. Niektorí mali ruky na zátylkoch, niektorí mali ruky za chrbtom.

V rôznych polohách zbadal bezpečnostné kamery, ktoré zobrazovali len statický obraz. To nebolo dobré znamenie.

Invalidný vozík sa opäť trhol dopredu k mladej žene. Bola oblečená v maskáčoch a klobúk mala stiahnutý cez oči. Bola svetlej postavy, pravdepodobne prirodzene blond a modrooká, typ modelky. V jednej ruke sa oháňala puškou a v druhej držala lovecký nôž. Jej nehybnosť pri držaní zbraní ho znepokojila. To a jej nadmerné používanie cukríkovo červeného rúžu. Bol rozmazaný a menil strašidelný úsmev na hrozivú grimasu.

E-Z sa zamyslel nad tými, ktorým hrozilo nebezpečenstvo na podlahe. Ako dlho tam už boli? Na čo čakala? Žiadala peniaze? Kto mimo obchodu vedel, že sa odohráva táto rukojemnícka scéna, keďže kamery nefungovali?

Jeden z chlapov na podlahe upútal jeho pozornosť. E-Z si priložil prst k perám. Chlap sa otočil na druhú stranu, vtedy zbadal na podlahe telefón s pulzujúcim červeným svetlom. Nahrával zvuk. Dúfal, že si to dievča nevšimlo - vyzeralo, že sa môže každú chvíľu stratiť.

E-Zova stolička vyletela ako výstrel z dela a čoskoro bola pri dievčati. Jej zbraň letela jedným smerom a nôž druhým. Kovový kryt kresla sa spustil nadol.

„Zavolajte 911," zakričal E-Z. A zákazníkom na podlahe: „Vypadnite odtiaľto!" Rozbehli sa bez toho, aby sa obzreli späť. Teraz bol s tým šialeným dievčaťom úplne sám. „Prečo si to urobila?" spýtal sa.

Zakrútila slová piesne, ktorú už počul: „Nemám rada pondelky." Potom sa usmiala, prevrátila očami a povedala: „Okrem toho je to len hra." Na niekoľko sekúnd sa vrátila k brnkaniu piesne so zatvorenými očami. Potom ich otvorila a s divokými očami a smiechom povedala: „Aha, a ak potrebuješ profesionála, aby ti poriadne zafarbil vlasy, niekoho poznám."

„Ehm, vďaka," povedal a prešiel si prstami po vlasoch.

Spomenul si na pieseň, ktorú spievala jeho mama. Pravdivý príbeh, o streľbe. Kapela sa volala podľa myší, alebo potkanov.

Pokrútil hlavou. Dievča, ktoré stálo pred ním, pripomínalo postavu z hry, ktorú niekoľkokrát hral. Dokonca až po rozmazaný rúž. Nevedel si spomenúť, ktorú, ale bol si istý, že napodobňuje nejakého hráča. „Hrať hru je jedna vec - nikomu sa nič nestane. Toto je skutočný život. Ak sa ti niečo nepáči - prestaň to robiť! Neubližuj ostatným."

„Bzuč," odvetila, "akoby som v tejto veci mala na výber."

Vpadla tam polícia a on musel odísť.

Dievča našli zaistené so zbraňami zviazanými do uzlov v bezpečnostnej uličke pri hernej konzole.

Zamieril domov a čakal, kedy ho zasiahne obávané pálenie z krídel. Zvládol celú cestu, zatiaľ to bolo dobré. Ale bol taký hladný, že sa nevedel dočkať, kedy zje všetko, čo mu príde pod ruku.

V chladničke bola pripravená polovica kurčaťa, ktorú zjedol, kým čakal, kým sa syr na panvici rozpustí. Zhltol zapekaný syr. Potom si pripravil ďalší, zatiaľ čo chrumkal jablko. Keď dojedol jablko, dal si z vaničky zmrzlinu. Bolesť sa nikdy nedostavila, ale ak by takto pokračoval v jedení, mal by vážne problémy s váhou.

„Strýko Sam?" zavolal a skontroloval, či je niekde v dome - nebol. Vošiel do svojej kancelárie a urobil si nejaké domáce úlohy, potom si zahral niekoľko hier. Po Samovi stále ani stopy. Žiadna SMS. Žiadne telefonáty ani hlasové správy. Sam mu vždy dával vedieť, keď sa vracal domov neskoro. Zvláštne. Kde bol?

KAPITOLA 17

Bolo už po polnoci a po strýkovi Samovi stále ani stopy. Bolo to po prvý raz, čo vynechal prípravu večere, nehovoriac o tom, že by E-Z nepovedal, kde je. Vedel, aký je jeho synovec nervózny, keď sa mu veci vymknú spod kontroly. V takých chvíľach tínedžera svrbela koža, akoby mu pod povrchom vrela krv.

Sediac na vozíku robil obdobu prechádzania. Kotúľal sa na stoličke hore chodbou a zase dole. Zložitejšie bolo otočiť sa, čo urobil vo svojej kancelárii. Cestou späť ku kuchyni si zapol televízor, aby si vytvoril biely šum. Pred návratom na chodbu sa zastavil, aby sa pozrel, a zmocnil sa ho mimotelový zážitok.

Bol v obývacej izbe na vozíku a sledoval sám seba na televízore na vozíku. E-Z potriasol hlavou a snažil sa to pochopiť. Prečo si Hadz a Reiki nevymazali spomienky? Potom sa to stalo - reportér povedal jeho meno a skutočnú adresu vrátane predmestia. Tentoraz mal všetko správne - a nezastavil sa pri tom.

„Trinásťročný E-Z Dickens, chcel byť profesionálnym hráčom baseballu. A mal na to predpoklady. Potom ho nehoda pripravila o rodičov - a o nohy. Sirota - z ktorej sa stal superhrdina - teraz žije so svojím jediným príbuzným Samuelom Dickensom."

Chcel kopnúť do televíznej obrazovky. Povedali to, len tak. Akoby všetci superhrdinovia museli byť siroty. Akoby to bola nevyhnutná podmienka. Keď mu zazvonil telefón, dúfal, že je to Sam - bol to Arden.

„Pozeráš to?" spýtal sa. „VŠETKÝM povedali, kde bývaš!"

„Ja viem," povedal E-Z. „Horšie je, že strýko Sam je samovládca. Vždy mi zavolá, nech sa deje čokoľvek."

Arden si pohovoril s otcom. „Zostaň tam, otec a ja hneď prídeme. Môžeš zostať s nami, kým so Samom nevymyslíte, čo robiť. Nechaj mu odkaz."

„Vďaka, ale budem tu v poriadku."

„Otec hovorí, že žiadne keby, a alebo ale. Hovorí, že novinári po tebe pôjdu ako po bielej ryži - nech už to znamená čokoľvek."

„Nemyslel som na to, že sem prídu reportéri. Dobre, pripravím sa."

Odišiel do svojej izby, zbalil si tašku na noc, potom do kuchyne, kde napísal odkaz a položil ho na chladničku. Vonku náhle zastavilo vozidlo a zapišťalo pneumatikami. Zabuchli sa dvere, potom sa ozvali výstrely, keď úlomky skla vyleteli z okien. Vchodové dvere vybuchli z pántov, keď sa jeho stolička rozbehla k strelcovi, ktorý udržiaval paľbu, keď sa priblížili.

„Je to len dieťa," povedal E-Z a využil jeho zaváhanie. Schmatol pištoľ, zviazal ju do uzla a hodil ju cez trávnik.

Chlapec, ktorý bol mladší ako E-Z, využil sekundy, keď hádzal zbraň, na to, aby ho zvalil na zem.

„To nie je v pohode," povedal E-Z, keď ho stolička odstrčila a zhodila kovovú klietku na chlapca, ktorý vzlykal a pýtal sa na mamu. „Ustup," povedal E-Z stoličke.

Chlapec bol zvinutý v polohe plodu, triasol sa a plakal. Stolička zatiahla klietku: chlapec sa nepohol.

E-Z sa teraz už späť na vozíku spýtal: „Kto ťa sem doviezol? A prečo tá streľba?"

„Nie je to nič osobné," vysvetlil chlapec. „Musel som to urobiť. Hlas v mojej hlave mi povedal, že to musím urobiť. Alebo zabijú mňa a moju rodinu. Preto som ukradol otcovi kľúče a naučil som sa šoférovať - rýchlo."

„Nikdy predtým si nešoféroval?"

„Len v hrách."

Zase hry. „Na koho narážaš? Ako sa volajú?"

„Neviem. Hrám niekoľko hier online. Do hry prichádzala žena a hovorila mi, že zabije moju sestru. Prepol som na inú hru; iná žena by povedala, že zabije mojich rodičov. V hre, ktorú som hral dnes, mi tretia žena povedala, že ak nezabijem dieťa, ktoré býva na tejto adrese, bude to mať hrozné následky." Chlapec sa rozbehol na E-Z, ale ďaleko sa nedostal. Stolička ho odstrčila a spustila výložník.

„Dostaňte ma odtiaľto!" dožadoval sa chlapec.

E-Z sa zasmial; ten chlapec mal gule. „Ustup," povedal stoličke a pomohol chlapcovi na nohy. Chlapec sa mu poďakoval tým, že mu napľul do tváre. Zaťal päste a uvažoval, že tomu chalanovi odtrhne tú jeho skurvenú hlavu, ale neurobil to. Namiesto toho ho objal. Chlapec sa znova rozplakal a jeho slzy padali na E-Zove plecia a krídla.

„Ďakujem ti, Dude," povedal chlapec. Odstúpil, položil si ruku na srdce a zmizol.

Keď konečne prišla polícia, E-Z sedel na stoličke pri obrubníku. Potom už nebol. Znova bol vo vnútri sila a cítil sa klaustrofobicky v úplnej tme.

P redtým , keď bol v kovovom kontajneri, sa mohol pohybovať. Teraz bol na vozíku a sotva sa mohol hýbať. Snažil sa pohnúť prstami na nohách vo vnútri topánok - necítil ich. Ak mu tu nohy nefungovali, potom bol rád, že je na vozíku. Boli tím: ako Batman a Batmobil. V reakcii na jeho myšlienky sa invalidný vozík pohol dopredu ako mastif na vôdzke.

„Dostaňte nás odtiaľto," prikázal E-Z.

Pocítil nad sebou pohyb. Posun svetla ako mrak postupujúci po oblohe. Keby tak mohol vyletieť hore a uniknúť cez strechu, ale jeho krídla nemali priestor na rozvinutie.

Na koži sa mu začali robiť bublinky a začalo ho svrbieť. Kde bol teraz ten upokojujúci levanduľový sprej?

PFFT.

„Ehm, ďakujem," povedal. Dokonca aj táto vec mu teraz dokázala čítať myšlienky.

Ramená sa mu uvoľnili, keď formuloval zoznam požiadaviek:

Číslo jedna. Chcel strýkovi Samovi povedať všetko. A myslel tým všetko. Nič nevynechal.

Číslo dva. Chcel, aby to vedeli PJ a Arden. Nie všetko, ako by to vedel strýko Sam. Ale dosť na to, aby pochopili, pod akým tlakom je. Dosť na to, aby ho mohli podporiť a povzbudiť. Neznášal klamať im. Potreboval, aby vedeli o skúškach. Prečo ich robil. Akoby mal v tejto veci na výber.

Číslo tri. Chcel, aby sa ho pred únosom opýtali na povolenie. Tak by vedel, čo má ďalej očakávať. Neznášal, keď ho do toho púšťali.

Číslo štyri. Chcel vedieť, kde sa nachádza. Prečo ho vždy hodili do tej istej nádoby. Prečo mu niekedy nohy fungovali a niekedy nie. Prečo s ním niekedy bola jeho stolička a niekedy nie.

„Čakacia doba je dvanásť minút," povedal ženský hlas. „Dáte si nápoj?"

„Vodu," povedal, keď kov napravo od neho vypľul poličku s pohárom vody. „Vďaka." Hodil ho späť. Pohár sa opäť naplnil až po vrch. Odložil ho na neskôr.

Teraz už bol uvoľnenejší, v hlave sa mu vynorila pieseň. Jeho otec ju mal rád. Vozík sa kolísal sem a tam, keď si spieval text. Vozík naberal na sile - akoby sa snažil vymaniť.

O niekoľko sekúnd neskôr bol už späť doma, v spálni, kde bolo všade rozbité sklo. Na stenách pulzovali modré a červené svetlá. Teraz pri rozbitom okne pozrel von.

„Je tam hore!" zakričal reportér.

U ž zasa nie!" zvolal, keď sa vrátil do kovového kontajnera. „Dostaňte ma odtiaľto!" Kopol nohou do steny sila. „Au!" vykríkol. Potom sa usmial, šťastný, že opäť cíti nohy, a postavil sa. Zdvihol päsť do vzduchu: „Kto si myslíš, že si, že ma sem privádzaš, pri každom tvojom rozmaru!"

„Čas čakania je teraz šesť minút, zostaňte, prosím, sedieť."

Zo stien pred ním, za ním a po oboch stranách sa vynorili popruhy. Spútali ho na mieste. Bojoval, aby sa oslobodil, ale kožené remene sa len uťahovali. Čoskoro mohol hýbať iba hlavou a krkom.

PFFT.

„Ach, levanduľa," povedal. Pod ním sa vozík začal triasť a chvieť. „Bude to v poriadku." „Vy zbabelci sa príliš bojíte, aby ste sem prišli a postavili sa mi tvárou v tvár?"

PFFT.

PFFT.

Dávil si dávku.

Spávaltvrdo, kým sa strecha sila neotvorila ako houstonský Astrodom. A niečo pohltilo svetlo. Cítil to skôr, ako to mohol vidieť. Vzala mu svetlo z jeho sveta. Pod ním sa kolieskové kreslo zachvelo, keď sa vec nad ním dala do voľného pádu.

Úplne sa to zastavilo ako pavúk na konci svojho reťaze.

Lucifer?

Satan?

Čakal, príliš sa bál prehovoriť.

„Ahoj - o - o - o," zareval okrídlený tvor a jeho hlas sa odrážal od stien.

Tak veľmi si želal, aby si mohol zakryť uši.

Tá vec sa usmiala, odhalila zuby podobné žiletkám a zároveň vypúšťala odporný hnilobný zápach.

Dusil sa, kašľal a želal si, aby si mohol zakryť aj nos.

Zviera sa rozosmialo revom, ktorý hromžil do jeho kovového väzenia, akoby pukal popcorn. Naklonilo sa bližšie k tínedžerovej tvári a vyrieklo: „Nehovorím vaším jazykom, pane?"

E-Z neodpovedal. Nemohol. Cítil sa veľmi nehrdinsky. To, že sa pod ním triasol invalidný vozík, mu na sebavedomí nepridalo.

„Ty mi nerozumieš?" tá vec zarevala a otriasla kovovým väzením až do základov. Tá vec sa ešte viac priblížila: „DO. TY. NEVIDÍŠ. NEVIDÍŠ. MŇA?"

Bolo to ako hovoriaci oblak s hlavou uprostred, ktorý sa naňho chystal zosypať hromy a blesky. Zaryl nechty do opierky na ruku a našiel odvahu povedať: „Áno." V hlave si prešiel zoznam svojich požiadaviek.

Zviera zarevalo a z tlamy mu vyšľahol oheň. Našťastie pre E-Z, teplo stúpa. Zrazu pocítil veľký hlad, na slaninu.

„Mám rád slaninu," priznalo sa stvorenie.

E-Z uvažoval, či tú vec so slaninou povedal nahlas. Aj vzhľadom na zrýchlenú úroveň strachu vedel, že to nepovedal. To znamenalo jediné, všetci mu mohli čítať myšlienky! Narovnal sa a pokúsil sa chrániť tým, že zavrel svoju myseľ. Myšlienkami sa mu preháňali jedlá, palacinky v Anninej kaviarni, hustý čokoládový koktail, maslový sirup. Čokoľvek, čo by udržalo strach na uzde a úzkosť na uzde. Toto bolo mučenie, tá vec mohla čítať jeho myšlienky a navždy ho uväzniť. Existoval Zväz superhrdinov, ku ktorému by sa mohol pridať?

„Bah, ha, ha!" Tá vec zarevala od smiechu.

E-Z si tak želal, aby mu dosiahol na uši, ale keďže nemohol, utešoval sa, že to má aspoň zmysel pre humor. „Prečo som tu?"

Tá vec neodpovedala hneď, a tak sa ho pokúsil psychicky vyviesť z miery pohľadom. Bolo mimoriadne ťažké udržať pohľad, keďže kreslo sa ho z neho stále pokúšalo vyhodiť. Zaťal päste, až mu tiekla krv.

Tvor sa pohyboval s hadou obratnosťou, jeho spenený jazyk tryskal sem a tam, keď olizoval E-Zove päste.

„Fuj!" zakričal. „To je také nechutné!"

„Viac, prosím!" žiadala vec, keď sa krv na jej jazyku mihla ako kvapky dažďa.

E-Z bol vystrašený už predtým, teraz bol oveľa vystrašenejší. Skôr ako skamenelý - ale on bol superhrdina. Musel odniekiaľ nabrať silu - aj keď kreslo bolo zbytočné.

„Nah, nah, nah, nah, nah, nah," zaspievala vec, keď sa priblížila, potom zaplesala ďalej a potom sa opäť priblížila. Odrážalo sa to od stien.

Po niekoľkých okamihoch sa tvor usadil. Vo vzduchu prekrížil nohy. Potom mu položil dlhý kostnatý prst na líce. Vyzeralo to, akoby očakával priateľský rozhovor.

„Hadz a Reiki boli z tvojho kufríka odstránené," zašepkala tá vec. „Tí dvaja boli imbecili. Menej než nepoužiteľní. Ja som tvoj nový mentor."

Temné stvorenie sa odkrížilo. Vzniesol sa nad ňu, s rozmachom vykonal polovičný úklon a vzniesol sa vyššie do kontajnera.

E-Z sa na niekoľko sekúnd zamyslel, kým odpovedal. Tie dve bytosti mu boli verné. Pomáhali mu a dávali naňho pozor - a čo bolo najdôležitejšie, nepili ľudskú krv.

„Môžeme si o tom pohovorit?" E-Z sa spýtal. Pokúsil sa o úsmev. Nevedel, ako to vyzerá na druhej strane.

„NIE!" Tá vec sa pohla bližšie k východu.

E-Z sledoval, ako sa to vznáša hore. Bezmocný. Beznádejne.

„Počkaj!" zakričal, vec bola napoly vnútri a napoly vonku z kontajnera. „Prikazujem ti, aby si počkal!" E-Z povedal, keď sa strecha začala zatvárať, potom sa mu vec v okamihu ocitla pred tvárou.

„Y-E-S?" spýtalo sa to.

„Chcem sa porozprávať s tvojím šéfom, o tom, ako dostať Reiki a Hadžu späť. Sú vhodnejší na moje, moje skúšky. Na úspech skúšok."

„Ty ma nemáš rád?" Tvor vykríkol hlasom ako nechty na kriede.

„Prestaň! Prosím!"

„O vrátení tých dvoch idiotov nemôže byť ani reči." Tá vec sa roztočila ako škrečok v kolese.

„Nechaj to tak! Točí sa mi z teba hlava! Dostaňte ma odtiaľto!"

„Dobre," povedalo to, prekrížilo si ruky a žmurklo ako žena v starom televíznom seriáli I Dream of Jeannie.

Silo zmizlo, zatiaľ čo E-Z a jeho kreslo zostali padať k zemi.

„Ahhhhh!" zvolal.

Potom zmizol aj jeho vozík.

A ako padal ďalej, zatriasol päsťami na stvorenie nad sebou. Pripravil sa na pád.

„Mimochodom, volám sa Eriel."

„Arrggghhhhh!" vykríkol.

Znova sa ocitol na vozíku a držal sa ako o život. Stále padali.

KAPITOLA 18

C RASH!

Priamo cez strechu jeho domu. Jeho invalidný vozík sa naklonil dopredu a odhodil ho na posteľ. Potom sa zvalil na podlahu. Obaja boli v poriadku. Neboli na tom horšie.

Nad ním sa diera, ktorú urobili, zacelila.

„Aha, tu si!" Sam povedal. „Uh, vitaj doma."

E-Z si ho ani nevšimol. V kresle v rohu tvrdo spal.

Sam sa pretiahol a zívol. Potom sa prešuchtal cez miestnosť, kde naňho čakal džbán s vodou. Vypil plný pohár a potom ponúkol pohár synovcovi.

„A čo tá zlá bytosť Eriel!" Sam povedal.

E-Z takmer vypľul vodu.

„Kto? Čo?"

Sam pokračoval. „Ten Eriel, to je tá najodpornejšia, najodpornejšia prerastená lietajúca bytosť, akú by som nikdy nedúfala stretnúť!" Zaťal päste. „Dúfam, že ma počuješ, nech si kdekoľvek! Ja sa ťa nebojím!"

E-Zovi takmer spadla čeľusť na zem.

Sam pokračoval. „Tá vec ma držala v kovovej nádobe. Teraz už viem, prečo si mal zlý sen. Naozaj to bolo ako silo.

Povedal mi, že mu musím odovzdať tvoje opatrovníctvo, inak ťa zastrelia."

„Aha, to," povedal E-Z. „Predpokladám, že si videl všetko to rozbité sklo. Bol to chlapec, pokúsil sa ma zabiť."

„Viem o tom všetko. Všetko som sledoval zvnútra sila. Vedel si, že tam bola veľká televízia? A tiež dobrý zvukový systém."

„Čože?" "Práve som tam bola a Eriel mi nič nepovedal o tebe ani o prevzatí opatrovníctva." Prešiel cez miestnosť, pozrel na strop: „Je to skúška, Eriel? Ak niečo poviem, zrušíš ponuku? Daj mi znamenie."

„S kým sa to rozprávaš? Eriel tu nie je. Keby tu bol, cítili by sme jeho zápach na míľu. Nie, sme sami - aj keď som naňho zdvihla päste. Nečakala som, že ma bude počuť."

„Asi má oči a uši všade."

„Hovorí sa, že boh má oči a uši všade. Ak existuje."

„Čo ti ešte povedal, o mne?"

„Povedal mi, že si mal zomrieť so svojimi rodičmi. On a jeho kolegovia ťa zachránili - a teraz musíš absolvovať súbor skúšok."

„Presne tak. Bol som zaviazaný mlčanlivosťou, takže by ma zaujímalo, prečo ti tieto informácie prezradil."

„Najprv sa ma pokúsil zastrašiť, ale ty si sa z toho problému s tým chlapcom dostal. Vysadil ma tu v dome a ja som ťa nikde nemohol nájsť." ‚A čo?' opýtal sa.

„Áno, pretože ma mal v kontajneri."

„Niekoľkokrát ma vysunul a zasunul, ale odmietol som sa vzdať tvojho opatrovníctva. Po druhom alebo treťom pokuse povedal, že si si vyžiadala, aby mi všetko povedal a...“

„Vymyslela som si plán, ako sa ho na to spýtať. Nepovedal som mu, o čo ide - ale on, ako väčšina ostatných v poslednom čase, mi dokáže čítať myšlienky.“

„Ako to myslíš, všetci ostatní?“

„Ehm, pred Erielom tu boli dvaja rádoby anjeli menom Hadz a Reiki.“

„Aha, veď spomínal dvoch imbecilov. Vraj ich degradovali na prácu v diamantových baniach.“

„Nebo má bane?“

„Pochybujem, že tá vec bola z neba - ak niečo také existuje.“

„Nebude ti vadiť, ak si pôjdeme do kuchyne po občerstvenie?“ E-Z sa spýtal. Prešli chodbou, Sam zapol gril a pripravil chlieb so syrom a maslom. „Kým ste spali, urobil som nejaký výskum o Erielovi. Chcelo to trochu pátrania, kým som ho našiel, ale keď som zúžil hľadanie, narazil som na zlato.“ Obrátil sendviče na taniere a odniesol ich na stôl.

„Vďaka, nemôžem sa dočkať, až si o ňom všetko vypočujem. Nevadí, keď sa do toho hneď pustím?“

„Nie, len do toho.“ Sam sledoval, ako si jeho synovec zobral štyri sústa a potom sendvič zmizol. Podal si svoj vlastný, necítil sa hladný. „Začal som pátranie kľúčom Eriel. Nič sa mi nepodarilo nájsť. Tak som zadal archanjelov a meno Uriel bolo hneď na začiatku stránky.“

„Myslíš, že je to to isté?“ Vzal si ďalšie sústo.

„To som si najprv myslel. Potom som našiel zoznam archanjelov a meno Radueriel v židovskej mytológii. Keď som si pozrel jeho opis, píše sa tam, že dokázal vytvoriť menších anjelov jednoduchým výrokom."

„Myslíš ako Hadž a Reiki? Počkaj, ak ich stvoril, tak asi preto ich dokázal poslať do baní."

„Presne to si myslím. Takže si myslím, že na základe týchto informácií teraz vieme, že Eriel alias Radueriel je archanjel."

E-Z prikývol.

„Takže som pokračoval v pátraní a našiel som toto. „Princ, ktorý nazerá do tajných miest a tajných záhad. Taktiež veľký a svätý anjel svetla a slávy."

„Páni, to je úplný drsňák!

„Takisto dokáže vytvoriť niečo z ničoho, zhmotniť to zo vzduchu." "A čo?

„Takže z toho usudzujem, že dokáže meniť svoj vlastný vzhľad, plus vzhľad iných."

„Presne tak. A zapísal som si nejaké slová." Posunul kúsok papiera po stole. „Nevyslovuj ich však nahlas. Keby si ich vyslovil, vyvolal by si ho." Na papieri boli tieto slová:

Ra-Du,EE,El.

„Zapamätaj si slová na tomto papieriku pre prípad, že by si ho niekedy potreboval privolať k sebe."

„Ako vieme, že budú fungovať?"

„Používajte ich len vtedy, ak musíte. Neoplatí sa ho sem privolať - ak to nie je posledná možnosť."

„Súhlasím." Keď si ich v duchu opakoval znova a znova, cítil útechu, že archanjel mu neustále nečíta myšlienky.

„Eriel povedal, že ti mám pomôcť so skúškami. Predpokladám, že záchrana toho dievčatka bola prvá, ktorú si musel urobiť?"

„Zatiaľ som ich urobil niekoľko. Prvú, áno, to malé dievčatko. Pri druhej som zachránil lietadlo pred pádom."

„Páni! Rád by som sa dozvedel viac o tom, ako sa ti to podarilo. Prekvapuje ma, že si nebol v správach."

„Bol som, ale nedalo sa povedať, že som to bol ja. Do tretice som zastavil strelca na streche budovy v centre mesta. Po štvrté, ďalší strelec v nákupnom centre s rukojemníkmi a po piate, chlapec vonku, ktorý sa ma snažil zabiť."

Sam zdvihol taniere a odniesol ich do umývačky riadu. „Ani nevieš, aký som na teba hrdý. To všetko sa deje a ja som o tom nemal ani tušenia."

„Bol som zaviazaný mlčanlivosťou. Keby som to niekomu povedala, tak..."

„Postarajú sa, aby si už nikdy nevidela svojich rodičov - áno, povedal mi to. To mi znie trochu podozrivo. Eriel nie je sentimentálny typ, bol ako veľká guľa hnevu, ktorá čaká na cieľ."

„Zranila som jeho city, keď si myslel, že ho nemám rada."

Sam sa vysmieval. „Predstav si, že tá vec má city." Postavil sa. „Dáš si kávu?"

„Radšej kakao." Zívol. „Bol to naozaj dlhý deň."

„Viac sa o tom môžeme porozprávať ráno, ale čo si myslíš o termíne? Máte za sebou päť skúšok, za koľko dní?"

„Boli náhodné. O pevnom termíne nič neviem." ‚Áno,' povedal som.

„Eriel mi povedal, že musíš dokončiť dvanásť skúšok za tridsať dní. Ak už máš za sebou dva týždne, potom to budú musieť navýšiť - a to poriadne."

„To počujem prvýkrát."

„Povedal, že ak ich nestihneš dokončiť včas - zomrieš."

„Čože?"

„Aj to, že všetci, ktorých si zachránil, zahynú. Sam sa odmlčal pri myšlienke, že ho stratí teraz, keď ešte len začali. Jeho život by bol opäť prázdny, len práca, domov, práca, domov. E-Z naňho hľadel a čakal. „Prepáč, práve som myslel na to, koľko pre mňa znamenáš, chlapče. Ale povedal mi ešte niečo; povedal, že zomrieš so svojimi rodičmi. To by znamenalo, že všetko, čo sme robili, všetok čas, ktorý sme spolu strávili, by zmizol. A ja netvrdím, že by som mohol alebo niekedy chcel nahradiť tvojich rodičov, ale vieš, čo tým chcem povedať, však? Milujem ťa, chlapče!"

„Hneď ti to vrátim," povedal E-Z. Chcel Sama objať a Sam chcel objať jeho, to vedel povedať, a predsa sa ich pohli. Zhlboka sa nadýchol: „To je kruté. Znie to však skôr ako Eriel."

„Ešte jedna vec, povedal, že zakaždým, keď dokončíš skúšku, tvoja duša sa zväčší. Kým dosiahneš dvanásť, bude mať optimálnu hodnotu. Duševná mena, ktorú môžeš použiť, aby si opäť videl a hovoril so svojimi rodičmi."

E-Z-ova stolička sa sama odlepila od stola, keď vchodové dvere vyleteli z pántov a on vystrelil do neba.

„Arrgghhhhhh!" Sam vykríkol spoza neho. Držal sa stoličky a synovcových krídel ako nevládny drak.

„Drž sa!" E-Z povedal. „Myslím, že Eriel volá."

Ďalej leteli.

KAPITOLA 19

Tak, ideme pristáť." Jeho vozík zamieril nadol.

" „Kiež by som mal aj bezpečnostný pás!" Sam zvolal a objal synovca okolo krku.

„Neboj sa, bude to bezpečné pristátie."

„Ak sa dovtedy nepustím! Arrgghhh!"

Keď sa dostali dolu, E-Z zbadal kruh sôch. Keďže nemal nič iné na práci, spočítal ich - bolo ich sto a uprostred niečo. Zvláštne, v centre mesta bol už veľakrát, ale na túto skupinu betónových kvádrov si nepamätal. Kolesá stoličky sa dotkli zeme, ale Sam sa stále držal ako prikovaný.

„Už je to v poriadku," povedal E-Z. „Môžeš otvoriť oči."

Urobil to. „Zabijem toho Eriela, keď ho nabudúce uvidím!"

„Pšššš. Môže to byť skôr, ako si myslíš." To, čo zbadal uprostred sôch, bol Eriel v ľudskej podobe, fyzickými črtami, ale nie veľkosťou. Navyše sedel na vozíku, ktorý sa vznášal ako magický trón.

Mal čierne vlasy, ktoré mu splývali cez plecia až po pás. Oči mal ako uhlie a pleť ako alabaster. Bradu mal pokrytú strniskom ako tieň na šiestich hodinách, hoci bolo bližšie k poludniu. Jeho pery boli veľmi červené, akoby si na ne naniesol čerstvý rúž. Zatiaľ čo jeho nos vyzeral ako nos futbalistu, ktorý ho mal viackrát zlomený. Čo sa týka oblečenia, mal na sebe biele tričko, čierne džínsy a na nohách sandále Jesus.

E-Z sa otočil dookola a znova sa pozrel na sto desať mužov. Všetci boli oblečení v modernom oblečení. Väčšina z nich mala na sebe okuliare a obleky na výkon. Vtedy spoznal pravdu: Eriel zmenil sto desať živých, dýchajúcich mužov na sochy.

A to nebolo všetko. Uvedomil si, že hoci sa nachádzali v centrálnej obchodnej štvrti, nebolo počuť žiadne z obvyklých zvukov. V bežný deň by autá uviaznuté v premávke trúbili a vzduch by napĺňali výfukové plyny.

Ticho bolo rušivé, ale čerstvý čistý vzduch ho prinútil zhlboka sa nadýchnuť. Upokojovalo ho to. Vedel, že je to ticho pred búrkou.

Pozrel sa na oblohu. Osobné lietadlo sa zastavilo vo vzduchu. Vedľa neho boli vtáky, ktoré prestali lietať. Na pozadí boli mraky. Nepohyblivé. Nehybné.

Potom sa všetko nad ním zmenilo z modrej na čiernu.

A kedysi strašidelné ticho sa roztrhlo.

Nahradilo ho stonanie. Stony. Ako sa zo zeme vyťahovali korene stromov. A vzduch zhustol a obtočil sa okolo ich hrdiel. Kradol im dych.

A pod ich nohami sa začala chvieť zem. Doširoka sa roztvorila. Zemetrasenie. Roztrhlo sa. Trhanie.

A slnko, mesiac a hviezdy zažiarili, ale len na sekundu. Potom sa roztrhli a roztrieštili na milión kúskov.

„Prečo si premenil ľudí na sochy? A prečo sa snažíš zničiť svet?" Spýtal sa E-Z. „A prečo sa vznášaš tam hore na vozíku?"

„Ale nie," zvolal Sam a zamával päsťami do vzduchu.

Eriel sa zasmial: „Už bolo načase, aby si sem prišiel, chránenče. Ako sa opovažuješ so mnou hovoriť, klásť mi otázky. Som veľká a mocná, ale som skutočná, nie falošná ako čarodejník z OZ. Existuješ len preto, že som sa rozhodol ťa zachrániť."

„Keď sa so mnou Ophaniel rozprávala v Anjelskej knižnici, ani sa o tebe nezmienila."

Eriel sa zasmiala a ukázala kostnatým prstom, ktorý sa natiahol a dotkol sa E-Zovho nosa. „Tvoj prípad mi bol pridelený po tom, čo tí dvaja idioti Hadz a Reiki zlyhali pri plnení svojich povinností."

„Nedotýkaj sa ma!" Prst sa stiahol. „Opäť sa ťa pýtam, čo tu robíš na mojom území - a prečo si na vozíku?"

„Všetko sa vysvetlí," povedal Eriel. Zdvihol nohy a usmial sa na ne. „Tieto topánky sa mi páčia, sú veľmi pohodlné."

„To nie sú topánky, to sú sandále," povedal Sam a pristúpil bližšie k vznášajúcemu sa kreslu.

„Počkaj, strýko Sam, choď za mnou."

Eriel hodil hlavou dozadu a zasmial sa. „Pravda je pes, musí sa chovat" - to je citát zo Shakespeara, ktorý znamená, že tvoj strýko by sa mal skrotiť."

„Prečo práve ty!" Sam zakričal a zdvihol päsť do vzduchu.

" Ťažko poraziť človeka, ktorý sa nikdy nevzdáva' - to je citát od Babe Rutha jedného z najslávnejších hráčov baseballu vôbec." Stolička E-Z sa zdvihla zo zeme a priletela bližšie k Erielovi.

„Baseball je hra o rovnováhe," povedal Eriel. „To je citát od spisovateľa Stephena Kinga." Zaváhal a potom sa usmial takým veľkým úsmevom, že sa mu mohli zrútiť líca, keď E-Z-ova stolička spadla, akoby bola z olova. „Ups," povedal Eriel, keď zaerdžal od smiechu.

Netrvalo dlho, kým E-Z získal kontrolu nad stoličkou a tá sa zdvihla ako výťah. Snažil sa dostať svoje krídla pod kontrolu. Nebol však čas, keďže sa zmenil na rotujúci vrchol a krútil sa dookola.

„Arrghhhhhh!" vykríkol a zaryl nechty do opierky kresla. Otáčanie sa zastavilo, stolička opäť klesla ako olovený balón a potom sa zastavila.

Opäť sa pokúsil dať do pohybu krídla. Nespolupracovali a vzápätí si uvedomil, že sa opäť točí. Tentoraz však proti smeru hodinových ručičiek.

„Hhhhggggrrraaa!" vykríkol.

Eriel sa rozosmiala tak hlasno, až sa otriasla zem.

Sam pod ním zbieral z chodníka kamene a hádzal ich do Eriela, ktorý sa väčšine z nich vyhol a uhol. Jeden veľký kameň sa však spojil s nosom tvora. „Vyber si niekoho, kto je bližšie k tvojmu veku!" Sam zakričal.

Keď mu po tvári stekala krv, Eriel postavil strýka E-Z na jeho miesto.

"Nooooooo!" E-Z kričal, zatiaľ čo sa naďalej točil. Keď sa úplne zastavil, hore nohami, to, čo videl pod sebou, sa nedalo pomýliť. Strýko Sam bol teraz jednou zo sôch v kruhu: stálo tam sto jedenásť mužov. Tak sa mu točila hlava, že ho ešte napadol citát, a keďže to bolo všetko, čo mal, zakričal ho čo najhlasnejšie: „'Nie je koniec, kým nie je koniec!

POP.

POP.

Hadz si sadol tínedžerovi na jedno plece, Reiki na druhé.

„To je citát od Yogiho Berru a toto, to je odo mňa a strýka Sama!"

V rukách teraz držal najväčšiu pálku na svete, repliku 54 ounceru Babea Rutha, a tá sa oslnivo leskla diamantovým prachom. Netušil, aká je táto ťažká, keď sa rozohnal po Erielovi na vozíčku a poslal ho letieť koniec na koniec. Zaspieval: „Pozdravuj muža na Mesiaci, keď ho stretneš!"

V diaľke sa ozýval Erielov hlas: „Skúška dokončená!"

Hadz a Reiki zatlieskali. Rovnako ako stojedenásť mužov, ktorí sa vrátili do svojej ľudskej podoby, vrátane strýka Sama.

„Samozrejme, viete, že sa vráti," povedal Hadz. „A bude veľmi nahnevaný!"

„Vďaka za pomoc!" E-Z povedal, keď spolu so Samom letel domov.

Reiki a Hadz vymazali mysle stodesiatich, potom pokračovali v práci v baniach a dúfali, že si nikto nevšimne, že prišli na to, ako utiecť.

Eriel sa naďalej vymykal spod kontroly, zatiaľ čo formuloval plán pomsty.

EPILOG

P o niekoľkých rušných dňoch sa E-Z konečne dobre vyspal. Snívalo sa mu o tom, ako hrá baseball, a na druhý deň prišli Arden a PJ, aby ho zobrali na zápas. „Dnes sa mi nechce hrať, ale pre morálku pôjdem s vami," povedal.

„Jasná vec," odpovedali mu kamaráti.

Keď E-Z dostali na ihrisko, trvali na tom, aby hral. Potrebovali, aby chytal, a on súhlasil. Keď prišiel čas, aby bol prvýkrát na pálke, chcel odpalovať sám za seba. Vzal si svoju obľúbenú pálku a vyrazil na pálku. Prvý nadhod bol vysoký a on ho minul. Jeho nadhadzovacia zóna bola naozaj zhustená, keďže sedel.

„Strike jedna," zavelil rozhodca.

E-Z sa odviezol od méty. Urobil ešte niekoľko cvičných švihov a potom sa opäť vrátil. Pri ďalšom nadhode sa s ňou spojil a tá faulovala.

„Strike dva," zavolal rozhodca.

„Žiadny pálkar, žiadny pálkar," rozprávali sa chlapci v poli.

Nadhadzovač hodil krivú loptu a E-Z sa do nadhodu oprel a spojil sa. Letelo to, mimo ihriska. Za plotom. Mimo parku.

„Zoberte si méty," povedal rozhodca. „Zaslúžiš si to, chlapče."

E-Z sa otočil okolo základne a zadržal stoličku, aby neodletela. Keď sa jeho stolička dotkla domácej méty, jeho spoluhráči sa okolo neho zhromaždili a jasali. Užil si to, kým to trvalo.

Až kým opäť nepristál späť v kovovej nádobe - lenže tentoraz bol zvinutý do klbka - a bol bez stoličky. Ako novorodenec zhlboka dýchal, pretože to bolo jediné, čo mohol robiť. Počkajte, bábätká sa vedeli prevrátiť. Jediné, čo musel urobiť, bolo sústrediť sa, sústrediť sa.

Áno, podarilo sa mu to. Jediný problém bol, že na tom nebol o nič lepšie. Stále bol prevrátený, v tme. Zavretý v priestore bez svetla a možnosti takmer vôbec sa hýbať. V skutočnosti bol tvar kovovej nádoby tentoraz iný. Na jednom konci bola štíhlejšia, v tvare gule.

To, že to vedel, mu nepomohlo, pretože jeho klaustrofóbia a úzkosť sa rozbehli na plné obrátky. Premýšľal, ako dlho dokáže v tomto stiesnenom priestore dýchať. Dlho nie. O chvíľu by mu došiel vzduch a zomrel by. Zhlboka sa nadýchol a snažil sa udržať hladinu úzkosti na nízkej úrovni.

Jedno bolo isté, Eriel sa s ním do tejto veci v žiadnom prípade nezmestí. Ibaže by doširoka roztvoril steny - čo by nemusel byť až taký zlý nápad.

E-Z zaklopal na steny a strop. Kričal. Kričal. Spomenul si na svoj telefón. Mohol by sa k nemu dostať? Nebol tam.

Dal si ho do športovej tašky, aby dodržal pravidlo o zákaze používania telefónov na ihrisku.

Mimo kontajnera sa ozývali znepokojivé zvuky. Škrabanie. Potkany? Nie, nie potkany. Vedel sa vysporiadať s mnohými vecami, ale nie s potkanmi. „Pusťte ma von!" zakričal.

Motor sa rozbehol. Staršie vozidlo, niečo ako nákladiak. Podlaha pod ním sa začala triasť a hrkať, ako sa guľa valila dopredu a odrážala sa.

Vonku sa kontajner odrážal od stien. Vnútri bol v takom stiesnenom priestore, že tam nebolo veľa pohybu. To bola jedna z výhod toho, že bol uväznený v guli.

Vozidlo do niečoho narazilo a E-Z-ova hlava sa spojila s hornou časťou veci. Vykričal, ale zvuk zanikol. Kovový kontajner sa opäť pohol, do strany. Do niečoho narazil, potom sa vrátil do pôvodnej polohy. Od nárazu ho bolelo rameno.

E-Z rozmýšľal, či je to úloha Eriela, ale rozhodol sa, že to nemôže byť ono. Začal usudzovať, že ho uniesli a držia v zajatí. Ale prečo práve teraz?

„Hej!" zakričal, keď sa kovový predmet zakotúľal a dopadol na rovné dno - tam, kde bol jeho zadok. Teraz bola váha rozptýlená rovnomernejšie. Cítil sa pohodlne. Alebo tak pohodlne, ako len za daných okolností mohol. Zostal teda veľmi nehybne stáť, kým sa vozidlo úplne nezastavilo a on sa neprevrátil na koniec.

Zhlboka sa nadýchol, upokojil sa a nahlas vyslovil slová, „Roch-Ah-Or, A, Ra-Du, EE, El."

Ako čakal, spýtal sa: „Kde si, Eriel?

Roch-Ah-Or, A, Ra-Du, EE, El?"

„Ty si ma zavolal?" Eriel povedal. Jeho hlas bol ostrý a jasný, ale nebolo ho vidieť.

„Áno, Eriel, myslím, že ma uniesli. Som v kontajneri. Môžeš mi pomôcť?"

„Vždy viem, kde si," povedal Eriel. „Otázka, ktorú by si si mala položiť, znie: MÔŽEM ti pomôcť?" ‚Áno,' odpovedal Eriel.

„Nevedela som, že ma máš pod dohľadom 24 hodín denne!" E-Z zakričal a s každým okamihom bol nahnevanejší. Niekoľkokrát sa zhlboka nadýchol a upokojil sa. Potreboval Erielovu pomoc a archanjel mu to nemienil uľahčiť. „Nevidím na vodiča tejto veci a nemôžem roztiahnuť krídla. A kde je moje kreslo? Dochádza mi tu vzduch. Ak chceš, aby som pre teba dokončil tie skúšky, tak ma odtiaľto radšej dostaň, a to rýchlo."

„Najprv ma urážaš tým, že sa pýtaš, či som anjel, alebo nie, a potom ma prosíš, aby som ti pomohol. Ľudia sú naozaj veľmi vrtkavé stvorenia."

„Ja viem. Je mi to ľúto. Prosím, pomôž mi."

„Uvažovala si o tom," navrhol Eriel. „Že toto JE skúška? Niečo, čo musíš prekonať sama?"

„Chceš mi povedať, že toto je určite skúška?"

„Netvrdím, že je. A netvrdím, že nie je," povedal Eriel s úškrnom.

E-Z sa rozohnil. Tak veľmi mu chýbali Hadz a Reiki.

„Je také smutné, že stále myslíš na tých dvoch idiotov. A teraz E-Z, keby to bol súd, tak ako by si sa z toho dostal?"

„Predovšetkým mi vyšli v ústrety, keď si takmer zabil Zem. Po druhé, nemôže to byť skúška, lebo mi nemá kto pomôcť." "A čo?

Eriel sa zasmial. „Považuješ sa za nikoho?" Eriel sa odmlčal. „Dnes zachraňuješ seba a iba seba. Použi nástroje, ktoré máš k dispozícii." Zaváhal a potom sa opäť zasmial. „Mysli mimo kovovej nádoby." Jeho smiech bol vo vnútri kovovej gule taký hlasný, až z neho E-Za boleli uši. Zakryl si ich. Potom už Eriela nepočul.

E-Z zavrel oči a sústredil sa. Rozhodol sa zaťať päste a pokúsiť sa odtlačiť steny od seba. Bez ohľadu na to, ako veľmi sa snažil, sa nepohli. Plán B bol privolať si stoličku, čo aj urobil. Predstavoval si, že nie je ďaleko. Vznášalo sa nad ním a čakalo, kým ho E-Z vyvolá? Tak veľmi sa sústredil na privolanie svojho kresla, že si neuvedomil, že vonku niekto kráča. Kroky na chodníku. Jeden muž, búchajúce topánky. Muž obchádzal vozidlo, smeroval dozadu. Do vnútra vrazil kľúč. Dvere sa pretočili.

„Kotúľal sa tu," povedal muž.

Smiech. Nie Erielov smiech. Smiech iného muža.

Potom výkrik.

Potom ďalšie výkriky.

Potom beh. Útek preč.

Ďalšie výkriky.

Potom pohyb. Pohyb kontajnera. Zdvíhanie na vozík.

Potom stúpa hore, vyššie a vyššie. Smerom do bezpečia.

„Ďakujem," povedal E-Z svojmu vozíku. „Teraz ma odvezte domov k strýkovi Samovi."

E-Z vedel, že strýko Sam ho dokáže dostať z kontajnera. Potreboval by obrovský otvárač na konzervy, ale ak by sa nejaký našiel, strýko Sam by ho našiel.

Jeho invalidný vozík sa však rozbehol opačným smerom.

KNIHA DRUHÁ:

TRI

KAPITOLA 1

F ar, ďaleko od miesta, kde žil E-Z Dickens, tancovalo malé dievčatko. Jej hodiny baletu prebiehali v malom štúdiu v centrálnej obchodnej štvrti Holandska.

Bolo to pekné dieťa so zlatými vlasmi a radom pieh tiahnucich sa cez nos a líca. Jej najpamätnejšími črtami boli orieškovo zelené oči. Mali presne takú istú farbu ako oči jej starej mamy. Jej snom bolo stať sa jedného dňa najslávnejšou holandskou baletkou

Jej ružová tutu bola vyrobená z tylu. Bola to ľahká látka podobná sieti, ktorú používali návrhári pre profesionálnych tanečníkov. Tutu pre ňu navrhla a ušila jej opatrovateľka. Kostým - umelecké dielo samo o sebe - bol taký veľký, že ho chcelo každé dieťa v triede.

Hannah, Liaina opatrovateľka, dostala mnoho žiadostí od iných rodičov, aby ušila ich dcéram rovnakú tutu. Deťom, ich rodičom, učiteľom a mnohým ďalším dôrazne povedala, že nemá čas vziať si prácu navyše. Hoci by sa jej peniaze hodili.

Všetko, čo Hannah robila, robila preto, lebo milovala svoju zverenkyňu Liu. Lia, ktorú volala Kleintje, čo v preklade znamená malá.

Keď sa baletky (v preklade: hodiny baletu) takmer skončili, Lia si zbalila topánky. Trela si boľavé nohy.

Všetci baletdanseri (v preklade: baletní tanečníci) - dokonca aj sedemročné deti ako Lia museli trénovať minimálne dvadsať hodín týždenne.

Táto práca navyše k plnému školskému programu si vyžadovala oddanosť a nasadenie. Deťom, ktoré nestíhali, boli okamžite ukázané dvere. Bez ohľadu na to, koľko peňazí im rodičia ponúkli, že zaplatia, aby ich v programe udržali.

Lia dúfala, že sa jedného dňa stretne so svojím idolom Igonom de Jonghom, najslávnejším holandským baletným tanečníkom všetkých čias. Keďže jej idol odišiel do dôchodku, Lia sledovala jej vystúpenia v televízii.

Hannah sa o Liu starala počas pracovných dní. Liaina matka Samantha cez týždeň pracovne cestovala.

Mimo tanečného štúdia Hannah a Lia nasadli do Volkswagenu Golf. Čoskoro budú doma.

„Máš nejaké domáce úlohy?" Hannah sa spýtala.

Lia prikývla.

„Goed," v preklade to znamená dobre. „Choď a začni, keď pripravím večeru," povedala Hannah.

„Oke," v preklade dobre, odpovedala Lia.

Lia hneď odišla do svojej izby, kde si zavesila baletný úbor, a potom sa pustila do práce za stolom.

V škole sa učili o legende Čarodejnícky strom. Ich úlohou bolo nakresliť strom a vytvoriť o ňom niečo čarovné. Mala v úmysle nakresliť obrys kriedou. Potom použiť čistiace rúrky na korene a trblietky na listy, aby vznikol magický prvok.

Hoci mala prirodzený výtvarný talent, tvorba ju nebavila. Prednosť dávala tancu. Nesťažovala sa ani neodmietala úlohy, ktoré sa jej príliš nepáčili. Nebolo v jej povahe byť neposlušná alebo rušivá.

Hoci Lia žila v Zumberte v Holandsku, navštevovala medzinárodnú školu. Jej angličtina bola výborná. Samotný Zumbert bol po celom svete známy ako rodisko Vincenta Van Gogha. Lia vedela o Van Goghovi všetko, keďže jej a jemu kolovala v žilách rovnaká krv.

Po dokončení domácej úlohy otvorila počítač. Zapla a hrala hru. Dosiahnutie ďalšej úrovne by trvalo len niekoľko okamihov. Hannah ju čoskoro zavolá na avondeten (večeru).

Nikto sa to nikdy nemusí dozvedieť, hovoril jej tichý hlások vzadu v mysli. Lia ten hlas počúvala, ale aby sa uistila, že sa to nikto nedozvie, zavrela dvere do spálne.

Keď jej prsty klikali po klávesnici, žiarovka nad jej stolom s prasknutím zhasla. Zavrela notebook a znova otvorila dvere. Pozrela na chodbu, kde boli náhradné halogénové žiarovky. Opatrovateľka mala zásobu v skrini na bielizeň na vrchu schodiska. Stačilo, aby Lia vyšla von, priniesla jednu, vrátila sa a sama vymenila žiarovku. Potom by mala viac času na svoju hru.

Po návrate do svojej izby zhodnotila situáciu. Musela sa postaviť na stoličku pri stole - ktorá bola na kolieskach. Pevne ju pritlačila k posteli, aby ju zabezpečila. Áno, to by mohlo fungovať.

Stoličku zaistila pod svietidlom a vyliezla na ňu. Držiac novú žiarovku pod bradou odskrutkovala starú. Vypálenú žiarovku hodila na posteľ. Vzala druhú žiarovku spod brady a zaskrutkovala ju.

PRÁSK!

Nová žiarovka vybuchla.

Rozprskli sa z nej úlomky skla, väčšinou drobné. Do tváre a očí malého dievčatka.

Lia hneď nevykričala, pretože modré svetlo naplnilo miestnosť a spôsobilo, že sa čas zastavil. Svetlo ju obklopilo, keď sa presunulo na úroveň jej tváre.

ŠVIH!

Objavila sa malá anjelská bytosť, ktorá skúmala oči dievčatka. Potom usúdila, že sú nenapraviteľne poškodené, a zašepkala: „Budeš, jedna z troch?"

„Ja," preložené ako áno, povedala Lia. keď sa čas zastavil.

Prišiel anjel, ktorého meno bolo Haniel. Spievala Lii upokojujúcu uspávanku, zatiaľ čo odstraňovala sklo.

V angličtine znel text piesne:

„Smutné smutné dievčatko si sadlo

Na brehu rieky.

Dievčatko plakalo zo smútku

Pretože obaja jej rodičia boli mŕtvi."

V holandčine bol text piesne takýto:

„Asn d'oever van de snelle vliet

Eeen treurig meisje zat.

Het meisje huilde van verdriet

Omdat zij geen ouders meer had."

Malá Lia našťastie spala, takže ju slová uspávanky nemohli vystrašiť.

Keď Haniel skončil s ošetrovaním najhoršej časti Liiných rán, položil si ruky na boky a prestal spievať. Úloha bola takmer hotová, teraz už len musela položiť základy pre nové oči svojej chránenkyne.

Obidve Liine malé rúčky sa zvinuli do klbiek. Pevné malé pästičky. Haniel dovolila svojim krídlam, aby jemne pohladili zovreté prsty a prinútili ich otvoriť sa.

Keď boli Liine dlane otvorené, anjelka Haniel ukazovákom načrtla na oboch dlaniach tvar oka. Na prstoch nakreslila na každý jednu čiaru, ktorá viedla od dlane až po koniec prsta. Po splnení úlohy anjel Haniel jemne pobozkal Liu na čelo a potom s

ŠVIH!

a zmizla.

Čas sa znovu spustil a naša malá statočná Lia stále nekričala. Šok to robí s telom ako obranný mechanizmus a zastavením času sa zastavila aj bolesť. Keď Lia konečne zakričala, nedokázala prestať. Ani keď prišla sanitka. Ani keď ju na nosidlách vynášali do vozidla so sirénou, ktorá sa pridala k jej chóru výkrikov. Ani keď ju na nosidlách tlačili do nemocnice. Ani keď jej svietili do tváre veľkým svetlom, ktoré cítila, ale nevidela.

Prestala kričať, keď jej dali sedatíva. Potom pomocou najmodernejšej technológie odstránili zvyšné sklo. Každý kúsok skla však už bol odstránený. Chirurgovia pokračovali a obviazali jej oči, potom ju vzali do jej izby, aby sa zotavila.

Po operácii prišla Liaina matka Samantha. Chytila let červeným okom z Londýna. Stretla sa s chirurgom, zatiaľ čo jej dcéra spala ďalej.

„Je mi to ľúto, ale už nikdy neuvidí," povedal.

Liaina matka si vtisla päsť do úst a bojovala s nutkaním naplakať.

Lekár povedal: „Môže sa naučiť Braillovo písmo a navštevovať školu pre zrakovo postihnutých. Je vo výbornom veku na učenie a bude nasávať vedomosti. V krátkom čase bude pre ňu znakovanie druhou prirodzenosťou."

„Ale moja dcéra chce byť baletkou. Videli ste niekedy alebo počuli ste o nevidiacom profesionálnom tanečníkovi?"

„Alicia Alonso bola čiastočne slepá. Nedovolila, aby ju to brzdilo."

Liaina matka pohladila svoju spiacu dcéru po ruke. „Ďakujem, nájdem si o nej podrobnosti na internete. Sedem rokov je príliš málo na to, aby sa človek musel vzdať svojho sna."

„Súhlasím. Teraz si aj ty trochu oddýchni. Lia by sa mala čoskoro prebudiť a bude potrebovať, aby si bola pre ňu silná. Na to, keď jej to povieš. Ak chceš, aby som tu bol aj ja, daj mi vedieť."

„Ďakujem, doktorka, najprv sa to pokúsim zvládnuť sama."

Keď sa dvere zavreli, Liaina matka sa dotkla stôp na dcérinej tvári. Zanechané odtlačky vyzerali ako rozzúrené kvapky dažďa. Potom sa pozrela na Lijinu spiacu opatrovateľku Hannah. Keď okolo nej prechádzala, aby si priniesla vodu, náhodou naschvál ju kopla do ľavej topánky, aby ju zobudila. „Von!" povedala, keď Hannah zívla.

Teraz na chodbe dala Lijina matka Samantha priechod svojim emóciám bez toho, aby sa držala späť. „Ako si mohla dopustiť, aby sa to stalo môjmu dieťaťu? Ako si mohla!? V jednej chvíli som bola na obchodnom stretnutí - vzápätí som musela prerušiť služobnú cestu a chytiť prvý let z Londýna! Čo sa stalo? Ako sa to stalo?"

„Práve sme sa vrátili z hodiny baletu. Pripravoval som večeru a Lia dokončovala domáce úlohy. Žiarovka sa musela prepáliť. Zo skrine na chodbe si vzala inú, pokúsila sa ju sama vymeniť a vybuchla. Keď zakričala, bol som tam za pár sekúnd a ziekenwagen (sanitka) prišiel v okamihu. Modlil som sa, aby jej oči boli v poriadku, aby sa jej nič nestalo."

„Modlíš sa teda aj v spánku?" Samantha sa spýtala bez toho, aby čakala na odpoveď. „Artsen (lekári) hovoria, že už nikdy neuvidí," povedala Samantha s nepríjemným jedom v podaní.

Lia medzitým vo sne lietala s anjelom. Objala ho okolo krku a pritúlila sa k jeho hrudi. Pohyb vozíka vo vzduchu ju kolísal a upokojoval.

Potom sa jej myseľ prevrátila a ona sa zhora pozerala na kovovú nádobu. Kontajner sedel na sedadle invalidného vozíka s krídlami. Prevážali ju tam, kam nevedela.

Zdvihla pravú ruku a potom tu ľavú a pomocou nich videla, že je v ňom uväznený anjel/chlapec. Mal milú tvár, oči modrejšie ako obloha so zlatými škvrnkami, vďaka ktorým sa leskli, hoci bol v tme. Vlasy mal, väčšinou svetlé, okrem niekoľkých prešedivených na spánkoch. Najzvláštnejšia však bola čierna pruha uprostred. Vďaka nej chlapec vyzeral starší.

Anjel/chlapec v kontajneri, ktorý sa viezol na sedadle vozíka, priletel bližšie k dievčatku v jej sne. Dotkla sa nádoby, a keď to urobila, cítila a počula tlkot srdca anjela/chlapca vo vnútri. Nielen to, ale mohla čítať aj jeho myšlienky a emócie.

Lia sa prebudila a zvolala: „Mami! Hannah! Poď rýchlo!"

„Som tu, miláčik," povedala jej matka a vrátila sa k dcérinej posteli.

Hannah si utrela oči a znova vstúpila do izby.

„Nie je čas na to, aby si, mama, obviňovala Hannah. Bola to nehoda. Okrem toho je potrebná naša pomoc. Prosím, nájdi mi papier a ceruzky - TERAZ."

„Ona blúzni!" Samantha sa rozkričala. Skontrolovala dcére na čele teplotu. Zdalo sa, že je v poriadku.

Hannah vybrala z tašky požadované predmety a vložila ich Lii do rúk.

Lia bez váhania začala kresliť. Škrabala po papieri ako inšpirovaná umelkyňa. Samantha a Hannah sa na ňu zvedavo pozerali.

Na prvom obrázku, ktorý nakreslila, bol chlapec vo vnútri kovovej nádoby v tvare gule. Kontajner spočíval na sedadle invalidného vozíka a vozík mal krídla. Anjelské krídla. Lia otočila stránku a nakreslila druhý obrázok chlapca/anjela vo vnútri zo všetkých uhlov. Zo všetkých strán. Po prvom obrázku maniakálne nakreslila ešte veľa ďalších a potom ich vyhodila do vzduchu.

Obrázky, akoby ich zachytil poryv vetra - tancovali po miestnosti, vznášali sa hore, potom dole, potom všade naokolo. Akoby boli pod vplyvom magického kúzla. Jeden z obrázkov prenasledoval opatrovateľku, takže s krikom vybehla z miestnosti.

Lia pevne zovrela päste a potom zamrmlala nejaké nezrozumiteľné slová.

„Mám zavolať doktora?" spýtala sa jej hysterická matka. „Moje dieťa, ach nie, moje úbohé dieťa!"

Hannah sa vrátila a celá roztrasená sa dívala, ako Lia opäť zaspala.

Obe ženy sedeli pri posteli dieťaťa. Pozorovali ju, ako pokojne spí, až napokon aj ony zaspali.

Lia nevidela očami orieškovej farby, s ktorými sa narodila. Nahradili ich oči na dlaniach jej rúk.

Jej nové oči umiestnené na dlaniach obsahovali každú normálnu časť oka. Ako napríklad zrenicu, dúhovku, skléru, rohovku a slzný kanálik. Každé oko na dlani malo viečko. Vrchná časť sa začínala tam, kde sa končili prsty. Spodné končilo tam, kde sa začínalo zápästie.

Čo sa týka mihalníc, každý prst mal na sebe vytetovanú líniu vlasov. Od horného viečka až po miesto, kde sa začínal necht, rovnako ako palec.

Čo bolo dobré, pretože žiadne mladé dievča by nechcelo, aby na prstoch rástli chlpy.

Najmä nie dievčatko ako Lia, ktorá dúfala, že sa jedného dňa stane veľkou baletkou.

KAPITOLA 2

Keď sa zobudila, veľmi ju svrbeli dlane. V skutočnosti ju svrbeli viac ako kedykoľvek predtým. Čo jej pripomenulo niečo, čo raz povedala jej stará mama. Stará mama hovorila, že keď vás svrbí pravá ruka, znamená to, že dostanete peniaze, a to veľa. Ak ťa svrbí ľavá ruka, znamená to, že o peniaze prichádzaš. Nikdy nepovedala, čo sa stane, ak ju budú svrbieť obe dlane naraz.

Záblesk anjela/chlapca uväzneného v kontajneri ju vrátil do reality. Otvorila dlane a pripravila sa na škrabanie. Namiesto toho bola šokovaná, keď v nich uvidela svoj odraz. Usmiala sa, akoby pózovala na selfie.

Stále si nebola stopercentne istá, či sa jej to len nezdá, a tak odvrátila obe dlane od seba. Jej zámerom bolo urobiť si panoramatický pohľad na miestnosť.

Bola zariadená, akoby plávala vo vnútri akvária. Klauni a zlaté rybky sa usilovne naháňali za chvostom. Pokračovala v posúvaní rúk po miestnosti, kým nenašla Hannah. Potom našla svoju matku. Vypískla od radosti.

Liaina mama Samantha vyskočila rovnako ako Hannah.

„Čo sa deje, zlato?"

„Mami? Vidím ťa.“

„Samozrejme, že vidíš, miláčik.“

„Veríš mi?“

„Áno, samozrejme, že ti verím. Ale povedz mi niečo, prečo si predtým nakreslila vozík s krídlami? Invalidné vozíky nemajú krídla.“

Nevidí moje nové oči, pomyslela si Lia. „Mám ťa rada, mami, ale niektoré invalidné vozíky majú krídla a niektorí anjeli lietajú na vozíkoch s krídlami.“

„Aj ja ťa mám rada, zlato,“ odpovedala. „Aký chlapec/anjel? Zdalo sa ti niečo?“

„Je tu chlapec anjel,“ povedala Lia.

„Chlapec/anjel? Kde, zlato?“

Lia roztvorila dlane a pomyslela na chlapca anjela. Tak usilovne premýšľala, že ho videla, počula, cítila jeho prítomnosť vo svojej mysli. „Anjel/chlapec prichádza sem za mnou,“ povedala.

„Sem, miláčik?“ spýtala sa jej matka a pozrela smerom k opatrovateľke, ktorá pokrčila plecami.

„Áno, anjelský chlapec potrebuje moju pomoc. Prišiel za mnou až zo Severnej Ameriky.“

„Keď si kreslila tie obrázky,“ spýtala sa Hana, „kreslila si podľa spomienok na anjela/chlapca?“

„Alebo zo sna?“ spýtala sa jej mama.

„Začalo to ako sen, ale teraz ho vidím, aj keď som bdelá.“

„Ak ma vidíš, dieťa, čo mám na sebe?“

„Vidím ťa, mami, nie však svojimi starými očami. Ale mojimi novými. Máš na sebe červené šaty s perlami okolo krku.“

Starší pacient, ktorý prechádzal okolo jej izby, sa zastavil, keď uvidel dieťa, ktoré držalo pred sebou otvorené dlane. Je to ona, pomyslel si, a aby si to potvrdil, nemusel dlho čakať. Lia totiž vycítila prítomnosť inej osoby a otočila ľavú dlaň smerom k dverám. Starý muž videl, ako jej dlaň zažmurkala, a potom sa jej vzdialil z dohľadu.

„Hádže,“ navrhla Hannah a odvrátila Liainu pozornosť od dverí.

Prišla zdravotná sestra a Lia, ktorá ju nikdy predtým nevidela, povedala: „Dobrý deň, sestra Vinkeová.“

„Už sme sa stretli?“ Spýtala sa sestra Heidi Vinkeová.

Lia sa zachichotala. „Nie, ale viem si prečítať vašu menovku.“

„Hovorí, že vidí, má nové oči,“ povedala Liaina mama.

„Tak, tak,“ odpovedala sestra Vinkeová a namiesto dievčatka sa venovala matke. Dieťaťu nevadilo, keď sestra Vinkeová vzala matku von, aby sa s ňou porozprávala v súkromí.

„Je normálne, že vaša dcéra za týchto okolností používa svoju fantáziu, veď prišla o zrak. Je to veselé dievčatko, hoci sa jej stala hrozná vec.“ “Čo sa stalo?

Samantha prikývla a obe sa vrátili k Lii.

„Musíš byť unavené dieťa,“ povedala sestra Vinkeová a zmerala dievčatku pulz.

„Nie som," povedala Lia. „Práve som sa zobudila a nechcem sa vrátiť späť do spánku. Keby som teraz zaspala, mohla by som ho zmeškať."

„Koho?" Vinke sa spýtal a ukladal dievčatko do postele.

„Prečo, chlapec/anjel," povedala Lia. „Už je čoraz bližšie. Už je takmer tu - a potrebuje moju pomoc. Už sa neviem dočkať, kedy sa s ním stretnem. Prešiel dlhú, dlhú cestu, len aby ma videl."

„Tak, tak, dieťa," zavrčal Vinke. Vtlačila Lii do ruky ihlu naplnenú liekom vyvolávajúcim spánok.

Lia protestovala, ale potom okamžite zaspala.

„Dobrú noc, dieťa," zavrčala jej matka.

Starší muž sa vrátil do svojej izby a zdvihol telefón. Potom si vyžiadal vonkajšiu linku.

„Je tu," zašepkal do telefónu. „Videl som ju na vlastné oči - priamo tu v nemocnici na konci chodby od mojej izby."

Nastalo ticho a potom sa na druhom konci ozvalo cvaknutie. Starý muž si ľahol do postele. Diaľkovým ovládačom zapol televízor.

Jeho obľúbený program: Práve sa začínal program Now or Neverland (známy aj ako Fear Factor). Chcel vidieť, čo budú tí blázniví blázni robiť v tohtotýždňovej epizóde.

KAPITOLA 3

Až kým sa E-Z neocitol stiesnený v striebornej guli, necítil sa už tak sám. V duchu sa totiž rozprával s malým dievčatkom.

Do jeho mysle sa dostala v sprievode záblesku svetla a výkriku. Bola zranená. Sledoval, ako jej anjel Haniel pomáha. Počúval, keď Haniel spieval dievčatku pieseň, zatiaľ čo ona odstraňovala sklo.

To, čo prišlo potom, bolo nečakané. Anjel Haniel nakreslil dievčatku na dlaň a prsty čiary. Haniel daroval dieťaťu nový druh zraku. A oči na dlani.

Hneď vedel, že osud dievčatka je spojený s jeho osudom.

Spočiatku ju síce v mysli videl, ale nedokázal s ňou komunikovať. Bolo to, akoby v mysli sledoval televízny program bez zvuku. Potom, keď sa dieťa zasnívalo, prišla k nemu a položila mu ruky na guľu, v ktorej bol uväznený. Vtedy vedel, čo vie ona, a ona vedela, čo vie on, a boli prepojení.

Prvé slová, ktoré mu vyslovila, boli: „Nemám rada tmu." V tom momente sa dieťa začalo cítiť dobre.

E-Z jej odpovedal: „Neboj sa. Som tu. Volám sa E-Z. A ako sa voláš ty?"

„Volám sa Cecilia," odpovedalo dieťa. „Ale moji priatelia ma volajú Lia. Môžete mi hovoriť Lia. Mám sedem rokov. Koľko máš ty?"

E-Z si myslel, že dieťa je mladšie. „Mám trinásť," povedal. „Som zo Severnej Ameriky."

„Ja žijem v Holandsku," povedala Lia.

Obaja mlčali, keď Lia použila svoje dlaňové oči, aby sa naňho pozrela vo vnútri oceľovej gule.

„Čo tam robíš?" spýtala sa.

E-Z sa zamyslel, kým odpovedal. Nechcel dieťa vystrašiť, s pravdivým príbehom v tom, že ho uniesol ako skúšku archanjel. Chcel jej povedať pravdu, ale nebol si istý, či by ju zvládla, keďže bola taká malá.

Povedal: „Nie som si celkom istý, prečo som sa sem dostal, ale myslím si, že to bolo tak, že som sa sem dostal, aby som sa s tebou stretol." Zaváhal, poškrabal sa na hlave a spýtal sa: „Poznáš Eriel?" „Áno," odpovedala.

Lii polichotilo, že za ňou prišiel, ale znepokojilo ju, že ho takto previezli kvôli nej. „Je mi veľmi ľúto, ak si proti svojej vôli nútený cestovať sem, aby si sa so mnou stretol. Ach, a nie, toto meno mi nie je známe."

E-Z bol na Liu veľmi zvedavý. Keďže povedala, že je Holanďanka, nesmierne ho zaujalo, aká výborná je jej angličtina.

„Cítila som ťa, ale nemohla som ťa vidieť, kým mi nenarástli oči, moje nové oči. Predtým som mohla čítať tvoje myšlienky. Mohla by si čítať moje? Aha, a ďakujem, čo sa týka mojej angličtiny.“

„Videla som, čo sa ti stalo, tú nehodu. Je mi veľmi ľúto, že sa ti niečo stalo. Kvôli tejto veci som ti nemohol pomôcť.“ "A čo? Búchal päsťami do stien. Zakryl si uši, pretože sa ozýval búchavý zvuk. „Keď si snível, bol si so mnou. V mojej hlave.“

Lia zatla pravú päsť, ľavú nechala otvorenú a dotýkala sa vonkajšej steny. Jej dlaň sa mihla otvorená a potom zatvorená, otvorená a potom zatvorená. Nepovedala nič, len sa pozerala pred seba ako človek, ktorý je v tranze.

E-Z sa v tej chvíli rozhodol, že jej povie svoj príbeh.

„Moji rodičia zahynuli pri autonehode. A ja som stratil schopnosť používať nohy.“

Tu sa zastavil. Rozmýšľal, koľko by jej mal povedať.

Toto zaváhanie urobilo rozhodnutie zaňho.

Spala tvrdým spánkom.

KAPITOLA 4

V nemocnici mal službu nový lekár. Krátko sa pozrel do Lijinej karty. Keď videl, že Cecelia stále spí, pošepkal jej matke.

„Musíme vašu dcéru zobrať na druhé poschodie na ďalšie vyšetrenie."

„Je to naliehavé?" Spýtala sa Liaina matka. „Spí tak pokojne, bola by škoda ju budiť." "To je pravda.

Lekár, ktorého menovku zakrýval golier lekárskeho saka, sa usmial. „Netreba ju budiť. Môžeme ju zasunúť do prístroja, kým spí. Niektorí pacienti, najmä tí mladší, to tak majú radšej."

Samantha sa pozrela na hodinky. „Jasná vec, pôjdem s ňou dole."

„To nie je potrebné," povedal lekár. „O chvíľu prídu asistenti. Využite ten čas a dajte si sendvič alebo šálku harmančekového čaju - moja žena naň prisahá. Pomáha jej uvoľniť sa a zaspať."

„Ďakujem," povedala Samantha, keď prišli dvaja ošetrovatelia. Dvaja statní muži oblečení v pouličnom oblečení zdvihli Liu z postele a položili ju na nosidlá s kolieskami. Lekár vytiahol spod nosidiel prikrývku a položil ju na Liu. „Udržíme ju v teple a o chvíľu budeme späť. Nezabudnite tento čas využiť na to, aby ste si dopriali čaj alebo kávu."

Kým Hannah spala ďalej, Samantha sledovala ošetrovateľov a lekára, ako tlačia jej dcéru po chodbe. Teraz pri výťahu, ktorý čakal, sledovala pozornejšie. Keď sa dvere výťahu zatvorili, kľučkovala po chodbe a ignorovala vnútorný pocit, ktorý ju nahlodával. Zahnala ho, povedala si, že je hladná, a zamierila do jedálne. Bolo tam veľmi rušno. Väčšinou s personálom, ktorý mal na sebe župany.

Keď si pripravovala a popíjala čaj, napadlo jej, že žiaden zamestnanec nenosí pouličné oblečenie.

„Prepáčte," povedala jednému z lekárov. „Čo je na druhom poschodí? Tam sa robia röntgenové snímky a telesné skeny?"

Pokrútil hlavou: „Druhé poschodie je pôrodnica."

Samantha vstala zo stoličky, prevrhla horúci čaj a vyliala si ho na kolená. Keď zakričala, zo všetkých strán sa zbehli pomocníci.

„Moja dcéra!" zvolala. „Lekár s dvoma asistentmi práve odviezli moju dcéru Liu na nosidlách. Povedali, že ju vezú na druhé poschodie na nejaké vyšetrenia. Ak je druhé poschodie určené pre pôrodnicu, prečo by ju odnášali preč?

Jej výbuch priťahoval príliš veľa pozornosti. Lekár, ktorého oslovila v prvom rade, ju teda prehovoril, aby vyšla von.

Vrátili sa do Liinej izby. Samantha jej všetko podrobnejšie vysvetlila. Dobre, že sa pozrela na hodinky, aby im mohla povedať presný čas, kedy sa to všetko stalo.

„Toto je vážna vec," povedal doktor Brown. „Nechajte to na mňa. Po celej nemocnici máme bezpečnostné kamery. Možno ste sa zle počuli o druhom poschodí? Možno je na siedmom poschodí a práve teraz, keď sa rozprávame, ju skenujú. Nechajte to na mňa. Seďte tu pevne a ja sa k vám čo najskôr vrátim."

Samantha si sadla a všetko Hannah vysvetlila. Podelili sa o sendvič s tuniakom a usilovne sa snažili nerobiť si starosti.

Kým Lia spala ďalej, muž, ktorý v skutočnosti nebol lekárom, a stážisti, ktorí neboli stážistami, opustili budovu. Išli k čakajúcemu autu. Nosidlá nechali na parkovisku.

Doktor Brown zvolal stretnutie so správcom. Pomocou kamerového systému sa stali svedkami Liainho únosu. Upozornili políciu a uviedli opis vozidla. Nanešťastie, kamery nezaznamenali údaje o poznávacej značke.

„Chvíľu počkajme," povedala Helen Mitchellová, správkyňa nemocnice. Už o niekoľko dní odchádzala do dôchodku. „Predtým, ako budeme informovať matku malého dievčatka. Nechceme ju znepokojovať."

„To nemôžem urobiť," povedal doktor Brown.

„Polícia by mohla v krátkom čase priviesť dieťa späť."

„Dúfam, že máte pravdu. Aj tak je to však starosť. Dúfajme, že sa nedostanú ďaleko."

Zazvonil telefón, bola to polícia. Po dievčatku vyhlásili pátranie na všetkých miestach (APB). Požiadali o jej aktuálnu fotografiu.

„Chcú najnovšiu fotografiu," povedala Helen Mitchellová.

„Jediný spôsob, ako ju získať, je požiadať jej matku," povedal doktor Brown.

Helen prikývla, keď sa Brown obrátil na odchod.

„Povedzte im, že im ju čo najskôr odfaxujeme."

„Pošlem tam niekoho z traumatologického tímu," povedala Helen. Potom k policajtom do telefónu: „Je slepá a má len sedem rokov. Prečo, preboha, títo traja muži podstupujú také zložité kroky, aby ju takto odviedli z nemocnice?"

„To neviem povedať," povedal policajt na druhej strane.

KAPITOLA 5

E-Z okamžite zistil, že s jeho novou priateľkou Lijou nie je niečo v poriadku. Mala spať na nemocničnom lôžku, ale jej posteľ bola v pohybe. Čo to?

Uvažoval, že ju zobudí, ale čo by mohla urobiť, aj keby to urobil? Nie, najlepšie bude, keď bude spať ďalej - kým ju nenájde a nezachráni. Ako to už bolo, usilovne snívala o tom, ako predvádza baletný tanec. Nikdy predtým nevenoval baletu veľkú pozornosť, ale zdalo sa mu, že toto dievčatko je talentované. A keď sa pohybovala po javisku, tancovala pomocou očí v rukách.

E-Z sa v mysli bez väčšej námahy preniesol na jej miesto. Bola tam, tvrdo spala na zadnom sedadle idúceho vozidla. Vyzerala tak pokojne, pretože bola vo svojej mysli ďaleko a robila niečo, čo milovala - tancovala.

Rozšíril svoj pohľad a uvidel tri hlavy. Tá, ktorá šoférovala, bola normálnej veľkosti a postavy. Zato zvyšní dvaja muži vyzerali ako futbalisti.

„Zrýchlite!" E-Z prikázal svojej stoličke, ale tá to už urobila.

Ako jej mal pomôcť, keď bol stále uväznený vo vnútri striebornej gule? Musel ju rozbiť na kúsky - a radšej skôr ako neskôr. Zatiaľ každá snaha rozbiť ju nefungovala.

Rozmýšľal, prečo ju tí muži uniesli. Vedeli o jej schopnostiach? Ako to mohli vedieť? Väčšina nemocníc mala kamerový systém, mohli ju sledovať? Nedávalo to však zmysel. Bolo to sedemročné slepé dievča. Čo od nej chceli?

Keď E-Z rýchlosťou pálil po oblohe, nemohol si pomôcť a premýšľal, prečo ju uniesli. Mali v úmysle žiadať výkupné?

V každom prípade, ak im išlo o toto, dávalo mu to väčší zmysel. Lepšie, ako keby vedeli, že ju vidia. So zvláštnymi schopnosťami k tomu. Napriek tomu bolo jeho prioritou číslo jeden dostať sa z guľky.

Zakričal. Ako to urobil už mnohokrát predtým: „POMOC!"

POP.

„Ahoj," povedal Hadz, zatiaľ čo sedel E-Zovi na pleci. „Čo tu, dočerta, robíš? Toto miesto je pre teba príliš malé." Hadz prevrátila očami.

E-Z sa viac ako len trochu tešila, že vidí Hadzu. Chytil malé stvorenie a pevne si ho pritisol k hrudi.

„Ehm, pozor na krídla," povedala Hadz.

E-Z pustil stvorenie. „Ďakujem, že si prišiel a odpovedal na moje volanie. Úplne ťa potrebujem, aby si mi pomohol vymyslieť, ako sa z toho dostať. Viem, že ťa z môjho prípadu vyradili, ale je tu malé dievčatko menom Lia, je v nebezpečenstve a potrebuje ma. Jednoducho mi musíš pomôcť. Som si istá, že Eriel to pochopí."

„Aha, takže ty teda nechceš byť v tejto veci?" Hadz sa spýtal.

„Nie, nechcem tu byť. Chcem von, ale ako?"

„Jednoducho to urob," povedal Hadz.

„Už som vyskúšal všetko. Strany sa nechcú pohnúť. Zavolal som Eriela, aby mi pomohol, ale povedal, že som v tom sám."

„Ach, to by sa mu nepáčilo. Nemám ti pomáhať, ale jedno ti môžem povedať: ber ohľad na svoje okolie."

„To mi nepomôže," povedal E-Z a snažil sa úplne nestratiť nervy. „Požiadal som stoličku, aby ma vzala k strýkovi Samovi. Ten by ma z toho určite dostal. Ale kreslo moje želanie ignorovalo. Teraz má malé dievča problémy a potrebuje moju pomoc. Ak sa nemôžem dostať von, nemôžem pomôcť sebe, a ak nemôžem pomôcť sebe, nemôžem pomôcť ani jej. Prosím. Povedz mi, ako sa odtiaľto dostať. Zapni ma alebo niečo podobné."

Tvor pokrútil hlavou a potom vyletel na vrchol gule. Dotkla sa jej špičky. „Zváž fyziku. Ak si vo vnútri guľky, na ktorú sa táto vec podobá, potom musíš byť vybitý. Vystreliť. Správne?"

E-Z zvažoval svoje možnosti. Mohol povedať kreslu, aby ho pustilo, a vystreliť ho k zemi. Zem by prerušila jeho pád. Roztrhla by guľku doširoka? Rozhodol sa, že sa mu oplatí riskovať. „Dobre," povedal E-Z, "musím prinútiť kreslo, aby ma pustilo, však?"

Tvor sa zasmial. „Si vtipný, E-Z. Keby si spadol z tejto výšky, táto vec by sa zabodla do zeme. To za predpokladu, že by pri dopade nevybuchla. A s tebou v nej." Znova sa zasmiala. „Alebo by si pri páde nezomrel. Ak by si zomrel, nemohol by si zachrániť to dievčatko. Hej, o akom dievčatku to vlastne hovoríš?"

„Volá sa Cecelia, Lia, a je v Holandsku, neďaleko miesta, kde sme teraz my."

Hadz nahmatal špičku kontajnera, ktorú E-Z nevidel a ani na ňu nemohol dosiahnuť. Tvor ho stlačil. Valec sa uvoľnil a vyskočil ako tulipán. Hadz pomohol E-Zovi z guľky von a onedlho už sedel v kresle a držal vec na kolenách. E-Zove krídla sa roztvorili. Bol to príjemný pocit ich roztiahnuť.

E-Z vzlietol po oblohe a niesol valec, ktorý pustil do Severného mora.

Trojica, E-Z, kreslo a Hadz leteli veľkou rýchlosťou a leteli smerom k Severnému Holandsku, kde sa rútilo auto.

„Vďaka," povedal E-Z.

„Nemáš za čo," odpovedal Hadz. „Zdržím sa tu, keby si ma potreboval."

„Úžasné!"

KAPITOLA 6

E -Z doháňalo auto, ktoré sa blížilo k Zaandamu. Skontroloval, či Lia ešte stále spí na zadnom sedadle. Už však nesnívala, takže sa obával, že sa čoskoro prebudí.

Jeho vozík zmenil kurz, zrýchlil a zameral sa na auto, potom sa nad ním vzniesol. Falošný doktor, ktorý šoféroval, zbadal v bočnom zrkadle vozík za nimi.

„Wat is dat vliegende contraptie?" spýtal sa. (V preklade: (Čo je to za lietajúci výmysel?)"

Obaja grázli otočili hlavy.

Jeden z nich povedal: „Ik weet het niet, maar versnel het!" (V preklade: „Neviem, ale zrýchlite to!"

Druhý zbojník sa zasmial a potom vytiahol z prístrojovej dosky pištoľ. (V preklade: priehradka na rukavice.) Skontroloval, či v nej nie sú náboje. Zaklapol ju a cvakol poistkou.

E-Z-ov invalidný vozík s cinknutím pristál na streche auta.

Vodič prudko zabrzdil, čím spôsobil, že sa vozík posunul dopredu. Posunul sa po čelnom skle smerom dopredu a potom po kapote.

E-Z sa zdvihol, vzniesol sa a otočil sa k nim tvárou.

„Čo to?" vykríkol vodič, keď stratil kontrolu nad autom, čo spôsobilo, že sa začalo šmýkať a kľučkovať.

E-Z a vozík sa zdvihli, cúvli a chytili sa nárazníka auta, čo spôsobilo jeho úplné zastavenie.

Okamžite sa otvoril priestor pre cestujúcich a ozvali sa výstrely.

Na zadnom sedadle chrapľavo odfrkla Lia.

Zlodej so zbraňou sa vyvalil z dverí, potom sa na kolenách pripravil vystreliť na E-Z.

Hadz sa z ničoho nič objavil a vyrazil pištoľ zločincovi z ruky. Potom mu zviazala ruky za chrbtom a nohy za chrbtom ako teľaťu na rodeu.

Druhý zbojník išiel rovno na E-Z, ktorý ho lasom chytil za opasok. Gangster sa prevrátil, takže mu mohol opasok ľahko omotať okolo nôh.

Chlap sa pokúsil odskočiť, ale ďaleko sa nedostal. Teraz, keď ho zastavili, sa pustili do doktora pomocou klietkového mechanizmu stoličky. Lekára chytili a znehybnili.

Lia to všetko prespala, aj keď ju Hadz vyzdvihol z vozidla a odniesol do bezpečia.

E-Z uložil troch mužov vedľa seba na zadné sedadlá auta.

„Pre koho pracujete?" dožadoval sa.

„Nerozumejú po anglicky." Hadz preletel cez neho. Mužom preložila E-Z-ovu otázku. Keď falošný lekár odpovedal, Hadz preložila. „Hovorí, že nevedia, pre koho pracujú."

„To je smiešne. Uniesli dieťa z nemocnice. Spýtaj sa ich, kam ju teda brali? A ako sa o nej dozvedeli?"

Hadz preložil. Falošný lekár opäť odpovedal: „Povedali nám, aby sme ju vzali do prístavu a že tam na ňu niekto bude čakať. To je všetko, čo vieme."

E-Z im neveril, ale Hadz potvrdil, že naozaj hovoria pravdu. „Čo s nimi chcete urobiť?" spýtala sa.

„Môžete im vymazať myseľ? A mysle tých, na ktorých sú napojení, Títo traja sú kolieskami v stroji. Chceme vymazať myseľ osoby v dokoch. Aby na ňu všetci zabudli - navždy."

„Hotovo," povedala.

„Páni, si rýchla!"

E-Z a Hadz v kresle sa vrátili do nemocnice, práve keď sa Lia začala prebúdzať. Pohla hlavou, pocítila, ako jej vietor rozfúkal vlasy, a pritúlila sa k E-Zovej hrudi. Otvorila pravú dlaň a pozrela na svojho priateľa, chlapca/anjela. Zasmiala sa a pevne ho objala. Keď si na E-Z-ovom pleci všimla malú rozprávkovú bytosť, použila oči dlane, aby sa na ňu pozrela.

„Si taký malý a roztomilý," povedala.

„Teší ma, že ťa mám," povedal Hadz. „A ďakujem ti."

Odleteli smerom k nemocnici.

„Teraz si v bezpečí," povedal E-Z.

„A ty už nie si v tej veci," povedala Lia.

„Hadz mi pomohol dostať sa von," povedal E-Z a zamával krídlami.

„Odkiaľ ich máš?" Lia sa spýtala. „Môžem si ich vziať?"

E-Z sa usmial. Nebol si istý, koľko jej má povedať. Obával sa, čo by Eriel povedala, keby prezradil priveľa. „Dostal som ich po smrti svojich rodičov."

„Ale prečo?" spýtala sa malá Lia.

„Začal som zachraňovať ľudí," povedal E-Z.

„Chceš povedať, že nie som prvý človek, ktorého si zachránil?" ‚Áno,' odpovedal.

„Nie, nie si."

Hadz si prečistila hrdlo, čo bol signál pre E-Z, aby prestal hovoriť.

Mlčky leteli ďalej. Dievčatko objímalo E-Z na hrudi. Vozík, ktorý vedel, kam má ísť. Hadz sa opäť cítila potrebná.

E-Z bol stratený vo svojich myšlienkach. Rozmýšľal, či záchrana Lii bola hlavnou skúškou. Alebo či dostať sa z guľky splnilo úlohu. Možno to boli dvaja za jedného! Koľko by to potom bolo? Musel si ich zapísať, aby mal prehľad. To robil do svojho denníka, ale v poslednom čase nemal veľa času na zaznamenávanie vecí.

„Počujem, ako premýšľaš," povedala Lia. Obe dlane mala otvorené. Sledovala E-Z-ov vonkajšok a zároveň počúvala, na čo myslí vo vnútri. „Chcem sa dozvedieť viac o týchto skúškach. A chcem vedieť, prečo vidím rukami namiesto očami. Myslíš, že to bude vedieť ten Eriel?"

POP

Hadz nečakal na odpoveď.

„Nemocnica je dole," povedal E-Z.

Kreslo sa pomaly spustilo a oni vošli do vnútra nemocnice. E-Z a krídla kresla zmizli. Tlačil sa po chodbe a našiel Liainu izbu. Čakala tam jej matka.

„Zatknite tohto chlapca," zakričala Liaina matka.

E-Z bol ohromený. Prečo by ho chcela zatknúť? Veď práve zachránil jej dcéru.

„Ale mami," začala Lia.

Prišla polícia. Siahli za E-Z a dali mu ruky do pút.

Skôr než ich zatvorili, Lia vykríkla. Potom otvorila dlane a natiahla ich pred seba. Z očí jej dlaní vyšlo oslepujúce biele svetlo, ktoré spôsobilo, že všetci v miestnosti okrem nej a E-Z sa včas zastavili. Malá Lia zastavila čas.

„Super! Ako si to dokázala?" E-Z zvolal, keď putá s cinknutím spadli na podlahu.

„Ja, ja neviem. Chcela som ťa ochrániť. Zachrániť ťa." Zastavila sa, počúvala. „Niekto ide, musíš sa odtiaľto dostať. Cítim, že prichádza niekto ďalší, a ty musíš byť preč."

„Niekto?" E-Z sa spýtal. „Vieš kto?"

„Neviem. Viem len, že prichádza niekto iný a ty musíš ísť - okamžite."

„Budeš, dobre? Chystajú sa ti ublížit?"

„Budem v poriadku - idú si po teba - nie po mňa. Hneď odtiaľto vypadni."

„Kedy ťa opäť uvidím?" E-Z sa spýtal, keď rozbil nemocničné okno, vyletel von a čakal na jej odpoveď.

„Vždy ma uvidíš, E-Z. Sme navzájom prepojení. Sme priatelia. Ty sa odtiaľto dostaneš a ja sa postarám o zvyšok." Dala mu bozk.

Lia si ľahla do postele, pritiahla si prikrývku až ku krku a predstierala, že tvrdo spí, kým sa svet opäť dal do pohybu.

„Čo sa stalo?" spýtala sa jej mama.

Všetko bolo opäť v poriadku. Lia bola v posteli nezranená.

Svet pokračoval tak ako predtým, zatiaľ čo E-Z opäť krídlom preletel domov.

„Vďaka, Hadz za pomoc," povedal E-Z, hoci už bola preč. Nejako vedel, že nech je kdekoľvek, počuje ho.

KAPITOLA 7

K eď E-Z letel po oblohe,uvedomil si, že je hladný. Pod
ním bol Big Ben. Rozhodol sa pristáť a kúpiť si anglickú
rybu s hranolkami.

Keď kreslo klesalo, všimol si bielu dodávku, ktorá sa
rýchlo pohybovala po ceste. Bola rovnobežná so školou.
Videl rodičov vo vozidlách a pešších, ktorí čakali, aby si
vyzdvihli svoje deti.

Keď dodávka zabočila za roh, zvýšila rýchlosť.

Jeho invalidný vozík sa rútil dopredu a zapadol za vozidlo.
Jazda bola čoraz bezohľadnejšia, ako sa blížil k škole. Začali
vychádzať deti.

E-Z sa chytil zadnej časti dodávky. S vypätím všetkých síl
ju s piskotom zastavil.

Vodič šliapol na plyn a snažil sa odtiahnuť. Mal nulové
šťastie. Nevidel, čo alebo kto ich brzdí.

E-Z rozbil zámok na kufri, siahol dovnútra a vytiahol
štartovacie káble. Kreslo sa vyrútilo dopredu a pristálo na
streche vozidla. E-Z použil štartovacie káble, aby privrel
dvere kabíny. Vodič sa nemohol dostať von.

Vzduch naplnili zvuky sirén.

E-Z sa vzniesol do vzduchu a všimol si, že niekoľko ľudí si ho fotí na telefóny, a letel čoraz vyššie.

V žalúdku mu zaškvŕkalo a spomenul si na rybu s hranolkami. Keďže nemal britskú menu, aj tak za ne nemohol zaplatiť, a tak sa vydal na cestu domov.

Pomyslel na strýka, ktorý sa čudoval, kde je, napadlo mu, že by mohol zanechať odkaz, a začal tak robiť: „Som na ceste domov.“

Kliknite na tlačidlo.

„Kde si?“ Strýko Sam sa spýtal.

E-Z bol rád, že to nebola správa!

„Práve letím nad Britániou. Je príjemný deň na lietanie, nemyslíš?“

„Čože? Ako?“

„To je dlhý príbeh, vysvetlím ti to, keď sa vrátim.“

„Vy ste v lietadle?“

„Nie, som tu len ja a moje kreslo.“

Dole E-Z videl, ako si ho ľudia fotia. Keď zbadal, že sa k nemu blíži 747 miestneho dopravcu, uvedomil si, že má problém. Skôr ako stihol vyletieť vyššie, kamery ho už fotili a zverejňovali na všetkých sociálnych sieťach.

„Prepáč, Eriel,“ povedal a vzniesol sa vyššie. „Poznáš to príslovie, že každá reklama je dobrá reklama? No...“ E-Z sa zasmial. Ak ho Eriel mohol vidieť každý deň a každú hodinu, prečo ho musel privolať na pomoc? Niečo mu na tom nesedelo. Nie ja archanjeli chceli, aby dokončil skúšky.

Prešiel ním mráz, keď sa obloha zmenila, keď sa čierne mraky vírili a pulzovali všade okolo neho. Letel ďalej, snažil sa zrýchliť, ale potom sa začali ozývať blesky a on sa im musel vyhýbať. Potom si spomenul na lietadlo. Videl, že úspešne pristáva a ľuďom sa nič nestalo. Pokračoval smerom k domovu.

Po búrke vyšli hviezdy. Jeho kreslo stále mávalo krídlami, zatiaľ čo E-Z si zdriemol.

„E-Z?" Lia sa mu ozvala v hlave. „Si tam?"

Trhnutím sa prebral, zabudol, že sedí v kresle, a vypadol. Začal padať, ale krídla sa mu rozbehli a onedlho bol opäť v kresle.

„Je všetko v poriadku, maličká?" spýtal sa.

„Áno." Myslia si, že to všetko bol sen, že som sa s tebou rozprával. Kreslenie tvojich obrázkov. Mama pozná pravdu, ale nechce sa k nej postaviť čelom."

„Aha, to ťa znepokojuje?"

„Nie. Moje schopnosti sa zväčšujú. Cítim ich a viem, že sa niečo blíži. Niečo, s čím budeš potrebovať moju pomoc. Čoskoro sa vrátim domov. Spýtam sa mamy, či ťa môžeme navštíviť. Čoskoro."

„Čože?" "Tvoja mama by mala zavolať môjmu strýkovi Samovi a mohli by sa porozprávať?"

„Áno, to je šikovný nápad. Mama videla fotky a stretla sa s tebou, ale nepamätá si to. Akoby jej vyčistili myseľ, alebo jej spomienky na teba spia."

„Si si istý, že je to správne?"

„Som si istý. Musím byť tam, kde si ty. Musím ti pomôcť."

E-Z-ova myseľ sa rozplynula. Lia bola preč.

Tínedžer myslel na Liu, ktorá prišla do Severnej Ameriky. Bolo to malé dievča, vidiace rukami, to áno, ale ako by mu mohla pomôcť? Pomohla mu utiecť, ale bol zmätený jej účasťou. Nechcel ju vystaviť nebezpečenstvu. Znova zavolal na Eriel. Vyvolal spev, ale nič sa nestalo.

Všimol si scenériu a na chvíľu sa odpútal od malého dievčatka. Už bol takmer doma. Vďakabohu, že jeho kreslo bolo upravené a on mohol cestovať F-A-S-T!

KAPITOLA 8

P red nami E-Z zbadal pobrežie. S úľavou si vzdychol, kým si nevšimol veľkého vtáka, ktorý mieril priamo k nemu. Keď sa priblížil, uvedomil si, že je to labuť. Ale nie normálna labuť. Bola obrovská, rovnako ako rozpätie jej krídel, ktoré odhadol na viac ako stopäťdesiat centimetrov. Bola to tá istá labuť, ktorá sa mu predtým prihovorila. A nielen to, všimol si aj jasné červené svetlo, ktoré sa mihalo na vtákovom pleci.

Labuť sa zvrtla a potom mu ťažko pristála na pleciach. Zavesila si ho na chrbát.

„Tak ahoj," povedal E-Z a pozrel na krásneho tvora, keď sa ustálil.

„Hú-hú," povedala labuť. Potom potriasla hlavou, otvorila zobák a povedala: „Ahoj E-Z."

„Myslím, že ti dlžím poďakovanie," povedal.

„Och, nie je za čo. A dúfam, že ti nevadí, že som si stopol," povedala labuť a rozstrapatila si perie.

„Ehm, žiadny problém," odvetil E-Z.

„Toto je môj mentor Ariel," povedala labuť.

WHOOPEE

Červené svetlo nahradil anjel.

„Ahoj," povedala a sadla si E-Zovi na koleno.

„Uh, rád ťa spoznávam," povedal.

„Čím môžem byť užitočný?" spýtal sa.

„Dúfam, že ty a tu moja priateľka labuť budete môcť nadviazať partnerstvo."

„Ako to?" spýtal sa.

„Môj chránenec toho má za sebou veľa. Môže ťa zasvätiť do podrobností, keď sa bude cítiť pripravený, ale zatiaľ potrebujem, aby si mu pomohol tým, že mu dovolíš pomáhať ti pri skúškach. Pomoc sa ti hodí, áno?"

„Podľa toho, čo som pochopil," povedal smerom k Ariel. Potom na labuť: „Nič proti tebe, kamarát." Teraz k Arielovi: „Je to tak, že mi nikto nemôže pomôcť v mojich skúškach. To vzišlo priamo od Eriel a Ophaniela."

„Vyjasnil som si to s nimi. Takže ak je to tvoja jediná námietka," potom sa odmlčala.

WHOOPEE

a bola preč.

Potom E-Z a labuť pokračovali cez Atlantický oceán a ďalej do Severnej Ameriky. Ako vždy chcel vidieť Veľký kaňon. Musel by si ho pozrieť inokedy. Labuť zachrapčala a pritúlila sa k E-Zovmu krku.

E-Z siahol do vrecka a vytiahol telefón. Urobil si s labuťou selfie. Telefón držal v ruke a plánoval si labuť nahrať, keď sa nabudúce ozve. Potreboval dôkaz, že sa nezbláznil.

O niečo neskôr E-Z vynuloval svoj dom. Bol síce školský deň, ale on bol príliš unavený na to, aby tam išiel. Keď začalo kreslo klesať, labuť sa zobudila. „Už sme tam?"

„Áno, sme u mňa doma," povedal E-Z a stlačil tlačidlo nahrávania na svojom telefóne. „Chceš, aby som ťa niekde vysadil?"

„Nie, ďakujem. Mám zostať s tebou," povedala labuť a predĺžila si krk, aby si prezrela dom, v ktorom bude bývať. „My dvaja sa musíme porozprávať."

E-Z stlačil tlačidlo prehrávania, ale bol to mŕtvy vzduch. Labuť sa nedala nahrať. Bolo to zvláštne.

Pristáli pri vchodových dverách. E-Z zasunul kľúč do zámky, ale skôr než ju stihol otvoriť, bol tam strýko Sam. Objal svojho synovca a povedal: „Vitaj doma." Poškrabal sa na brade a trochu sa znepokojil, keď uvidel E-Z-ovho spoločníka, výnimočne veľkú labuť.

„Som rád, že som späť," povedal E-Z a zamieril dovnútra.

Labuť ho nasledovala s pavučinovými nohami, ktoré si vykračovali za ním.

„A kto je tvoj, ehm, operený priateľ?" Spýtal sa strýko Sam.

E-Z si uvedomil, že ani nevie, ako sa labuť volá.

Labuť povedala: „Alfred, volám sa Alfred."

E-Z sa formálne predstavil.

Labuť potom odplávala po chodbe do E-Z-ovej izby a vyletela na jeho posteľ, aby si zaslúžene zdriemla.

E-Z odišiel do kuchyne so strýkom Samom na kolieskach.

„Čo tu preboha robí tá labuť?" Zastavil sa a vybral z chladničky mlieko. Nalial synovcovi plný pohár. „Nemôže tu zostať. Museli by sme ju dať do vane. Teda ak sa tam zmestí. Je to najväčšia labuť, akú som kedy videl. Kde si ju našiel a prečo si ju sem priniesol?"

E-Z hltal späť mlieko. Utrel si mliečne fúzy. „Ja som ju nenašiel, ona si našla mňa. A vie to rozprávať. Ono, on, bol pri tom, keď som zachránil to dievčatko a keď som zachránil to lietadlo. Hovorí, že sa musíme porozprávať."

Strýko Sam bez odpovede odišiel do haly. E-Z nasledoval tesne za ním bez toho, aby prehovoril.

„Hovor!" Strýko Sam sa dožadoval.

Labuť Alfréd otvoril oči, zívol a potom opäť zaspal bez toho, aby vydal čo i len zvuk.

„Povedal som, hovor," povedal strýko Sam a skúsil to znova.

Labuť Alfréd otvoril zobák a zachrčal.

„To je v poriadku, Alfred," povedal E-Z. „To je môj strýko Sam."

„On mi nerozumie. A myslím, že ani nikdy nebude schopný. Som tu len a len pre teba," povedal labuť Alfréd. Zachrčal, potom sa schúlil do perín a opäť sa ponoril do spánku.

Strýko Sam sa na to pozeral, zatiaľ čo labuť bola živá a pozorne sa dívala na E-Z.

Cestou von zavrel so strýkom Samom dvere a vrátil sa do kuchyne, aby sa porozprávali.

E-Z bol taký unavený, že ledva udržal oči otvorené.

„Nemôže to počkať do rána," spýtal sa.

Sam pokrútil hlavou.

„Tak dobre, ideme na to. Najprv som odpálil bejzbalovú loptičku z parku. A bežal som alebo som sa motal okolo méty. Potom som bol uväznený v kontajneri v tvare guľky bez možnosti úniku. Potom som sa mohol rozprávať s malým dievčatkom v Holandsku. Išiel som ju tam zachrániť. Volá sa Lia a jej mama vám zavolá. V Londýne v Anglicku som zabránil vozidlu, aby ublížilo deťom. Potom som sa stretol s labuťou trubačom Alfrédom. A teraz si v obraze - môžem ísť, prosím, spat?"

„Čo mám povedať, keď mi zavolá?" Sam sa spýtal. „Tých ľudí ani nepoznáme, ale máme ich nechať bývať tu v dome s nami. My a labutiak Alfréd?"

„Áno, prosím ťa, choď s tým. Je tu nejaký plán a ja ešte nepoznám všetky podrobnosti. Lia má schopnosti, oči v dlaniach a dokáže čítať moje myšlienky a zastaviť čas. Labuť Alfréd má tiež schopnosti, dokáže čítať moje myšlienky a vie rozprávať. Myslím, že sme my traja nejakým spôsobom prepojení, možno kvôli skúškam. To neviem. S Erielom, ktorý ma špehuje 24 hodín denne, sa môže stať čokoľvek," povedal E-Z.

Keď prichádzali chodbou, počuli plieskanie labutích nôh, ako sa kľukatila. „Som príliš hladný na to, aby som spal," povedal labuť Alfréd.

„Čo to ješ za veci?"

„Kukurica je dobrá, alebo ma môžeš pustiť dozadu a ja si nájdem trochu trávy."

„Máme nejakú kukuricu?" E-Z sa spýtal.

„Len mrazenú," povedal strýko Sam. „Ale zrná môžem prehnať pod teplou vodou a budú hotové za chvíľu."

„Povedzte mu, že ďakujem," povedal labute Alfréd. „Je to od neho veľmi milé."

Strýko Sam dal kukuricu na tanier a Alfréd zjedol, čo mu ponúkli. Stále bol však hladný a potreboval ísť vyprázdniť močový mechúr, preto si predsa len vypýtal ísť von. Kým bol vonku, chcel si pochutnať na trávniku.

E-Z a strýko Sam niekoľko sekúnd pozorovali labuť.

„Dúfam, že susedova čivava nezaskočí na návštevu," povedal strýko Sam. „Tá labuť je taká veľká, že ho vystraší na smrť."

E-Z sa zasmial. „Predstav si, čo by urobila, keby jej pes rozumel tak ako ja?"

Labuť Alfréd sa udomácnil ako doma. Bol si istý, že tu bude šťastný.

KAPITOLA 9

Potom labute Alfréd požiadal, aby sa s E-Z porozprával v súkromí.

„Môžeš tu povedať čokoľvek," povedal E-Z. „Strýko Sam ti nerozumie, pamätáš?"

„Áno, ja viem. Ale je to vec slušného správania. S človekom sa nehovorí, keď je prítomný iný človek, najmä ak je hosťom v cudzom dome. Bolo by to, no, dosť nezdvorilé. Vlastne veľmi nezdvorilé."

E-Z si až teraz uvedomil, že Alfréd Labuda hovorí s britským prízvukom.

„Mohol by som sa ospravedlniť?" E-Z sa spýtal.

Strýko Sam prikývol a E-Z odišiel do svojej izby, pričom labuť Alfred ho nasledovala.

„Dobre," povedal E-Z. „Povedz mi, prečo ťa sem Ariel poslal a čo presne máš v úmysle urobiť, aby si mi pomohol?"

Teraz, keď bol E-Z vo svojej posteli, labuť sa rozhojdala, keď sa prehŕňala v perinách a snažila sa urobiť si pohodlie.

„Môžeš spať v spodnej časti postele," povedal E-Z a hodil tam vankúš.

„Ďakujem," povedal labuť Alfréd. Prikľučkoval na vankúš a búchal doň svojimi pavučinovými nohami, kým nebol pohodlný. Potom si k nemu čupol.

„Teraz začneme," povedal Alfréd.

E-Z, teraz už v pyžame, počúval, ako Alfréd rozpráva svoj príbeh.

„Kedysi som bol človek."

E-Z zalapal po dychu.

„Najlepšie bude, keď ma nebudeš vyrušovať, kým neskončím," pokarhala ho labuť. „Inak bude môj príbeh pokračovať ďalej a ďalej a ani jeden z nás sa nevyspí."

„Prepáč," povedal E-Z.

Labuť pokračovala. „Žil som so svojou ženou a dvoma deťmi. Boli sme neuveriteľne šťastní, kým sa neprehnala búrka, nezborila nám dom a všetkých nezabila. Prežil som, ale bez nich som nechcel. Potom ku mne prišiel anjel, Ariel, ktorú si stretol, a povedala mi, že ich môžem všetkých ešte raz vidieť, ak budem súhlasiť, že budem pomáhať iným. Rád pomáham druhým a toto konanie by mi dalo zmysel. Okrem toho som nemal inú možnosť, a tak som súhlasil."

„Máš skúšky?" E-Z sa spýtal. Mylne sa domnieval, že Alfredov príbeh sa už skončil.

„Môj príbeh sa ešte neskončil," povedal labutiak Alfréd dosť urazene. Potom pokračoval. „To je podstata môjho príbehu. Nemám skúšky, pretože nie som anjel vo výcviku. Moje krídla nie sú ako tvoje krídla. Som labuť, aj keď väčšia ako zvyčajne. Meno môjho plemena je Cygnus Falconeri, ktoré je známe aj ako obrovská labuť. Môj druh už dávno vyhynul. Môj účel bol neurčitý. Uviazol som v medzipriestore, unášaný časom, pretože som urobil chybu. Ale o tom teraz nechcem hovoriť. Keď som videla, ako si zachránil to dievčatko, zavolala som Ariel a spýtala som sa, či ti môžem byť nápomocná. Vynadala mi, že som utiekla, a poslala ma späť do medzipriestoru. Znova som odtiaľ utiekol a pomohol som ti s lietadlom a Ariel požiadala Ophaniela, aby mi dal ďalšiu šancu. Teraz mám cieľ - pomôcť ti."

„A Ophaniel súhlasil? Ale čo Eriel?"

„Spočiatku sa nedohodli. Bolo to preto, že ma Hadz a Reiki nahlásili za to, že som ti pomohol privolaním mojich vtáčích priateľov. Keď som sa dozvedela, že ich poslali do baní a opäť utiekli, Ariel predniesol môj prípad a Ophaniel súhlasil. O Erielovi neviem. Je to tvoj mentor?"

„Áno, prebral to po Hadžovi a Reike. Oni si sem-tam odskočili, zatiaľ čo on hovorí, že vždy vidí, kde som a čo robím."

„To znie ako preháňanie. Napriek tomu by som sa s ním jedného dňa rád stretol. Zatiaľ sme tím. Môžem ti pomôcť, aby som jedného dňa aj ja bola opäť so svojou rodinou. Takže tam, kam ideš ty, E-Z, idem aj ja."

E-Z si oprel hlavu o vankúš a zavrel oči. Cítil sa vďačný za akúkoľvek pomoc. Veď labuť mu v minulosti pomohla s lietadlom.

„Nebudem sa ti pliesť do cesty," povedal labuť Alfréd. „Viem, myslíš si, že sme nelogická dvojica, a keď príde Lia, budeme ešte nelogickejšia trojica, ale..."

„Počkaj," povedal E-Z. „Ty vieš o Lii? Ako?"

„Ach áno, viem o tebe všetko a viem o nej všetko a viem aj viac. Že my traja sme prepojení. Predurčené na spoločnú prácu." Roztiahol čeľuste, ktoré vyzerali, akoby sa pokúšal zívnuť. „Som príliš unavený na to, aby som dnes večer ešte rozprával." O chvíľu už Alfred, labuť, chrápal ďalej.

E-Z si v duchu prešiel všetko, čo o labutiach vedel. Čo nebolo veľa. Ráno si urobí nejaký výskum o Alfredovom druhu.

Rozmýšľal, ako sa k Alfredovi postavia PJ a Arden. Musel ich zoznámiť, alebo by Alfred mohol byť tajomstvom?

Pästami si našuchoril vankúš a pripravil sa na spánok.

Zobudil Alfréda a ten bol z toho mrzutý.

„Musíš to robiť?" Alfréd sa spýtal.

„Prepáč," povedal E-Z.

KAPITOLA 10

Na druhý deň ráno sa E-Z zobudil na zvuk strýka Sama, ktorý búchal na jeho dvere. „Zobuď sa, E-Z! PJ a Arden sú už na ceste, aby ťa odviezli do školy."

E-Z zívol a pretiahol sa. Obliekol sa a potom sa posadil na stoličku. Keďže Alfred ešte spal, vykradol sa za ním po škole.

„Bezo mňa nemôžeš nikam ísť!" Alfréd povedal. Roztriasol si perie po celom tele a potom zoskočil na podlahu.

„Nemôžeš ísť so mnou do školy. Domáce zvieratá nie sú povolené."

„E-Z, no tak, chlapče!" Strýko Sam zakričal z kuchyne. „Inak zmeškáš raňajky."

E-Z-ovi zakručalo v žalúdku, keď sa jeho smerom šírila vôňa toastov. „Už idem!"

E-Z nemal čas na hádky a otvoril dvere. Vošiel do kuchyne práve vo chvíli, keď prišli Arden a PJ. Zatrúbenie zvonku mu dalo vedieť, že sú tam.

„Dobre, dobre!" E-Z zavolal, keď schmatol kúsok toastu. Vydal sa chodbou a jeho nový spoločník s pavučinovými nohami ho nasledoval.

PJ vystúpil z auta, aby pomohol E-Zovi nastúpiť, a upevnil jeho vozík v kufri. Keď ho zatváral, zbadal Alfréda, ako sa pokúša dostať do vozidla.

„Ehm, tá vec sa do auta nedostane," zakričal PJ.

Arden stiahol okno.

„Čo to, dočerta, je? Zmeškal som nejakú správu, že dnes budeme mať Show and Tell?" Ušklíbol sa.

„To je labut?" Spýtala sa mama pani Rukoväte PJ.

„Alebo je táto vec predsedníčkou vášho fanklubu?" PJ sa s úsmevom spýtal.

Keď sa ocitli vo vnútri auta, E-Z odpovedal. „Sme príliš starí na to, aby sme sa predvádzali," zasmial sa. „Tá labuť je môj projekt. Experiment, niečo ako vodiaci pes pre slepca. Je to môj spoločník na vozíku." Pripútal Alfréda bezpečnostným pásom.

PJ si išiel sadnúť dopredu vedľa svojej matky.

„Nepredstavíš ma?" opýtal sa Alfréd labute.

Pani Handlová odstavila auto a vydali sa na cestu do školy.

„Alfred," E-Z sa pozrel na svojich priateľov, "zoznámte sa s pani Handlovou. A moji dvaja najlepší kamaráti PJ a Arden. Všetci, toto je Alfred, labuť trúbkarka." E-Z si prekrížil ruky.

Alfréd povedal: „Hú-hú." Na E-Z povedal: „Som nesmierne rád, že vás spoznávam. Môžeš mi prekladať."

„Odkiaľ poznáš jeho meno?" PJ sa spýtal.

„Teraz sa z teba nestane, ako sa volal, ten chlapík, čo sa vedel rozprávať so zvieratami, že nie E-Z? Prosím, povedz mi, že nie si. Hoci by sa z neho mohla stať poriadna dojná krava. Mohli by sme predávať tvoj talent. Pýtať sa na otázky a zverejňovať odpovede na našom vlastnom kanáli YouTube. Mohli by sme ho nazvať E-Z Dickens - Zaklínač labutí."

„Výborný nápad!" PJ povedal, keď sa jeho mama zastavila na priechode pre chodcov. „Pred niekoľkými rokmi by sme na internete pravdepodobne zarobili milióny. V súčasnosti je zarábanie peňazí na internete drsné. Naozaj to utiahli do úzadia."

„Nebuď sprostý," povedala pani Handlová, keď pokračovala v jazde.

„Osoba, o ktorej hovorí, je doktor Dolittle," ponúkol sa Alfréd. „Bola to séria dvanástich kníh románov, ktoré napísal Hugh Lofting. Prvá kniha vyšla v roku 1920 a ďalšie nasledovali až do roku 1952. Hugh Lofting zomrel v roku 1947. Bol to tiež Brit. Narodil sa a vyrastal v Berkshire."

„Viem, koho majú na mysli," povedal E-Z Alfredovi. „A nie, ja nie som."

Arden povedal: „Dúfam, že nám ten tvoj labutí spoločník dnes neukradne všetky dievčatá. Vieš, ako dievčatá milujú operené veci."

Pani Handlová si prečistila hrdlo.

„Svojho času som bol dosť veľký zabijak dám," povedal Alfred a nasledovalo ďalšie: ‚Hú-hú!', ktoré namieril na PJ a Ardena.

PJ povedal: „Tvoja spoločníčka labuť ma naozaj rozčuľuje."

„Aký film o vtákoch získal Oscara?" spýtal sa Arden.

PJ odpovedal: „Pán krídel."

Arden sa opýtal: „Kam investujú vtáky svoje peniaze?"

PJ odpovedal: „Na trhu s bocianmi!"

„Tvoji priatelia sa ľahko pobavia," povedal Alfréd. „Sú to dvaja plonkári, ako vystrihnutí z rovnakého plátna. Chápem, prečo ich máš rád. Mne sa páči pani Handlová. Je tichá a výborná šoférka."

E-Z sa zasmial.

„Som rád, že sa vám páči ranný humor," povedal PJ.

„Ani nie," povedal Alfréd. „Okrem toho vy dvaja ste skutoční plonkári."

Arden a PJ urobili dvojitý záber.

E-Z tiež urobil dvojitý záber na ich dvojité zábery. „Čože?"

„Vy ste to nepočuli?" povedali tí dvaja jednohlasne. „Labuť vie rozprávať - a s britským prízvukom. Ach jaj, dievčatá ho budú naozaj milovať."

Pani Handlová pokrútila hlavou. „Nehrajte sa na hlúpe žobráčky, vy dve!"

E-Z sa pozrel na labuť Alfréda, ktorý vyzeral zmätene.

Alfréd sa pokúsil o vlastný vtip, aby zistil, či mu naozaj rozumejú. „Prečo kolibríky bzučia?" spýtal sa.

Traja chlapci sa naňho pozreli, bolo jasné, že Arden aj PJ mu teraz rozumejú.

Alfréd povedal pointu: „Pretože nepoznajú slová, samozrejme."

PJ a Arden sa tak trochu zasmiali, ale väčšinou boli vyplašení.

„Ako to, že ti teraz aj oni rozumejú?" Spýtal sa E-Z. „Najprv nemohli, teraz už môžu. Myslel som si, že si hovoril, že som to len ja. A prečo ti nerozumel strýko Sam?"

Teraz, keď mu rozumeli, sa Alfréd cítil nesvoj. Zašepkal E-Z: „Úprimne povedané, neviem. Ibaže to, kvôli čomu som tu, má niečo spoločné aj s nimi."

„A nezahŕňa strýka Sama? Alebo pani Handlová?"

„Možno nie," odpovedal Alfréd.

„A kde, si našiel tú hovoriacu labuť?" „Áno. Arden sa spýtal.

„A prečo ho nosíš do školy?" PJ sa spýtal.

Pani Handlová si odfrkla. „Všetci ste veľmi hlúpi. E-Z hovorí, že je to spoločenská labuť. Nevie rozprávať."

„Po prvé, nie je to len labuť, je to Cygnus Falconeri. Známy aj ako labuť obrovská a druh, ktorý už celé stáročia vyhynutý."

„V živote som veľa labutí nevidel," povedal Arden. „Tie, ktoré som videl na prírodovednom kanáli, sa mi však nezdali také veľké ako on. Jeho nohy sú obrovské! A čo sa stane, keď bude musieť, vieš, ísť na záchod?"

„Priemerná labuť obrovská mala dĺžku od chvosta k zobáku od 190 do 210 centimetrov," ponúkol Alfred. „A ak áno, použijem trávu - športové ihrisko by mi malo poskytnúť dostatok priestoru na kŕmenie a vykonávanie svojich záležitostí, ak a keď to bude potrebné."

„Chceš povedať, že trávu zješ a potom na ňu pôjdeš?" PJ povedal.

„Fuj!" Arden povedal.

Boli už strašne blízko školy, tak to E-Z vysvetlil. „Nemôžem ti povedať podrobnosti, lebo ich naozaj nepoznám. Jediné, čo viem s istotou, je, že Alfred je tu, aby mi pomohol, a budeš ho vídať často."

„Myslím, že ho do školy nepustia," povedal Arden.

„To nebude problém, keďže som tvoj spoločník," povedal Alfred.

PJ, Arden a Alfred sa zasmiali, keď auto zastavilo pred školou.

„Zavolajte mi, ak chcete, aby som vás po škole vyzdvihla," povedala pani Handlová.

„Vďaka," odpovedali.

Po tom, čo z kufra vytiahli E-Z-ovu stoličku, pani Handleová sa odlepila od obrubníka.

Kamaráti mu do nej pomohli nastúpiť, zatiaľ čo Alfréd priletel a sadol si mu na plece. Zamierili k prednej časti školy, kde riaditeľ Pearson usádzal študentov dovnútra.

„Dobré ráno, chlapci," povedal s obrovským úsmevom na tvári. Až kým si nevšimol labuť Alfréda. „Čo je to za vec?" spýtal sa.

„Je to spoločenská labuť," povedal E-Z.

„Presnejšie Cygnus Falconerie," povedal Arden.

„Je s nami," povedal PJ.

Riaditeľ Pearson prekrížil ruky. „Tá vec, Cygnus whatchamacallit, sem nepríde!"

Alfred povedal: „To je v poriadku, E-Z. Nebudeme robiť scény. Budem tu, keď sa vám skončí vyučovanie. Uvidíme sa neskôr." Alfred vyletel a pristál na streche budovy. Predtým, ako odletel na futbalové ihrisko, sa pokochal výhľadom. Bolo tam veľa trávy na chrumkanie. Keď sa nasýtil, našiel si tienisté miesto pod stromom a zdriemol si.

Riaditeľ Pearson pokrútil hlavou a potom podržal E-Z a jeho kamarátom dvere. Vnútri zaznel päťminútový varovný zvonček.

Tento školský deň bol pre E-Z a jeho kamarátov bezproblémový.

Eriel sa stále neozval, že by mal nejaké nové skúšky.

KAPITOLA 11

Alfréd si zvykol na svoju novú rutinu. Deti v škole sa s ním zoznámili - hoci len E-Z a jeho kamaráti vedeli, že vie rozprávať.

V ten deň Alfred pred školou čakal na E-Z a spýtal sa: „Môžeme sa porozprávať?"

E-Z sa obzrel; stále nechcel, aby ostatní žiaci počuli, ako sa rozpráva s labuťou. Zašepkal: „Ehm, môže to počkať, kým prídeme domov?"

„Aha, chápem," povedal Alfréd. „Stále sa cítiš rozpačito, keď sa rozprávame. Čo je pochopiteľné, ale deti ma tu majú rady. Stoja v rade, aby ma pohladkali, aby ma nakŕmili. Okrem toho, nebude strýko Sam doma? Potrebujem sa s tebou porozprávať osamote."

„Keďže ti stále nerozumie, rozprávaš sa so mnou sám, aj keď sme doma."

„Ale toto je záležitosť, ktorá ma trochu znepokojuje, a je to dosť citlivé na čas," povedal Alfréd.

PJ zastavil pri obrubníku vedľa nich. Arden sa spýtal, či chcú odviezť domov.

„Ehm, chlapci. Prepáčte, ale dnes pôjdem domov pešo s Alfrédom. Má pre mňa niekoľko dôležitých informácií, ktoré mi chce odovzdať."

PJ a Arden pokrútili hlavami. Arden povedal: „Čakali sme, že nás jedného dňa hodia cez palubu kvôli dievčaťu - nie kvôli vtákovi." Ušklíbol sa.

„A čo tá hra?" Arden sa spýtal.

„Dnes je dnes a hra je až zajtra. Prepáčte, chlapci." E-Z zvýšil tempo. Auto sa popri ňom plazilo a potom sa so škrípaním pneumatík rozbehlo preč.

„Plonkáči," povedal Alfred.

„Myslia to dobre. Čo je teraz také dôležité?"

„Počul si v poslednom čase niečo o Lii? Mám o ňu strach." Alfréd sa kľukatil vedľa E-Z a cestou odhrýzal hlavičku z púpavy.

„Prečo si robíš starosti? Žiadne správy sú predsa dobré správy, nie?"

„No vlastne, ozvala sa mi a došlo k, ehm, no, k novému mätúcemu vývoju."

E-Z sa zastavil. „Povedz mi viac."

„Pokračuj v chôdzi," povedal Alfréd, ktorý teraz odhrýzal hlavičku zo sedmokrásky. „Lia a jej matka sú už na ceste sem. Mali by doraziť niekedy zajtra."

„Prečo sa tak ponáhľajú? Veď áno, to je prekvapenie. Vedeli sme, že prídu čoskoro. Čo je na tom zarážajúce?"

„To nie je to zmätené."

„Prestaň otáľať a vyklop to!"

„Lia už nemá sedem rokov - teraz má desať rokov."

„Čože? To nie je možné.“

„Myslíš si, že by klamala?“

„Nie, nemyslím si, že by klamala, ale - to nedáva absolútne žiadny zmysel. Ľudia nevyrastú zo siedmich na desať za niekoľko týždňov.“ “To je pravda.

„Povedala, že išla spať. Na druhý deň ráno vošla do kuchyne na raňajky a jej opatrovateľka začala kričať. Tak zistila, že za noc zostarla o tri roky.“

„Páni!“ E-Z zvolal.

„A je toho viac.“

„Ešte viac. Neviem si predstaviť nič viac.“

„Dokázala matku presvedčiť, že nie je potrebné, aby tu zostala počas celej návštevy. Je to zaneprázdnená obchodníčka. Bolo treba dosť veľa presviedčania. Lia povedala, že vzhľadom na Samove skúsenosti s tebou a skúškami by jej bolo lepšie. Jej matka súhlasila za niekoľkých podmienok.“

„Napríklad?“

„Že má rada strýka Sama.“

„Každý má rád strýčka Sama.“

„A tiež, že jej vysvetlíš, ako mohla jej dcéra zo dňa na deň tak zostarnúť.“

„A ako presne to mám urobiť?“

„Aby som bol úprimný,“ povedal Alfred, “nemám ani poňatia. Preto som sa s tebou chcel porozprávať osamote. Chcem povedať, že strýko Sam vie, že Lia príde, však?“

E-Z prikývol: „Hádam áno, ak sú na ceste.“

„Ale on očakáva sedemročné dievčatko, keď sa mu na prahu objaví desaťročná."

E-Z sa opäť zastavil. Strýko Sam. Ani mu nenapadlo, že strýko Sam bude mať do činenia s desaťročným dievčaťom. „Nie som si istý, či som sa mu niekedy zmienil o Liainom veku!"

Alfred sa rozčuľoval. „Počul som, že ľudia rýchlo starnú. Existuje choroba, ktorá sa volá Progeria. Je to genetické ochorenie, dosť zriedkavé a dosť smrteľné. Väčšina detí sa nedožije trinástich rokov a Lia má už desať, takže to musíme vyriešiť."

„Ako je to s tou vecou, ktorú si povedal?"

„Progeria."

„Áno, progeria, ako sa to lieči?" E-Z sa spýtal.

„Podľa mňa sa to stáva počas prvých pár rokov. A deti sú väčšinou znetvorené."

„Lia je znetvorená, kvôli sklu, nie kvôli chorobe. Existuje na to nejaký liek?"

„Žiadny liek. Ale E-Z, je tu ešte niečo iné. Má to niečo spoločné s očami v jej rukách. Sú nové a choroba je nová. Príliš veľká náhoda, nemyslíš?"

E-Z to zvážil a rozhodol sa, že Alfréd má pravdu. Bola to príliš veľká náhoda. Ale čo s tým mal robiť? Mal by zavolať Erielovi? „Poznáš Eriela?"

Alfred spomalil tempo a E-Z tiež. Boli už takmer doma a potrebovali si to vyjasniť, kým sa stretnú so strýkom Samom. „Áno, počul som o ňom. Ale ako vieš, Eriel nie je môj anjel. Spoznal si moju mentorku Ariel a tá je anjel prírody, preto som v stave vzácnej labute. Možno mi dokáže pomôcť, ale na to si budeme musieť počkať na jej ďalšie vystúpenie."

„Chceš povedať, že ju nemôžeš privolat?"

Alfréd prikývol. „Dokážeš Eriel privolať podľa vlastnej vôle?" ‚Áno,' opýtal sa Alfréd.

E-Z sa zasmial. „Nie celkom podľa ľubovôle, ale dá sa k nemu dostať. Aj keď je s tým, vieš čo, otravný a nemá rád, keď ho niekto volá alebo privoláva." E-Z sa ticho zamyslel a Alfréd tiež. Ich dom bol už na dohľad a strýko Sam bol doma, pretože jeho auto stálo na príjazdovej ceste. „Myslím, že by sme mali počkať a uvidíme, čo sa stane s Lijou."

„Súhlasím," povedal Alfréd, keď zišiel z cesty, vytiahol zo zeme trochu trávy a prežúval ju. E-Z sa na to pozeral. „Radšej nejedz príliš veľa trávy; myslím trávnik. To je to, čo jem celý deň, keď ste v škole - okrem tých pár kvetov, ktoré nájdem. Práve teraz mám chuť na trochu tej mokrej, čo rastie pod vodou. Je čerstvejšia a šťavnatejšia."

„To úplne chápem," povedal E-Z. „Rád jem šalát, keď je čerstvý a chrumkavý. Nemám ho veľmi rád, keď je vo vrecúškach a jediný spôsob, ako ho dostať dnu, je namočiť ho do šalátovej zálievky."

„Chýba mi ľudské jedlo."

„Čo ti chýba najviac?"

„Bezpochyby cheeseburgery a hranolky. A kečup. Ako som milovala tú hustú, červenú lepkavú omáčku, ktorá ide na všetko."

„Možno by to nebolo také zlé, na tráve?" E-Z sa zasmial, ale Alfréd o tom premýšľal.

„Bol by som ochotný to vyskúšať."

„Zapíšme si to na tvoj zoznam," povedal E-Z.

„Čo je to zoznam?" Alfred sa spýtal.

KAPITOLA 12

E-Z sa zamyslel nad Alfredovou otázkou. Alfréd nevedel, čo je to bucket list... a toto slovné spojenie vzniklo v roku 2007. V rovnomennom filme Nicholsona a Freemana. Vysvetlil to bez toho, aby zachádzal do prílišných podrobností.

„To je naozaj zaujímavý nápad," povedal Alfred a našuchoril si perie. „Ale aký zmysel má viesť si zoznam vedier? Určite by si si zapamätal všetko, čo by si naozaj chcel urobiť?"

„Vieš, Alfrede, nie som si tým celkom istá. Hádam to môže mať niečo spoločné s vekom. Starnutie a strata pamäti."

„To dáva zmysel."

Pokračovali v ceste a dorazili domov. Keď sa E-Z vyviezol na rampe, Alfred naskočil. Labuť mávala krídlami, aby mu pomohla so stúpajúcou hybnosťou. Na vrchole, keď E-Z otvoril dvere, počuli neznámy hlas.

„Ale nie, už sú tu!" Alfréd povedal.

„Mohli ste ma varovať!" E-Z odpovedal a cestou do obývačky si uložil tašku na háčik.

„Samozrejme, že by som to bol urobil, keby som to bol vedel!"

Lia sa postavila.

E-Zovi sa desaťročná Lia zdala pozoruhodne iná, až kým nezdvihla otvorené dlane.

Lia zapišťala, rozbehla sa k nemu a silno ho objala. Potom objala Alfréda a povedala, že je neuveriteľne šťastná, že ho konečne stretla.

Liaina mama Samantha tiež stála a sledovala, ako jej dcéra objíma chlapca, ktorý jej zachránil život. Anjel/chlapec na vozíčku. Jej dcéra spomenula Alfréda, ale nie to, že je to obrovská labuť.

Strýko Sam sa postavil a povedal: „Ach, E-Z! Vďakabohu, že si doma!" Pristúpil bližšie k synovcovi. Potom rozpačito navrhol, aby išli do kuchyne po občerstvenie.

„Sme v poriadku," povedala Samantha.

Sam aj tak trval na tom, aby išli do kuchyne.

„Ehm," E-Z sa zarazil. „Dal by som si niečo na pitie."

Sam si vzdychla.

„Nerob nám žiadne problémy," povedala Samantha.

„Vôbec to nie je problém," povedala Sam a postrčila E-Z-ovu stoličku k východu z obývačky.

„Lia, si veľmi krásna," povedal Alfred a sklonil hlavu, aby ho mohla pohladiť.

„Ďakujem," povedala Lia a začervenala sa. Keď vychádzali z izby, pozrela smerom k E-Z, ale ten si to nevšimol, pretože jeho oči sa upierali na strýka.

Keď už boli v kuchyni, Sam zaparkoval svojho synovca. Otvoril chladničku a opäť ju zavrel. Prešiel k skrinke, otvoril dvierka a opäť ich zavrel.

„Čo sa deje?" E-Z sa spýtal.

„Ja, ja som ich nečakal tak skoro a čo vôbec jedia a pijú ľudia z Holandska? Myslím, že v dome nemám nič vhodné. Mám ísť von a kúpiť niečo špeciálne?"

„Sú to ľudia ako my, som si istý, že ochutnajú všetko, čo máš. Nerozmýšľaj nad tým."

„Pomôž mi, chlapče. Aké veci by sme mali podávať? Syr a sušienky? Niečo teplé, sendviče so zapekaným syrom? Máme vodu, džús a nealkoholické nápoje."

„Dobre, zatiaľ si dáme syr a krekry. Uvidíme, ako nám to pôjde. A podnos s rôznymi nápojmi."

Sam si vzdychol a všetko to poskladal na podnos. „Aha, obrúsky!" povedal a vytiahol ich zo zásuvky hromadu.

„Všetko pripravené?" E-Z sa spýtal.

„Vďaka, chlapče," povedal Sam a zdvihol podnos plný jedla a nápojov. Zamieril do obývačky a synovec ho nasledoval. Sam všetko položil na stôl, potom vyskočil a povedal: „Prídavné taniere!" a vyšiel z izby, pričom sa krátko nato vrátil so spomínanými predmetmi.

E-Z sa pozrel smerom k Lii, keď sa napil svojho nápoja. Stále ju videl ako malé dievčatko, hoci ním už nebola. Mala dlhšie vlasy.

Liaina mama vyzerala ešte nepríjemnejšie ako strýko Sam. Pohrávala sa so sušienkou, ale nezakúsla do nej. Pohár s nápojom posúvala sem a tam, ale nepila z neho.

Sem-tam sa pozrela smerom k strýkovi Samovi, ale nie na dlho. Potom si veľmi hlasno vzdychla a vrátila sa k hraniu sa s jedlom.

„Aký bol váš let?" E-Z sa spýtal.

„Bolo to ľahké - ľahké v porovnaní s letom s tebou," povedala Lia. Zasmiala sa a nealkoholický nápoj jej takmer vytiekol z nosa. Čoskoro sa už všetci smiali a cítili sa uvoľnenejšie.

Alfred sa voľne rozprával, lebo vedel, že mu rozumejú len Lia a E-Z. „Teraz sme spolu, Trojka. Tak, ako to malo byť."

Lia a E-Z si vymenili pohľady.

Alfred pokračoval. „Stále rozmýšľam, prečo nás spojili. E-Z dokážeš zachraňovať ľudí a si super-duper silná, navyše vieš lietať a tvoja stolička tiež. Lia tvoje schopnosti sú v tvojom pohľade. Dokážeš čítať myšlienky. Podľa toho, čo mi E-Z povedal, máš moc svetla a dokážeš zastaviť čas.

„Ja, ja môžem cestovať, lietať v oblakoch a niekedy viem povedať, kedy sa niečo stane, skôr než sa to stane. Dokážem čítať aj myšlienky, nie však stále. Takisto väčšina ľudí miluje labute. Niektorí hovoria, že sme anjelské. Sú dokonca takí, ktorí veria, že labute majú moc premieňať ľudí na anjelov. Neviem, či je to pravda. Ja sama dokážem pomôcť všetkým živým, dýchajúcim veciam, aby sa uzdravili."

Posledná časť bola pre E-Z nová. Chcel sa dozvedieť viac.

Alfréd sa dobrovoľne prihlásil: „Odovzdanie sa je prvý krok."

E-Z a Lia sa stratili v myšlienkach týkajúcich sa Alfredovho priznania.

„Čo budeme robiť teraz?" Lia sa spýtala.

„Každý tím potrebuje vodcu, kapitána. Ja navrhujem E-Z," povedal Alfred.

„Podporujem túto nomináciu," povedala Lia.

Lia a Alfred zdvihli poháre na E-Z. Strýko Sam a Liaina mama Samantha sa pridali k prípitku. Hoci netušili, na čo si všetci pripíjajú.

E-Z im všetkým poďakoval. Vo vnútri však rozmýšľal, ako to všetko dopadne. Ako, mal viesť malé dievčatko a trúbiacu labuť? Ako ich mal udržať v bezpečí a mimo nebezpečenstva?

Strýko Sam a Samantha sa ponúkli, že upratujú, zatiaľ čo sa trojica vrátila do obývačky.

„Bude to pre nich dobrá príležitosť, aby sa trochu lepšie spoznali," povedal Alfred.

„Áno, mama ešte nikdy nebola taká nervózna. Pri svojej práci sa stretáva s množstvom ľudí a rozpráva sa s nimi, aj s úplne cudzími, akoby ich poznala odjakživa. Myslím, že je to jedno z tajomstiev jej úspechu. So Samom je však tichá ako myška a nervózna."

„Možno je to z pásmovej choroby," nadhodil E-Z.

Alfred sa zasmial. „Nie, priťahujú sa k sebe. Obaja ste príliš mladí, aby ste si to všimli, ale vo vzduchu bolo cítiť vibrácie."

„Naozaj, moja mama je zaľúbená do Sama?" ‚Áno,' povedal.

„Aj strýko Sam bol trápny - ale v súčasnosti sa nestretáva s mnohými dievčatami, keďže pracuje z domu a väčšinu času trávi tým, že mi pomáha. Hlasujem za to, aby sme zmenili tému."

„Ja tiež," povedala Lia.

„Vy dvaja nie ste žiadna zábava."

„Myslím, že by bolo načase, aby sme zavolali Eriela," povedal E-Z. „On musí byť ten, kto nás všetkých spojil. Musí nás zasvätiť do plánu. Vedieť, čo sa od nás bude očakávať a kedy."

„Kto je Eriel?" Lia sa spýtala. „Pamätám si, že si sa ma predtým pýtala, či ho poznám."

„Je to archanjel a bol mentorom mojich skúšok. No, aspoň tých posledných pár."

„Môj anjel, ten, ktorý mi dal dar videnia rukou, sa volá Haniel. Aj ona je archanjel. Je to opatrovateľka zeme."

To E-Z prekvapilo. Ak všetci pracovali pre svojich vlastných anjelov, prečo ich potom spojili? Bol jeden anjel mocnejší ako druhý? Kto bol šéfom anjelov? Kto sa komu zodpovedal?

„Určite by som rád vedel, čo sa deje," povedal Alfred.

„Viem len toľko," povedala Lia, „že po nehode sa ma opýtali, či by som sa nechcela stať jedným z troch. A teraz, voila, sme tu."

Do miestnosti vošli strýko Sam a Samantha. Ešte chvíľu sa spolu rozprávali, kým Samantha, ktorá bola unavená z letu, neodišla do svojej izby. Strýko Sam tiež odišiel do svojej izby.

„Poďme do mojej izby a porozprávajme sa," povedal E-Z. Lia a Alfred ju nasledovali. Po niekoľkých hodinách diskusie si trojica uvedomila, že má veľa otázok, ale málo odpovedí. Lia išla do svojej izby, ktorú zdieľala s matkou. Alfred spal na kraji E-Z-ovej postele. E-Z chrápal ďalej. Zajtra bol ďalší deň - vtedy to všetko vyriešia.

KAPITOLA 13

Na druhý deň ráno Lia vyniesla misky s obilím do záhrady. Na oblohe vychádzalo slnko, bol bezoblačný deň a blížila sa desiata hodina.

Lia podala E-Zovi jeho misku, potom si sadla pod slnečník na terase a zobrala si lyžicu kukuričných lupienkov.

„Severoamerické kukuričné vločky chutia inak ako tie, ktoré máme v Holandsku."

„Aký je v tom rozdiel?" Spýtal sa E-Z.

„Všetko tu chutí sladšie."

„Počul som, že v rôznych krajinách používajú rôzne recepty. Chceš ešte niečo iné?" Odmietla s pokrútením hlavy. „Včera v noci som nemohla spať," povedala E-Z a vzala si ďalšiu lyžičku Captain Crunch.

„Prepáč, či som príliš chrápal?" Alfréd sa spýtal, keď si strčil tvár do orosenej trávy.

„Nie, bol si v poriadku. Mal som toho veľa na mysli. Veď sme tu všetci. Tí traja - a ja som už dlho nemal skúšku... Odkedy Hadža a Reikiho degradovali, neviem, čo sa deje. Po tom poslednom súboji s Erielom - ktorý som mimochodom vyhrala - som od neho nič nepočula.

Znervózňuje ma to. Rozmýšľam, čo si vymyslel, aby mi znepríjemnil život."

Alfréd kľučkoval ďalej po záhrade, keď na tráve pristál jednorožec.

„K vašim službám," povedala malá Dorrit.

Jednorožec sa pritúlil k Lii, zatiaľ čo ona sa postavila a pobozkala ho na čelo.

Nad nimi sa začal modrý pruh písma na oblohe. Písalo sa v ňom:

NASLEDOVAŤ MA.

E-Zova stolička sa zdvihla: „Poď!" zvolal.

Malá Dorrit sa sklonila a dovolila Lii, aby na ňu nasadla.

Alfréd zamával krídlami a pripojil sa k ostatným.

„Neviete, kam máme namierené?" Alfréd sa spýtal.

„Viem len, že sa musíme ponáhľať! Vibrácie sa zvyšujú, takže musíme byť blízko."

„Pozrite sa pred seba," zvolala Lia. „Myslím, že nás potrebujú v zábavnom parku."

Okamžite bolo E-Z zrejmé, ako ich potrebujú. Horská dráha bola vykoľajená. Vagóny viseli napoly na koľajniciach a napoly mimo nich. A cestujúci všetkých vekových kategórií kričali. Jedno dieťa viselo s nohami tak neisto cez bočnú časť vozíka, že bolo jasné, že spadne ako prvé.

„Chytíme to dieťa," povedala Lia a rozbehla sa. Spolu s Malou Dorrit sa vydali priamo k chlapcovi. Pustil sa, spadol a bezpečne pristál pred Lia na jednorožcovi.

„Ďakujem," povedal chlapec. „Je to naozaj jednorožec, alebo sa mi to len zdá?"

„Je to naozaj jednorožec," povedala Lia. „Volá sa Malá Dorrit."

„Moja mama má knihu s týmto menom. Myslím, že je od Charlesa Dickensa."

„To je pravda," povedala Lia.

„Sú v Malej Dorritke jednorožci? Ak áno, budem si ju musieť prečítať!"

„To nemôžem povedať s istotou," povedala Lia. „Ale ak to zistíš, daj mi vedieť."

E-Z chytal previsnuté autá jedno po druhom. Chvíľu trvalo, kým ho vyvážil, spočiatku bol trochu ako šmykľavka, celý naklonený jedným smerom. Ale jeho skúsenosti s lietadlom mu pomohli a inšpirovali ho, keď dvíhal vagóny späť na koľaje. Držal ich stabilne, kým sa všetci cestujúci nedostali bezpečne dovnútra.

Vďaka Alfredovej pomoci bol tento proces hladký. Alfréd ich pomocou svojich krídel, zobáka a veľkosti dokázal dostať do bezpečia.

„Sú všetci v poriadku?" E-Z zavolal a všetci cestujúci mu zatlieskali.

Úloha bola úspešne splnená, Alfréd priletel k miestu, kde sa nachádzala Lia a ostatní. Bolo to výborné miesto na pozorovanie.

„Môžeme teraz toho chlapca zobrať dolu?" Lia sa spýtala.

E-Z jej zdvihol palec.

Dole priviezli žeriav, ktorý mal byť vyzdvihnutý na záchrannú akciu. Nebol ešte ani zďaleka pripravený.

Pozoroval, ako sa okolo neho preháňajú robotníci v žltých ochranných čiapkach.

E-Z zapískal na chlapa, ktorý obsluhoval horskú dráhu, aby ju naštartoval.

Obsluha horskej dráhy znovu naštartovala motor. Vozidlá sa najprv trochu pohli dopredu, potom sa zastavili. Cestujúci kričali; v strachu, že sa opäť vykoľají. Niektorí sa držali za krk, ktorý mali pri pôvodnej udalosti narazený.

E-Z umiestnil svoj invalidný vozík v prednej časti vozňov, aby pozoroval, že ich poloha sa nemení. Všimol si, že sa zdvihol vietor, ako sa vo vagónoch rozhádzali vlasy cestujúcich. Jeden starší muž prišiel o svoju bejzbalovú čiapku LA Dodgers. Všetci sledovali, ako padá na zem.

„Skúste to ešte raz," zakričal E-Z a dúfal v to najlepšie, ale pre istotu vymyslel plán B.

Operátor naštartoval motor. Horská dráha sa opäť pohla dopredu. Tentoraz o kúsok ďalej, ale opäť sa úplne zastavila.

E-Z zavolal príkazy na Malú Dorritku: „Prosím, položte Liu na zem. Potom chyťte nejakú reťaz s hákmi na oboch koncoch a prineste ich ku mne."

Jednorožec prikývol a spustil sa za „óóó" a „ááá" davu, ktorý sa zhromaždil pod ním. Jeden chlapík sa ju pokúsil chytiť a zviesť, ona ho odstrčila nosom a polícia sa presunula, aby ohradila okolie.

„Tu!" ozval sa jeden stavebný robotník. Počul, o čo E-Z žiada. Vložil malej Dorrit do úst časť reťaze a zvyšok jej obtočil okolo krku.

„Nie je príliš ťažká?" spýtal sa, keď sa Malá Dorrit bez problémov rozbehla a okrídleným krokom sa dostala k miestu, kde teraz čakal Alfred po boku E-Z.

Alfréd pomocou zobáka zasunul háčik do prednej časti vozňa horskej dráhy. Zabezpečil ho na mieste a pripevnil k E-Z-ovmu vozíku.

„Prosím, zostaňte sedieť," vyzval E-Z. „Pomaly, ale isto ťa dostanem dolu. Snažte sa príliš neposúvať, chcel by som, aby bola váha dôsledne umiestnená. Na tri, kotúľame sa," povedal. „Raz, dva, tri." Potiahol, dal do toho všetko a auto sa kotúľalo spolu s ním. Dole to bolo ľahké, nahor musel zabezpečiť, aby vozík nenabral príliš veľkú rýchlosť a opäť sa nevymrštil. Malá Dorrit a Alfréd leteli vedľa auta, pripravení konať, keby sa niečo pokazilo.

Lia bola taká vystrašená, nervózna a vzrušená.

„Zvládneš to, E-Z!" zakričala a zabudla, že by tie slová mohla vysloviť v duchu a on by ich počul.

„Vďaka," povedal a udržiaval pomalé a rovnomerné tempo. Hoci bol E-Z unavený, musel dokončiť úlohu, ktorú mal pred sebou. Keď auto zahlo za roh a úplne zastavilo, vrátil sa do tunela. Naspäť tam, kde sa jeho cesta prvýkrát začala.

„Ďakujem!" ozval sa operátor.

Hasiči, záchranári a zdravotné sestry sa pripravili na nápor cestujúcich. Vystupovali v rovnakom čase.

„E-Z! E-Z! E-Z!" skandoval dav so zdvihnutými telefónmi, ktoré celý incident natáčali.

„Myslíte, že máme čas vziať si nejakú cukrovú vatu?" Lia sa spýtala.

„A karamelovú kukuricu?" Alfréd povedal. „Nie som si istý, či mi to bude chutiť, ale som ochotný to skúsiť!"

„Jasné," povedal E-Z, "bez obáv ti prinesiem oboje! Možno si dokonca kúpim aj Candy Apple."

Keď išiel nakúpiť, všimol si, že prišli novinári. Zhromaždili sa okolo niekoho, kto bol veľmi vysoký a mal čierne vlasy. Muž držal pred sebou klobúk a pripomínal Abrahama Lincolna. Pri bližšom pohľade si uvedomil, že je to Eriel v prestrojení. Pristúpil bližšie, aby mohol počúvať.

„Áno, ja som ten, kto dal dohromady túto dynamickú trojicu. Vodca sa volá E-Z Dickens, má trinásť rokov a je to superhviezda. Okrem toho, že je najskúsenejším členom Trojky, je aj vodcom. Ako ste si určite všimli, dokáže zvládnuť takmer všetko. Je to skvelý chlapec!"

E-Z cítil, ako sa mu rozpaľujú líca.

„A čo to dievča a jednorožec?" ozval sa reportér.

„Volá sa Lia a toto bol jej prvý počin vo svete superhrdinov. Jej jednorožec sa volá Malá Dorrit a tí dvaja sú úžasný tím. Zachránila toho chlapca," chytil sa chlapca. Postavil ho dopredu a do stredu pred kamery.

Keď sa naňho upierali všetky oči, dokončil svoju vetu. „S ľahkosťou. Lia a Malý Dorrit sú úžasné prírastky do tímu a budú E-Z nesmierne nápomocní vo všetkých jeho budúcich snahách."

„Aké to bolo?" opýtal sa chlapca reportér.

„Lia bola naozaj milá," povedal mladý chlapec.

Tmavá postava chlapca odstrčila. Oprášil sa.

„Labuť trubač sa volá Alfréd. Toto bola jeho prvá príležitosť pomáhať E-Z. Odvážne, vystavil sa riziku. Alfred je ďalším vynikajúcim členom tohto superhrdinského tímu Troch. V budúcnosti ich budete vídať často." Zaváhal: „Aha, a moje meno je Eriel, keby ste ma chceli citovať vo svojom článku."

Teraz si E-Z želal, aby nesúhlasil so zbieraním karnevalových pochúťok. Prikrčil sa bokom a dúfal, že si ho nikto nevšimne.

„Tam je!" niekto zakričal.

Ostatní, ktorí stáli v rade za ním, ho postrčili dopredu.

„Je na účet podniku," povedal predavač a podal mu jeden zo všetkého.

„Ďakujem," povedal, keď sa zdvihol.

„To je on! Ten chlapec na vozíčku! Náš hrdina!" zakričal niekto zospodu.

„Tam je, vyfoťte si ho."

„Vráťte sa pre selfie, prosím!"

E-Z sa pozrel smerom k miestu, kde bol Eriel, ale teraz, keď ho zbadali, sa oňho nikto nezaujímal. Vzápätí si uvedomil, že Eriel je preč.

„Vypadnime odtiaľto!" E-Z zvolal a premýšľal, kam presne by mali ísť. Ak by išli do jeho domu, novinári a fanúšikovia by ho s veľkou pravdepodobnosťou nasledovali. Svojím spôsobom mu chýbali dni, keď Hadz a Reiki všetkým zúčastneným vytierali zrak - určite to veci nekomplikovalo.

Cestou späť sa E-Z nevedel ubrániť otázke, čo má Eriel za lubom. Koniec koncov o jeho pokusoch nemal nikto vedieť. Bolo to veľmi zvláštne - ale bol príliš vyčerpaný na to, aby o tom hovoril so svojimi priateľmi. Namiesto toho premýšľal, prečo už nie je dôležité, aby svoje skúšky tajil - a ako sa to zmení. Bolo dobré, že mu už nepálili krídla a jeho kreslo nevyzeralo, že má záujem piť krv.

„No, to bolo celkom jednoduché," povedal Alfréd.

Lia sa zasmiala: „A bola to celkom zábava, vidieť ťa v akcii E-Z."

„Hej, a čo ja, ja som tiež pomáhal!"

„To určite," povedal E-Z. „A malá Dorrit, ďakujem ti! Bez teba by som to nedokázala!"

Malá Dorrit sa zasmiala. „Som rada, že som mohla pomôcť."

„Bola si úžasná!" Lia ju pohladila po krku.

Niečo ich však znepokojovalo. Bolo zrejmé, že E-Z by to všetko zvládol aj sám. Nepotreboval pomoc.

Najmä Alfred mal pocit, že ako trubač labutí urobil všetko, čo mohol. Ale pri takejto záchrane mu nebolo veľa pomoci. Niežeby mu mohol pomôcť niekto, kto mal ruky. Vynaložil maximálne úsilie, ale stačilo to? Bol tou najlepšou voľbou na člena Trojky?

Lia premýšľala, že Malá Dorritka mohla pristáť pod chlapcom a zachrániť ho aj bez toho, aby bola na jeho chrbte. Jednorožec bol múdry a mohol sa riadiť E-Zovým vedením a pokynmi. Mala pocit, že prešla celú túto cestu, a načo? V skutočnosti to nedávalo žiadny zmysel.

Opäť sa vrátili domov. Hoci spolu dokázali niečo úžasné, ich nálada bola slabá.

Malá Dorrit odišla a odišla tam, kde bývala, keď ju nepotrebovali.

E-Z okamžite odišiel do svojej kancelárie, kde trochu popracoval na svojej knihe. Chcel aktualizovať zoznam skúšok, aby zistil, ako na tom je. Rozhodol sa, že ich všetky napíše znova od začiatku:

1/ zachránil dievčatko

2/ zachránil lietadlo pred pádom

3/ zastavil strelca na streche

4/ zastavil dievča v obchode

5/ zastavil strelca pred jeho domom

6/ súboj s Erielom

7. dostal sa z tej guľky

8/ zachránil Liu

9/ vrátil horskú dráhu späť na trať.

Nebol si istý, či záchrana strýka Sama bola skúška alebo nie. Hadz a Reiki mu vymazali myšlienky. E-Z mal pocit, že záchrana strýka Sama nebola skúška.

Posadil sa späť do kresla. Premýšľal o svojom blížiacom sa termíne. V obmedzenom čase musel dokončiť ďalšie tri skúšky. Na jednej strane ich chcel mať hotové, za sebou. Na druhej strane ho ukončenie záväzku desilo.

Alfred sa medzitým rozhodol ísť si zaplávať do jazera.

Zatiaľ čo Lia a jej matka sa vybrali na prechádzku.

Aké to bolo?" Opýtala sa Samantha.

„Bolo to nesmierne vzrušujúce a desivé zároveň. E-Z je pozoruhodný. Nebojácny," vysvetlila Lia.

„A aký bol tvoj príspevok?"

Zahli za roh a sadli si spolu na lavičku v parku. Deti sa hrali, behali hore-dole a kričali. Matka aj dcéra si spomenuli, ako sa Lia takto bezstarostne hrávala, keď mala sedem rokov. Teraz, keď mala desať rokov, jej záujem o hranie veľmi poklesol.

„Chýba ti to?" Samantha sa spýtala.

Lia sa usmiala. „Vždy vieš, na čo myslím. Vlastne nie, ale niekedy v blízkej budúcnosti by som chcela opäť skúsiť tancovať. Aby som zistila, ako a či sa dokážem prispôsobiť."

Sedeli spolu a pozerali sa, bez toho aby niečo povedali.

„Čo sa týka môjho príspevku, malý chlapec visel z auta a bez pomoci Malej Dorrit by možno spadol."

„Mohol?"

„Áno, myslím, že E-Z by ho zachránil a potom by zvládol aj zvyšok, keby sme tam neboli my. Je zvyknutý robiť skúšky sám."

„Myslíš, že teba ani Alfréda nepotrebovali?"

„To, že sme tam boli ako morálna podpora, bolo užitočné, neviem. Archanjeli si dali veľa námahy, aby nás dali dokopy. Aby nás dopravili až z Holandska, nášho domova. Keď na základe tohto procesu si myslím, že nie sme potrební." "To je pravda.

Samantha vzala dcéru za ruku, zdvihli sa z lavičky a obrátili sa k domovu.

„Myslím, že mať tím, zálohu, je dobrá vec, a som si istá, že E-Z to vie a oceňuje. Nevyzerá ako typ dieťaťa, ktoré by bolo samotárske. Hrával baseball, podľa toho, čo mi Sam povedal, ho stále hrá. Vie, že tímy dobre spolupracujú, stavajú na silných stránkach každého hráča. Čo sa týka teba, nebál by som sa, že si nebol najrozhodujúcejším faktorom v tomto procese. A nikdy nepodceňuj svoju hodnotu."

„Vďaka, mami," povedala Lia, keď zabočili za roh do ich ulice. „Teraz sa porozprávajme o Samovi. Máš ho naozaj rada, však?"

Samantha sa usmiala, ale neodpovedala.

V tom istom čase Sam kontroloval E-Z. „Je všetko v poriadku?" spýtal sa a strčil hlavu do synovcovej kancelárie.

„Nie som si istý. Môžeme sa porozprávať?"

„Jasná vec, chlapče."

„Zavri dvere, prosím."

„Čo sa deje? Nevyšla prvá tímová skúška dobre?"

„Najprv sa ťa chcem spýtať, čo sa deje medzi tebou a Liinou mamou?"

Sam šúchal nohami a čistil si okuliare. „Nech to nie je o mne a Samanthe. To je medzi nami."

„Aha, takže je tu teda USA?" usmial sa.

„Zmeň tému," povedala Sam.

„Dobre teda, nech sa páči. Pokiaľ ide o súd, dopadol dobre a nemysli si o mne nič zlé. Nehovorím to preto, že by som bol veľkohubý, ale mohol som to dokončiť aj bez ostatných."

„Povedz mi, čo presne sa stalo. Aká bola tvoja úloha? A musím povedať, že ma to prekvapuje, keďže si vždy bol tímový hráč." "A čo?

„Ja viem. To je to, čo ma tiež trápi. Bolo to v zábavnom parku. Horská dráha zišla z trate. Jej predná časť visela z okraja a cestujúci sa rozsypali. Len jeden bol v skutočnom nebezpečenstve - dieťa, ktoré Lia chytila s pomocou jednorožca Malej Dorrit."

„Zdá sa, že tá záchrana bola užitočná."

„Bola, lebo ten chlapec mal čas, ale ja som tam bola a mohla som ho zachrániť. Potom som vrátil vozík na trať a pomohol ostatným dovnútra. Akoby sa pre mňa zastavil čas - takže som túto situáciu mohol ľahko vyriešiť aj bez cudzej pomoci."

„Zdá sa, že Alfred, ti nebol veľmi užitočný. Naznačuješ, že by si sa bez neho zaobišiel?"

E-Z si prešiel prstami po tmavom strede vlasov. Ten štetinatý pocit ho akosi zbavoval stresu.

„Alfred mi pomohol. Ale ja som hľadal spôsoby, ako by mohol pomôcť on. Tak veľmi sa snaží. Tak veľmi chceme pomáhať, ale úprimne, je dosť múdry na to, aby vedel, že som mu urobil prácu. Takže by mohol pomôcť a ja z toho nemám dobrý pocit."

„To je to, čo robia tímoví hráči. Dávajú na seba pozor. Pomáhajú si navzájom."

„Ja viem, ale keď ide o život, je na mne, aby som sa postaral o to, že nikto nezomrie. Ak pre ostatných hľadám úlohy, aby sa cítili potrební, je to hendikep, nie pomoc." Zhlboka si vzdychol a cvakol prstami po klávesnici. Zahanbene sa vyhýbal očnému kontaktu so strýkom.

Po niekoľkých minútach ticha sa E-Z vrátil k práci na svojej knihe, aby nechal strýka premýšľať. Prechádzal si detaily udalostí z toho dňa.

Ako si to vyjasňoval. Rozoberal veci. Rozoberal súdny proces a znovu ho skladal, mal zjavenie. Bolo to niečo, čo nikdy predtým nerobil. Mohol o tom diskutovať so svojím tímom. Mohli by mu povedať, ako si počínal, dať návrhy, aby sa mohol zlepšiť. Áno, bolo veľa výhod byť jedným z troch. Pri tomto poznaní sa cítil uvoľnene a šťastnejšie.

„Myslím si, že by si mal dať tejto tímovej situácii viac času, než sa rozhodneš. Musí byť pre teba prospešné vedieť, že každý z nich má svoje špeciálne schopnosti, aby ti pomohol. V tejto situácii boli vaše schopnosti na prvom mieste. To však neznamená, že to tak bude vždy. Pri ďalšej úlohe sa môže situácia zmeniť. Všetko sa deje z nejakého dôvodu.“

„Uvažuješ v rovnakom duchu ako ja teraz. Všetko je vždy lepšie, ak tomu nemusíš čeliť sám. To si ma naučil ty.“

„Má ešte niekto v tomto dome hlad?“ Alfréd zavolal, keď sa kľukatil po chodbe.

E-Z si odsunul stoličku a odpovedal: „Ja!“

„Čože ty?“ opýtal sa Sam.

„Aha, Alfred sa pýtal, či je niekto hladný.“

„Ja tiež!“ Sam sa ozval.

„Ja mám,“ povedala Lia. „Čo je na večeru?“

Samantha navrhla, aby si objednali pizzu. Všetci jasali, okrem Alfréda. Nebol fanúšikom žilnatého syra.

Večer strávili spolu, napĺňali sa a pozerali seriál o zombíkoch.

„Nie je to pre teba príliš strašidelné, však, Lia?" Spýtal sa E-Z,

„Pre mňa je to príliš desivé!" Samantha odpovedala. Sam ju objal okolo ramien, zatiaľ čo Lia sa chichotala a držala matku za ruku.

KAPITOLA 14

N a druhý deň ráno sa Alfred zobudil s výkrikom. Ak ste nikdy nepočuli labutí krik, potom máte šťastie. Bol taký hlasný, že zobudil všetkých.

E-Z sa snažil Alfréda upokojiť. Labuť len viac mávala krídlami a vydávala strašný zvuk. Bolo to, akoby ho mučili. Buď to, alebo koniec sveta!

Strýko Sam prišiel skontrolovať, čo sa deje.

„Je to Alfred, ale neboj sa. Ja to zvládnem," povedal E-Z.

Onedlho to prišli preskúmať Lia a Samantha. Lia presvedčila Samanthu, aby sa vrátila spať.

Lia zostala, aby pomohla E-Z utíšiť Alfréda. Ten okamžite pristúpil k oknu, otvoril ho zobákom a vyletel do noci.

Nad nimi E-Z a Lia počúvali, ako Alfrédove pavučinové nohy udierajú o strechu.

„Na čo vy dvaja čakáte!" zakričal. „Musíme ísť - TERAZ!"

Lia vyliezla von oknom a rozklepane stála na rímse. Počkala, kým sa E-Zovi podarí nasadnúť do vozíka a vmanévrovať ho do vznášajúcej sa polohy.

„Počkaj, myslím, že jednorožec je konečne na ceste," povedal Alfred. „Preto som tu hore. Aby som zistil, či už ide."

Malá Dorrit pristála, strčila nos pod Liu a hodila ju na chrbát.

Odleteli s Alfrédom na čele.

„Spomaľ!" E-Z zakričal. Alfred ho ignoroval. Pokračoval, naberal výšku a rýchlosť. Krídla E-Z začali mávať rovnako ako jeho anjelské krídla. Musel pracovať rýchlo, aby Alfréda udržal v dohľade.

Lia sa zachvela. „Škoda, že nemám so sebou sveter."

„Pritúľ sa mi ku krku," povedala Malá Dorrit. „Zahrejú ťa."

E-Z zvýšil tempo, približoval sa, potom si uvedomil, že Alfred spomaľuje. Alebo si to aspoň myslel. Namiesto toho sa mu naskytol pohľad, ktorý nikdy nevymaže z pamäti. Alfred zastal vo vzduchu s roztiahnutými krídlami a nohami. Akoby sa modeloval do tvaru X.

Potom sa celé jeho telo začalo triasť, čo prerástlo do chvenia. Vyzeralo to, akoby ho zasiahol elektrický prúd. A jeho tvár, výraz neznesiteľnej bolesti na nej, vháňala priateľom slzy do očí.

„Čo sa s ním deje?" Lia sa spýtala. „Už sa naňho nemôžem pozerať. Jednoducho nemôžem," vzlykla.

„Je to, akoby mu spôsobili šok. Kto by niečo také urobil?" Keď to vyslovil, vedel to. Taký krutý mohol byť len Eriel. Eriel ich privolával. Použil túto techniku elektrického šoku, aby ich prinútil nasledovať svojho priateľa Alfréda. Lenže čo ak by tie šoky neprežil? Keď to povedal, hrsť Alfredových pier sa odpojila od jeho tela a vznášala sa vo vzduchu. Prestal sa triasť a začal lietať. Cez plece si povedal: „No tak, držte sa, kým ma to opäť nezasiahne."

„Si v poriadku?" Lia sa spýtala.

„To bol už tretí a zakaždým je to horšie. Musíme sa dostať tam, kde nás chcú mať, a to rýchlo. Neviem, či dokážem prežiť ďalší - nie horší ako ten posledný. Bola to poriadna fuška."

Leteli ďalej a rozprávali sa.

„Ospravedlňujem sa, že som všetkých zobudil," povedal Alfred, keď otrasy ustali.

„Nebola to tvoja vina." E-Z povedal. „Som si celkom istý, že viem, čí je to chyba - a keď ho uvidíme, dám mu čo preto."

„Ako to myslíš?" Lia sa spýtala a pritúlila sa k malej Dorritke na krku. Bola taká tma a zima; nemohla sa prestať triasť.

Alfréd povedal: „Privolali sme sa tak, že som do celého tela vyslal elektrické šoky. Bolo to, akoby mi zvnútra horelo perie. Taká hrubá. Také veľmi neslušné a na chvíľu som si myslela, že som sa opäť ocitla v medzipriestore."

Pri pomyslení na to sa mu zachvelo celé labutie telo. „Tomu, kto to urobil, dám, čo si zaslúži, až ho tiež uvidím!"

Alfréd pokračoval v lete v závese za ostatnými. „Predtým mi Ariel zašepkal do ucha, aby ma zobudil. Potom sme spolu vymýšľali plán. Robila to dokonca aj vtedy, keď som bol v medzipriestore. Vždy bola ku mne nežná a milá. Toto predvolanie bolo iné."

„Znie to ako Erielina práca," pripustil E-Z. „Nie je veľmi taktný a vie byť trochu melodramatický a dosť necitlivý. Nehovoriac o tom, že má chorý zmysel pre humor."

„Trochu melodramatický, to ani neškriabe po povrchu," povedal Alfréd.

„Budeš nám musieť niekedy o tom medzičasom povedať viac. Ten názov znie roztomilo, ale mám pocit, že je to oxymoron," povedal E-Z.

„Nerád o tom hovorím," odvetil Alfréd.

„Veľmi sa teším na stretnutie s touto osobou Eriel. NIE." Lia sa priznala. „Je to ako tešiť sa na stretnutie s Voldemortom. Jeho povesť ho predchádza."

„Aha, takže fanúšik Harryho Pottera?" Alfréd povedal.

„Určite," priznala Lia.

Hviezdy na oblohe nad ňou vysielali pomyselné teplo. Napriek tomu sa v nočnom vzduchu chveli nepripravení.

„Už sme skoro tam?" Spýtal sa E-Z.

„To neviem s istotou," povedal Alfred. „V šoku nebolo napísané, kam sme boli privolaní, a vo vzduchu nemôžem zachytiť žiadne vibrácie. Jediné, čo by naznačovalo, že nerobíme to, čo sa od nás očakáva, je ďalší šok. Nanešťastie."

„Nechceme, aby sa to stalo. Zrýchlime tempo."

„Zdá sa však, že sa blížime." Alfréd sa zastavil vo vzduchu; krídla mal úplne roztiahnuté. „Ale nie!" zašepkal a čakal na nový šok. Čakal a čakal, ale nič sa nestalo. „Hádam sme už takmer..."

Labutie telo sa tentoraz nielen chvelo a triaslo. Alfrédovo telo sa prevrátilo a znova sa prevrátilo. Akoby robil kotrmelce na oblohe.

Okolo neho lietalo stratené perie a tancovalo vo vetre, keď sa labuť dostala do voľného pádu.

E-Z vletel pod labuť trubača a zachytil ho. „Alfred? Alfred?" Úbohá labuť omdlela. „Eriel! Ty! Ty veľký chlpatý sup!" E-Z zakričal a zdvihol päsť k nebu. „Nemusíš zabíjať Alfréda. Povedz nám, kde si, a my tam budeme, ale len ak budeš súhlasiť s tým, že ho vyradíš elektrickými výbojmi. Je to barbarské. Je to labuť, preboha. Daj mu pokoj."

„To, čo povedal," odpovedala Lia s otvorenými dlaňami obrátenými k nebu.

Na sekundu sa vznášali, stále na mieste.

Potom vozík zasiahol šok. Potom zasiahol jednorožca Dorrita. A všetci sa dostali do voľného pádu.

Erielov smiech naplnil vzduch okolo nich. Svet bol jeho Sensurround a on sa vysmieval Trom tak, ako to nikto iný nedokázal. Alebo by to urobil.

KAPITOLA 15

Ešte nejaký čas klesali. Nikto z nich neovládal svoje zvláštne schopnosti alebo vlastnosti.

Napoly očakávali, že sa ich telá rozprsknú na chodníku pod nimi. Chodník sa dvíhal, aby ich privítal.

Zrazu sa klesanie skončilo. Bolo to, akoby boli všetci pripútaní k nejakému neviditeľnému bábkohercovi.

Po niekoľkých sekundách sa pohyb opäť obnovil Tentoraz však bol jemný.

Viedol ich, až kým sa nemohli bezpečne vydať k nohám archanjelov Eriela, Ariela a Haniela.

„Šťastnú cestu?" Eriel sa spýtal. Zrehotal sa od smiechu. Jeho spoločníci sa na to pozerali bez smiechu či slova.

Alfréd, ktorý sa už prebral, vzlietol a pristál, nasledovaný malým jednorožcom Dorritom, ktorý niesol Liu.

Jednorožec sa uklonil ostatným hosťom a potom ustúpil na vzdialenú stranu miestnosti.

Eriel bol najvyšší zo zvyšnej trojice, stál s rukami na bokoch a uisťoval sa, že niet pochýb o tom, kto tu velí.

Ariel sa na rozdiel od neho podobal na vílu.

Haniel bol sošný a vyžaroval krásu.

Eriel vykročil dopredu, zdvihol sa zo zeme, takže bol nad nimi. Zavýjal: „Trvalo vám dosť dlho, kým ste sa sem dostali! V budúcnosti, keď ti prikážem, budeš tu ako na dlani!"

Haniel priletel bližšie k Alfredovi. Dotkla sa ho na čele. Potom sa obrátila k E-Z a urobila to isté. Usmiala sa. „Rada vás oboch spoznávam." Obrátila sa k Lii. Lia otvorila dlaň a obaja si vymenili dotyky prstov otvorenej dlane. Lia sa vrhla Hanielovi do náručia. Haniel si okolo nej ovinula krídla a všímala si nový vzhľad desaťročných dievčat.

Ariel sa zatrepotala v blízkosti E-Z. Žmurkla naňho a usmiala sa na Liu. Priletela k Alfredovi a uľavila mu od bolesti.

„Dosť bolo rozčuľovania!" Eriel rozkázal hlasom, ktorý hromžil tak hlasno, až sa E-Z obával, že zdvihne strechu.

„Počkaj chvíľu," povedal Alfréd a kráčal so zvukom svojich pavučinových nôh šúchajúcich sa po betónovej podlahe. „Takmer ma zasiahol elektrický prúd a chcel by som sa ospravedlniť."

Eriel roztvoril krídla doširoka, širšie, ako sa len dalo. Vznášal sa nad Alfrédom, ktorý sa triasol, ale držal sa pri zemi. Ich oči sa uzamkli.

E-Z cítil, že labuť trubač Alfred je buď veľmi odvážny, alebo veľmi hlúpy. V každom prípade potreboval pomoc.

E-Z sa prevalil dopredu a umiestnil svoju stoličku medzi nich. „Čo sa stalo, stalo sa." Oslovil Alfréda: „Odstúp." Alfréd tak urobil. Potom sa obrátil k Erielovi: „Viem, že si tyran a to, čo si urobil nášmu priateľovi, bolo neodpustiteľné a kruté.

Sme uprostred noci, takže prejdi k veci - povedz nám, prečo sme tu? Čo je to za mimoriadnu udalosť?"

Eriel pristál a krídla sa mu zložili za telom. Zafučal: „Moje pokusy spojiť sa s tebou osobne, môj chránenec, zostali bez odozvy. Nech som robil, čo som robil, tvoje chrápanie ti bránilo zobudiť sa. Poslal som Haniela po Liu, ale nedokázal ju prebudiť bez toho, aby nevyrušil jej matku, ktorá spala vedľa nej. Preto sme zavolali Alfréda, ktorý tiež dlhší čas nereagoval. Jeho mentorka sa k nemu pokúšala priblížiť svojím zvyčajným spôsobom - ale jej šepot nebol dosť silný na to, aby ho zobudil."

„Mala som o teba strach," povedala Ariel.

„Je mi to ľúto," povedal Alfréd. „Posteľ E-Z je úžasne pohodlná a on dosť hlasno chrápe. Už dávno som nespala v skutočnej posteli."

„TICHO!" Eriel vykríkol.

Alfréd ustúpil, zatiaľ čo E-Z si posunul kreslo ešte oveľa bližšie k stvoreniu.

Eriel stíšil hlas. „Haniel si myslel, že si mŕtva, labuť. A preto som ja, využil túto príležitosť na posúdenie našej najnovšej technológie."

„Predtým sa to na ľuďoch nevykonávalo," priznal Haniel.

„Mysleli sme si, že bude najlepšie vyskúšať to na niekom, kto nie je človek - Alfrede, ty si sa na to hodil a fungovalo to ako šarm. Pravda, všetci ste prišli neskoro, ale dostali ste sa sem. Ako sa hovorí, lepšie neskoro ako nikdy."

„Použili ste ma ako pokusného králika?" Alfréd sa pohupoval krkom sem a tam, zobák mal široko otvorený a postupoval po podlahe.

E-Z opäť umiestnil svoj vozík medzi nich. „Ustupte," povedal Alfredovi.

Eriel, Haniel a Ariel vytvorili okolo trojice polkruh.

„Máš pravdu, E-Z. Čo sa stalo, stalo sa. Lepšie, keď to skúsili na mne, ako na vás dvoch. A teraz sa do toho pustite," žiadal Alfréd.

„Áno, Eriel," povedal E-Z, ‚znovu sa pýtam, prečo sme tu?' ‚Áno,' povedal.

„Po prvé," vyriekol archanjel, ‚plán bol taký, že vy traja vytvoríte akúsi trojicu.' "A čo?

„Na to sme už prišli sami," povedala Lia. Držala otvorené dlane, aby si mohla naplno vychutnať pohľad na troch archanjelov naraz. Z času na čas sa tiež rozhliadla po miestnosti, aby si prezrela ich okolie. Vyzerala povedome, s kovovými stenami ako tá, v ktorej sa prvýkrát stretla s E-Z. Len oveľa priestrannejšia.

E-Z sa rozhliadol a pozrel na Liu. Myslel na to isté. Čím viac sa pozeral na steny, tým viac sa mu zdalo, že sa k nemu približujú. Cítil chlad a klaustrofóbiu, hoci priestor bol obrovský. Prial si, aby jeho vozík mal tlačidlo ako v niektorých autách, ktorým by sa dalo vyhrievať sedadlo.

„Ticho!" Eriel zakričal. Keďže všetci mlčali, zdalo sa mu to nemiestne. Samozrejme, nebrali do úvahy, že dokáže čítať aj ich myšlienky.

Alfréd sa zasmial.

Eriel uzavrel medzeru medzi nimi a Alfréd ustúpil. Eriel opäť uzavrel medzeru. A tak ďalej a tak ďalej, až kým Alfréda nepostavil chrbtom k stene. Alfred sa dal na útek. Eriel ho zdvihol nohami pripomínajúcimi pazúry. Držal ho nad ostatnými.

„Eriel, prosím," povedal Ariel. „Alfred je dobrá duša."

Eriel ho položil na zem a potom zdvihol päste. Vyleteli z nich blesky a odrazili sa od kovového stropu kontajnera. Všetci okrem Eriela sa hrali s lietajúcimi elektrickými výbojmi vybíjanú. Eriel sa na to pozeral. Smial sa. Až kým ho táto zábava neomrzela.

SebavedomieTrojkybolo vystavené skúške.

Eriel zachytil zostávajúce blesky. Urobil z nich veľké divadlo, keď si ich dával do vreciek.

„Tak a teraz," povedal so šibalským úsmevom. „Čaká ťa nová skúška. Dnes. Jeden z vás zomrie."

E-Z sa na stoličke prudko vzpriamil. Alfréd mimovoľne vykríkol „Hups!" a Lia vykríkla ako malé dievčatko.

Eriel pokračoval, ignorujúc ich reakcie. „Ste tu, aby ste si vybrali. Kto z vás dnes zomrie? Po tom, čo si vyberiete, vám vysvetlím dôsledky, ktorým budete čeliť v dôsledku spomínanej smrti." Eriel odletel o niekoľko metrov ďalej a ostatní dvaja anjeli stáli vedľa neho, po jednom z každej strany.

Najprv Ariel opísal Alfredovu smrť:

„Nemôžem ti povedať žiadne podrobnosti o tomto procese. Jediné, čo ti môžem povedať, je, že Alfrede, ak dnes zomrieš, nesplníš svoju zmluvnú dohodu. Preto už neuvidíš svoju rodinu, ani teraz, ani nikdy predtým. Tvoja smrť by však bola krásna. Lebo tak ako v živote, aj smrť labute je vždy krásna. Majestátna. Lebo keď labuť zomrie, stane sa z nej anjel. Tvoja premena by bola pre teba novým začiatkom. Tvojím cieľom by bolo zlepšiť život ľudí aj zvierat. Dostali by ste nové meno a nový účel. Boli by ste skutočne cenení v každom ohľade. A tvoja duša by sa vrátila na miesto svojho večného odpočinku."

Alfredovi stiekli po lícach labute trubačky slzy. Ariel ho utešovala tým, že mu ovinula krídla.

Po druhé, Haniel rozprával o Liainej smrti:

„Dieťa, ktoré sa čoskoro stane ženou, rovnako ako Ariel, nemôžem ti povedať žiadne informácie o úlohe, ktorú máš na starosti. Jediné, čo ti môžem povedať, drahá Cecília, známa aj ako Lia, je, že keby si dnes zomrela, tak už nebudeš. V žiadnej podobe. Tvoja smrť bude len smrťou. Konečná. Bude to tak, ako by to bolo, keď vybuchla žiarovka, zomrela by si. Váš úbohý život by sa vtedy skončil. A predsa ste tu teraz a máte svetu čo ponúknuť. Ešte ste sa ani len nepoškriabali po povrchu síl, ktoré máte k dispozícii. Keby ste však dnes zomreli, tieto sily by zostali nevyužité. Spadli by ste do zeme, prach na prach. Len spomienka pre tých, ktorí ťa poznali a milovali. Ale aj tvoja duša by sa vrátila na miesto svojho večného odpočinku."

Lia zovrela ruky, aby zadržala slzy, ktoré z nich stekali. Kvapkali aj z očí. Z jej starých očí. Jej telo sa zachvelo, keď vzlykla. Bola príliš preplnená emóciami, aby mohla hovoriť.

Malá Dorrit sa priblížila a potľapkala dievčatko po pleci. Haniel sa ju tiež pokúsil utešiť bozkom na čelo.

A potom Eriel začala rozprávať príbeh E-Z:

„E-Z, odkedy tvoji rodičia zomreli, dokázala si veľa vecí. Dostalo sa ti skúšok. Niekedy pre človeka často neprekonateľné úlohy. Napriek tomu sa ti ich podarilo úspešne prekonať. Zachránil si životy. Nesklamal si ma. Cítime to však." Zaváhala a pozrela sa zo strany na stranu. „Cítim najmä to, že si zmaril svoje sily. Niekedy si ich dokonca popierala. Využili ste čas, ktorý sme vám dali na to, aby ste urobili svet lepším, a premárnili ste ho."

E-Z otvoril ústa, aby prehovoril.

„Ticho!" Eriel zakričal. „Nesnaž sa ospravedlniť. Sledovali sme, ako hráš baseball a mrháš časom s priateľmi, akoby si mal všetok čas sveta na splnenie svojich úloh. No čas sa naplnil. Ak dnes zomrieš, tvoje skúšky nebudú dokončené."

E-Z dobre tušil, čo bude nasledovať, ale musel počkať, kým to Eriel povie. Aby vyslovil slová, ktoré sa stanú skutočnosťou.

Ako predpokladal, Eriel ešte neskončil. „Zanechal nám nedokončené skúšky, pre ktoré ti zachránil život. Teraz by to bolo neodpustiteľné. Keby si dnes zomrel, prišiel by si o krídla. To je na začiatok. Tie skúšky, ktoré si ešte nedostal - by nikdy neboli. Lebo ty si bol jediný, kto mohol tieto úlohy splniť. Naša jediná nádej.

„Preto by tých, ktorých by si zachránil, nezachránil nikto a nikdy. Zomrú kvôli tebe. Všetci, ktorých si kedy zachránil počas svojich skúšok, by zomreli.

„Bolo by to, ako keby si nikdy neexistoval. Ich smrť by bola konečná. Úplná. Nulová možnosť posmrtného života pre kohokoľvek z nich. Dokonca ani poslať ich do medzipriestoru by neprichádzalo do úvahy. Tvoja smrť by potom E-Z spôsobila spúšť a priniesla by na svet chaos. Ako v deň, keď sme sa my dvaja stretli v súboji. Pamätáš si, aký bol svet v ten deň? Takto by vyzerala Zem - každý jeden deň." Eriel sa otočil chrbtom. Sledovali, ako rozťahuje krídla, ako sa chystá odísť.

Všetci mlčali. Uvažovali o svojich osudoch.

Po chvíli Eriel prerušil ticho. „Ariel, Haniel a ja vás teraz opustíme. Môžete sa porozprávať medzi sebou a rozhodnúť sa. Ale rozhodnite sa rýchlo. Nemáme na to celý deň."

Trojica archanjelov zmizla cez strop.

KAPITOLA 16

K eď archanjeli ušli, traja boli príliš ohromení na to, aby niečo povedali. Až kým E-Z neprerušil ticho.

„Nedáva mi zmysel, aby nás sem všetkých priviedli. Aby mučili Alfreda. Dostať nás sem. Potom nám povedali, že jeden z nás musí zomrieť. A my si musíme vybrať, ktorý z nich. Je to barbarské - dokonca aj pre Eriel."

Lia sa prechádzala so zaťatými päsťami. Bola príliš nahnevaná, aby hovorila, a bolo jej jedno, či do niečoho narazí. V skutočnosti, keď to urobila, kopla do toho.

Alfréd sa ozval. „Myslím, že ak má niekto zomrieť, mal by som to byť ja. Moje sily sú mimoriadne obmedzené. Vzhľadom na zložitosť skúšok by som sa s veľkou pravdepodobnosťou premenil na labiu polievku. Rovnako ako pri poslednej skúške. Viem, že si mi pomáhal E-Z. Bolo to od teba milé, ale vedel som, že som na príťaž."

E-Z sa ho pokúsil prerušiť, ale Alfréd len pokračoval. „Nehovoriac o tom, že by som mohol prekážať. Ohroziť jedného z vás. Odkedy mi vzali rodinu, žil som smutný a osamelý život. Niekedy je tá samota zdrvujúca. Byť členom Trojky mi pomohlo, ale...

„Aj ako labuť som na nich mohol myslieť. Spomínať na nich, milovať ich. Už len vedomie, že zomreli spolu a sú niekde spolu, mi dáva pokoj. Aj keď nie som s nimi, Ale dnes budem, ak budem ten, kto zomrie. Som ochotná podstúpiť toto riziko. Okrem toho, keď odídem, nikomu na zemi nebudem chýbať."

„Budeš nám chýbať!" Lia povedala.

„Samozrejme, že nám budeš chýbať!" E-Z súhlasil, keď prešiel po poschodí a všimol si stôl, ktorý predtým splýval so stenou. Pristúpil k nemu bližšie, na ktorom objavil hromadu papierov, ktoré prelistoval.

„Vážim si ten sentiment," povedal Alfréd. „Hej, čo to robíš, E-Z? Odkiaľ sa vzal ten stôl?"

Lia natiahla obe ruky pred seba, aby videla na E-Z aj Alfréda súčasne.

E-Z pokračoval v listovaní stránok. Čoskoro lietali po celej miestnosti. Točili sa vo vzduchu, akoby ich zachytilo oko tornáda.

Trojica sa zoskupila a sledovala príval papiera. Potom naraz spadli na chodník.

Lia jeden z nich chytila a prečítala si ho, zatiaľ čo E-Z a Alfred sa naň pozerali.

„Čo je to?" zvolala. „Sú tam napísané naše mená. Rozpráva to o našich príbehoch. Naše príbehy. O našich úmrtiach."

„Píše sa tam, že sme už mŕtvi!" E-Z povedal, že číta jeden z papierov, ktoré si prešiel.

„Ach," povedala Lia a po líci jej stekala slza. „Takisto sa tam píše, že moja matka je mŕtva, rovnako ako tvoj strýko Sam."

E-Z pokrútil hlavou. „To nemôže byť pravda. Nie je to pravda. Hrajú si s nami." Rozhliadol sa okolo seba. Niečo v miestnosti sa zmenilo. Steny. Boli teraz červené. „Dostali sme sa do inej dimenzie alebo čo? Pozrite sa na steny? Sme niekde inde, kde budúcnosť je už minulosťou?"

Alfréd zdvihol ďalšiu zo spadnutých stránok. Písalo sa na nej o smrti jeho ženy, detí a o jeho vlastnej smrti. A predsa, keď sa na seba pozrel, pocítil sa, bol živý, s perím: labuť trubač. „Chcem von," povedal.

Lia sa usmiala. „Myslíš z tejto izby, alebo z tohto života? Aj ja chcem von, myslím z tejto strašidelnej kovovej nádoby, ale nechcem zomrieť. Vidieť svet cez dlane je zvláštne a zároveň super. Vedieť čítať myšlienky, to je tiež super. Keď som však zastavil čas, to bolo super. Predstavte si, že by ste mohli privolať takúto silu, napríklad keby bol niekto v nebezpečenstve alebo keby došlo k nejakej katastrofe. Predstav si, koľko životov by sa dalo zachrániť? A teraz je mi desať a kto vie, aké ďalšie schopnosti ma čakajú."

„Božské," povedal E-Z. „Viem, ako si sa cítila, Lia. Tak som sa cítil aj ja, keď som zachránil to prvé dievčatko, keď som zachránil ostatné a keď som zachránil teba."

Všetci traja sa sformovali do kruhu a spojili ruky, keď recitovali slová: „Máme moc. Dnes nikto nezomrie. Nezáleží na tom, čo hovoria." Otáčali sa dookola a odriekavali svoju novú mantru. Až kým neboli pripravení opäť privolať archanjelov.

KAPITOLA 17

E riel prišiel prvý, s nadvihnutým obočím a perami pokrčenými do posmechu. Potom prišli Ariel a Haniel. Tí dvaja zostali za ním v tieni jeho obrovských krídel. Eriel prekrížil ruky, zatiaľ čo ostatní dvaja archanjeli sa pohli. Vznášali sa na opačných stranách jeho ramien.

„Rozhodli sme sa," povedal E-Z. „Dnes nikto nezomrie."

Erielov smiech sa rozliehal po kovovej ohrade. Vzniesol sa do vzduchu a potom si prekrížil ruky na hrudi. Ariel a Haniel mlčali, zatiaľ čo Erielov smiech zvyšoval výšku, dosť vysokú na to, aby Alfréda boleli uši.

Alfred omdlel, ale rýchlo sa spamätal. Lia a E-Z mu pomohli vstať. Držali ho, kým k nemu nepriletela Malá Dorrit. O chvíľu neskôr už Alfred sedel vysoko nad nimi na jednorožcovi. Stál tvárou v tvár Erielovi.

„Vďaka, kamarát," povedal Alfréd.

„Som rád, že som mohol pomôcť," povedal Malý Dorrit.

„To stačí!" Eriel zakričal a posunul sa vyššie nad nich. Zastrašoval ich svojou veľkosťou, morbídnosťou, hromovým hlasom. „Myslíte si, že môžete zmeniť to, čo bude? Povedal som vám, čo sa musí stať, a vy nemáte inú možnosť, len ma poslúchnuť. Nebol to prieskum. Ani demokracia. Bola to istota. Veď je to napísané…"

Potom si všimol, že podlaha je pokrytá papiermi. Zletel dolu a jeden z nich zdvihol. Potom sa zdvihol, takže stál Alfrédovi tvárou v tvár. V ruke držal Alfrédov príbeh.

„Vidím, že si si prečítal budúcnosť. Teraz už vieš pravdu, že žiješ v paralelnom vesmíre. To, čo sa deje tu, sa vlní v ostatných vesmíroch. Na miestach, kde existuje budúcnosť aj minulosť."

Lia spustila pravú ruku a zdvihla ľavú. Jej ruky neboli silné, pretože si ešte stále zvykla, že ich musí držať.

Eriel preletel cez miestnosť k červenej pohovke, na ktorú si sadol. Ostatní anjeli sa k nemu pridali, každý na jedno rameno. Eriel sa pohodlne usadil s krídlami, ktoré nemal ani úplne vysunuté, ani úplne zasunuté.

Keď sa pohodlne usadil, pokračoval. „V jednom zo svetov ste už všetci traja mŕtvi. Čítali ste pravdu. V tomto svete ešte stále existuje nádej. Nádej existuje vďaka nám, teda mne, Arielovi, Hanielovi a Ophanielovi. Vybrali sme si vás troch ľudí, aby ste s nami spolupracovali. Dali sme vám ciele a pomáhali sme vám, kde a kedy sme mohli. Kým sme s vami, len my sami umožňujeme, aby vaša existencia pokračovala. Len my dávame vášmu životu zmysel. Odmietnite nasledovať cestu, ktorú sme pre vás vybrali, a už nebudete existovať ani tu na tomto svete. Budete vymazaní, ako ste nikdy neboli a nikdy nebudete."

E-Z zaťal päste a jeho stolička sa pohla dopredu. „V tom dokumente, v dokumente o mojom druhom živote, bolo uvedené, že aj strýko Sam je mŕtvy. Nebol pri nehode s mojimi rodičmi. Nie je súčasťou tejto dohody. Zabil si ho Eriel, aby si ma tu udržal?"

Bez čakania na odpoveď sa Lia ozvala. „V mojom dokumente sa píše, že moja matka je mŕtva. Ako to môže byť pravda? Prosím, povedz mi, že to nie je pravda!"

Alfréd sa teraz cítil lepšie a zoskočil z chrbta Malej Dorrit. Prikľučkoval bližšie k pohovke a opäť sa ocitol tvárou v tvár Eriel.

E-Z sa hrdo pozeral na svojho priateľa Alfréda, nebojácnu labuť trúbkárku.

„A v dokumentoch sú moje modlitby vypočuté. Už som mŕtvy. Zomrel som so svojou rodinou tak, ako to malo byť. Radšej som mal zostať mŕtvy. Zomrieť s nimi, namiesto toho, aby som sa prevtelil do labute trubača. A to po tom, čo ma Haniel zachránil z medzipriestoru."

Eriel odstrčil Alfréda. „Ach, áno, medzi a medzi. Zabudla som, že ťa tam poslali. Nemal si ho veľmi rád, však?"

Alfréd pohol krkom a zaškľabil sa zobákom. Vyceril svoje malé, zubaté zuby, akoby chcel Eriela uhryznúť.

„Ustupte," povedal E-Z, keď sa prikrútil k pohovke.

Alfréd zatvoril zobák. Lia sa posunula bližšie. Teraz stáli všetci traja spolu pred Erielom. Čakali, kým archanjel niečo povie, čokoľvek. Pre tentoraz boli bez slov.

E-Z využil príležitosť, aby situáciu dostal do rúk.

„V novinách stálo, že strýko Sam zahynul pri nehode spolu s mojou matkou, otcom a mnou. Nebol s nami v aute, aby sa to stalo, musel by byť s nami nastrčený vo vozidle.

Na aký účel? Vysvetlite nám to, vy takzvaní archanjeli. Prečo by ste menili históriu, aby vyhovovala vašim cieľom? Mimochodom, kde je v tom všetkom Boh? Chcem s ním hovoriť."

„Ja tiež!" Lia zvolala.

„Ja tiež!" Alfréd sa pridal.

Eriel si prekrížil nohy a roztiahol krídla. Položil si ruku na bradu a odpovedal: „Boh nemá nič spoločné s nami ani s tebou - už nie." Zívol, akoby ho táto úloha nudila.

„Čo keby som ti povedal, že tvoj dom práve horí? Čo keby som ti povedal, že ani strýko Sam, ani tvoja matka Samantha, Lia sa nedožijú ďalšieho dňa?"

„Ty b-bastard!" E-Z zakričal.

„Ditto!" Lia sa ozvala.

„No tak," zahriakol ju Eriel. „Všetci sme tu priatelia. Priatelia, však? Tvoj dom môže horieť, môže sa stať čokoľvek, kým sme tu na tomto mieste, pozastavení v čase. Čím dlhšie budeš otáľať s výberom, tým väčší chaos vo svete vytvoríš." Postavil sa a roztiahol krídla, čím trojicu prinútil urobiť niekoľko krokov dozadu.

Pokračoval: „E-Z by si riskoval život pre svojho strýka Sama, je to tak?" Prikývol. „Samozrejme, že by si to urobil. A Lia, ty by si riskovala život, aby si zachránila život svojej matky, áno?" Lia prikývla.

„A Alfréd, moja milá malá trúbková labuť. Môj opeřený deathery priateľ. Ktorého z nich by si zachránila. Keby si mohol zachrániť len jedného z nich?" Eriel sa usmial, hrdý na rýmovačky, ktoré vytvoril.

„Zachránil by som ich obe," povedal Alfréd. „Riskoval by som svoj život alebo by som pri tom zomrel."

„Máš zvláštne želanie zomrieť, môj operený priateľ."

Alfréd vyrazil k Erielovi.

„Y-o-u a-r-e n-o-t m-y f-r-i-e-n-d! Prestaň sa s nami hrať. Ty si nás spojil. Prečo? Aby si sa nám vysmieval. Aby ste rozplakali malé dievčatko. Nie si nič iné ako, ale veľký tyran."

„Áno," povedala Lia. „Prestaň nás šikanovať."

„To, čo povedali," dodal E-Z.

Eriel sa teraz rozzúril, zmenil farbu z čiernej na červenú, z čiernej na červenú. Preletel cez celú miestnosť a udrel pästami do stola.

„Chceš pravdu? Nevieš si poradiť s pravdou!" Usmial sa. „Malá poznámka na okraj, milujem výkon Jacka Nicholsona vo filme Pár správnych chlapov."

To bola jediná vec, na ktorej sa Eriel aj E-Z zhodli. Nicholsonov výkon v tom filme bol bezchybný.

„Prestaň s tou melodramatickosťou a povedz nám, čo od nás chceš."

„To sme už urobili," povedal Eriel. „Povedal som vám, že jeden z vás musí dnes zomrieť. Povedala som vám, aby ste si vybrali, ktorý z nich. Je napísané, že jeden z vás musí zomrieť. Musíte si vybrať. Teraz."

Alfréd vykročil dopredu s natiahnutým labutím krkom. „Tak to budem ja."

Alfréd si kľakol, jeho telo sa chvelo. Sklonil hlavu, akoby očakával, že mu ju archanjel odsekne.

Namiesto toho všetci traja archanjeli zatlieskali. Pohrúžili sa po miestnosti. Pišťali, akoby boli najatí klauni vystupujúci na detskej narodeninovej oslave.

Po niekoľkých minútach úplného šialenstva sa archanjeli zastavili.

„Hotovo," povedal Eriel.

A potom zmizli.

KAPITOLA 18

S E-Z na vozíčku, Lia na Malej Dorritke a labuť Alfréd stále Trojka, ako sa vznášali po oblohe. Pokračovali ďalej niekoľko kilometrov, kým si pod sebou nevšimli obrovský kovový most.

Na rímse sa potácal mladý muž a dával najavo, že sa chystá skočiť.

E-Z vytiahol telefón a chystal sa zavolať záchranku, zatiaľ čo Alfréd bez váhania letel k mužovi. Odložil telefón a spolu s Liou ho nasledovali.

Alfréd sa vznášal v blízkosti muža, nebol schopný hovoriť a rozumieť mu, jediné, čo dokázal povedať, bolo: „Hups!"

„Choď odo mňa preč!" zakričal muž a mávol na úbohého Alfréda, ktorý sa len snažil pomôcť, aby odišiel.

Muž sa priblížil k okraju, odkopol si topánky a sledoval, ako padajú do rieky pod ním. Sledoval, ako ich voda predbieha a hladnými ústami ťahá topánky pod hladinu. Keďže chcel vidieť viac, vyzliekol si tričko - na ktorého prednej strane bol ironický nápis: „Koniec".

Mladík sa pozeral, ako sa jeho obľúbené tričko kolíše a tancuje na ceste dolu. Keď ho voda pohltila, muž si začal spievať:

„Tu idem okolo morušového kríka.

Morušový krík, morušový krík.

Tu idem okolo morušového kríka,

Všetko na, na slnečné, ráno."

Alfréd ho počul spievať. Rým mu bol známy. Čakal, kým muž zaspieva ďalší verš. Vlastne chcel, aby spieval viac. Ale bál sa ho vyrušiť. Muž by nerozumel, ani keby sa s ním pokúsil rozprávať.

V tom čase už E-Z čakal na znamenie od Alfréda. Nakoniec ho dostal - Alfréd povedal jemu a Lii, aby sa nepribližovali.

Alfréd si želal, aby mu mladý muž rozumel. Keby sa priblížil, mohol by ho chytiť? Priblížil sa a naplno roztiahol krídla.

Mladík ho uvidel. „Labuť," povedal. Potom vyskočil.

Labuť trubač bola väčšia ako priemerná labuť. Ale nie dosť veľká na to, aby ulovila dospelého muža. Ten sa však pokúsil prerušiť svoj pád. Vystavil svoj život nebezpečenstvu, aby ho zachránil. Ale nech urobil čokoľvek, muž stále padal ako olovený balón. Do hladného ústia rieky.

Alfréd sa bez rozmýšľania vrhol za ním. Ako chcel muža vyniesť, nikto nevedel. Niektorí hovoria, že dôležitá je myšlienka. V tomto prípade Alfreda stiahla pod hladinu samotná váha muža.

V tom čase sa už E-Z vznášal nad vodou a hľadal, či sa muž alebo Alfred vynoria, aby im mohol pomôcť. Ani Lia, ani Malá Dorrit nevedeli plávať. A E-Z sa pre nich nemohol ponoriť ani so stoličkou, ani bez nej.

Podráždene letel k brehu a hľadal akúkoľvek známku života. Napokon ho uvidel, niečo sa hojdalo na druhej strane. Ponáhľal sa k nemu, odniesol ho k miestu, kde čakala Lia, a keď sa vykašľal, išiel hľadať akékoľvek známky po labutí Alfredovi.

Potom ho uvidel. Napoly vo vode a napoly z vody. Plavil sa s prílivom.

„Alfred!" zavolal, keď zdvihol labuti hlavu, a hneď si všimol, že má zlomený krk. Alfréd, labuť trubač, jeho priateľ už nebol. Erielov čin bol dokonaný.

Lia, who had been watching E-Z's every move, saw Alfred's neck and screamed "Nooooooo!"

E-Z zdvihol labutie mŕtve telo na svoj vozík a držal ho. Aj on začal plakať.

Za nimi sa ozval muž, ktorý Alfréda zachránil,

„Nie som mŕtvy! To som ja, Alfred."

KAPITOLA 19

Z EMSKÁ PAUZA.

Vtáky sa zastavili uprostred letu. Rovnako ako lietadlá. A iné lietajúce objekty, ako sú balóny a drony. Guľky prestali strieľať po tom, ako vyšli z komory. Voda prestala tiecť cez Niagarské vodopády. Chrobáky prestali bzučať. Vzduch sa zastavil.

Popri Eriel, Ariel a Hanielovi sa objavil Ophaniel. S rukami položenými na bokoch a bradou vystrčenou dopredu bolo viac než zrejmé, že je nahnevaná.

Namiesto slova sa otočila smerom k E-Z.

Ten zastal, ústa mal otvorené dokorán. His last spoken word had been, „NOOOOOOOOOOOOOOOO!"

Teraz pozorovala Liu. Dievčaťu zamrzla na líci slza. Stekala jej zo starého oka.

Teraz sa vrátila k E-Z. Niesol telo. Telo mŕtvej labute.

Teraz k Alfredovi, ktorý už nebol labuťou. Prijal podobu človeka. Utopeného muža.

Práve toho muža, ktorý ho mal nahradiť v Troch.

„Tak čo je na tomto obrázku zlé?" Ophaniel, vládca Mesiaca hviezd, sa spýtal.

Nikto sa neodvážil prehovoriť.

„Eriel, ty si tu zodpovedný. Najskôr si pokazil skúšku spojenia s E-Z a Samom tým, že si sa, odpusťte mi ten výraz - odpálil z parku.

„A teraz si vďaka tvojej hlúposti Alfréd Labuda prisvojil ľudské telo. Telo človeka, ktorý, ako som ti povedal, by mal byť členom Trojky.

„Vieš, proti čomu stojíme. Chápeš, čo nás čaká v budúcnosti, ak si veci nedáme do poriadku. Ty to vieš!"

Eriel sa uklonil k nohám Ophaniela, potom sa zdvihol zo zeme a až potom prehovoril. „Vyslovil som slová, stalo sa."

„Áno, vyslovil si slová a potom si nezabezpečil splnenie úlohy, ty imbecil!"

Vznášala sa v blízkosti nového Alfréda. „Je mi to ľúto, ale komplikuje to situáciu aj nám. Aj s našimi silami dostať ho z tohto ľudského tela späť do jeho labutej podoby nebude také jednoduché. Možno ho budeme musieť poslať naspäť do medzipriestoru! A to si nezaslúži. V skutočnosti,"

Ariel priletela k Ophanielovi a spýtala sa: „Môžem prehovoriť?"

„Môžeš, ak máš nejaké poznatky o Alfredovi, ktoré by nám mohli pomôcť dostať sa z tejto šlamastiky."

„Poznám Alfreda lepšie ako ktokoľvek iný tu. Súhlasil s tým, že sa obetuje. Urobil by to znova bez zaváhania - aj keby z toho nič nemal. To je jedna obrovská obeť pre každého živého tvora, dať svoj život, aby zachránil iného. Takisto by sa malo zvážiť, koľko toho Alfred musel vytrpieť, a to tak vo svojej ľudskej existencii, ako aj ako labuť. Je to výnimočná duša a mal by dostať druhú šancu, a tretiu, a ešte viac!"

Eriel sa vysmieval: „Mal by odísť, vrátiť sa na večnosť do medzipriestoru. Nie je hoden..."

„Nedala som ti povolenie, aby si ma prerušila!" Ophaniel sa rozkričal. Aby ho v budúcnosti neprerušila, zapäla mu pery.

„To, čo hovoríš, je pravda, Ariel," povedal Ophaniel. „Alfred dobre spolupracuje s Lijou aj s E-Z. Mali by sme mu dať druhú šancu v tomto novom tele. Nebolo mu súdené byť v medzipriestore. Záležalo na Hadžovi a Reiki. Po tomto by sme ich hneď vyhnali do baní. Namiesto toho sme im dali ďalšiu šancu s E-Z.

„Napriek tomu ich Eriel poslal do baní. Takže koniec dobrý, všetko dobré. Možno si Alfred zaslúži ďalšiu šancu. Uvidíme, čo sa stane, ako hovoria ľudia, hrajme to podľa sluchu. Ak sa to podarí, bude to fajn. Ak nie, toto telo sa môže recyklovať, keďže duch už opustil budovu."

„Ďakujem," povedala Ariel a nízko sa uklonila Ophanielovi. „Ďakujem ti veľmi pekne. Budem na situáciu dohliadať. Nedovolím, aby ťa Alfréd sklamal."

Ophaniel prikývol, vzniesol sa a vyslovil slová:

ZEMSKÉ OBNOVENIE.

Čas začal plynúť a svet sa vrátil do pôvodného stavu.

Ophaniel zmizol prvý, ostatní traja počkali niekoľko sekúnd, kým ho nasledovali.

KAPITOLA 20

"Vžiadnomprípade!" E-Z zakričal a priblížil sa k novému Alfredovi. „Alfred, si to ty? Môžeš to byť naozaj ty?"

Lia sa nemusela pýtať, pretože to už vedela. Pribehla k Alfredovi a hodila sa mu okolo krku.

„Eriel musel urobiť zámenu," povedal Alfred s anglickým prízvukom.

Alfred, ktorý mal na sebe len džínsy, sa zachvel. „Aj keď mi je zima, určite je to dobrý pocit byť opäť v tele." Napol svaly a rozbehol sa na mieste, aby sa zahrial. Potom urobil niekoľko kotrmelcov po trávniku, zatiaľ čo E-Z a Lia stáli a pozerali sa s otvorenými ústami.

„To je ale paráda!" Malá Dorritka povedala.

Alfréd, ktorý si ju práve všimol, pristúpil k nej a prešiel jej rukou po srsti. Bola taká mäkká a teplá, že sa k nej pritúlil.

„To je dosť zvláštny zvrat udalostí," povedal E-Z a pristúpil bližšie. „Neviem, čo si o tom mám myslieť."

„Ani ja neviem," povedal Alfréd, "ale môžeme o tom diskutovať, kým budeme jesť? Som hladný a cheeseburger obložený kečupom a cibuľou s obrovskou prílohou hranolčekov by mi určite padol vhod."

„Počkaj chvíľu," povedal E-Z. „Ak si ten chlapík, ten chlapík, ktorého meno ani nevieme - čo ak ťa niekto spozná?"

Alfred sa zohol a dotkol sa prstov na nohách. Na tvári si nahmatal pokožku. Jeho vlasy. „Ten most prejdeme, keď sa k nemu dostaneme." Usmial sa, zdvihol hlavu smerom k oblohe a povedal: „Ďakujem ti, Eriel, nech si kdekoľvek."

Lietadlo nad ich hlavami prepisovalo slová na oblohe:

Ešte raz do priepasti, milí priatelia.

„To je dosť zvláštna fráza pre nápis na oblohe," poznamenala Lia. „Vie niekto z vás, čo to znamená?"

E-Z pokrútil hlavou: „Môžem si to vygoogliť." Vytiahol svoj telefón.

„To nie je potrebné," povedal Alfréd. „Je to zo Shakespeara, pripisuje sa to kráľovi Henrichovi. Doslova to znamená: 'Skúsme to ešte raz. Myslím, že to bolo povedané počas bitky. Takže predpokladám, že je to správa od môjho Ariela, ktorou mi dáva na vedomie, že som dostal ďalšiu šancu." V očiach sa mu zaleskli slzy.

E-Z bol z tejto zmeny udalostí podozrievavý. Bol rád, že Alfréd je stále s nimi, ale zaujímalo ho, za akú cenu. „Mám obavy," priznal E-Z.

Lia povedala, že aj ona.

„Ach, nerob si starosti. Ak mi Ariel pošle túto správu, potom je na našej strane. Okrem toho, ten muž, v ktorého tele som - už ho nechcel. Snažila som sa ho zachrániť, ale on aj tak skočil. Možno je to osud, aby som ti pomohol s tvojimi skúškami E-Z. Nech je to akokoľvek, prijmem to. Dám do toho všetko. To až potom, keď si oblečiem košeľu a obujem nejaké topánky.“

„Zaujímalo by ma, aké sú teraz tvoje schopnosti, Alfrede. Teda, či ich ešte máš, alebo či máš iné schopnosti. Alebo žiadne. Odkedy si opäť človek,“ spýtala sa Lia.

Alfréd sa poškrabal po svetlovlasej hlave. „Ehm, neviem. Jediná vec, ktorú tu treba vyliečiť, je moje bývalé labutie telo. Nechcem riskovať, že ak ho vyliečim, skončím v ňom späť.“

„To je fér,“ povedala Lia. „Ale nemôžeme tam predsa nechať tvoje staré labutie telo, nie? Musíme ho pochovať.“

Keď sa pozreli na mŕtve telo, rozplynulo sa vo vzduchu.

„No, tým sa problém vyriešil,“ povedal E-Z.

„Mám pocit, že by som mal povedať pár slov, za odchod môjho starého tela. Vadí to niekomu?“

E-Z aj Lia sklonili hlavy.

Alfred zarecitoval úryvok z básne lorda Alfreda Tennysona s názvom:

The Dying Swan:

Rovina bola trávnatá, divoká a holá,

Široká, divoká a otvorená vzduchu,

ktorý sa všade hromadil

pod strechou sivou, bezútešnou.

Vnútorným hlasom tiekla rieka,

po nej plávala umierajúca labuť,

a hlasno nariekala.

Tu Alfréd húkal a húkal, až sa im všetkým pri pokračovaní básne naplnili oči slzami:

Bolo to uprostred dňa.

Stále fúkal unavený vietor,

a bral trstinové vrcholky, keď išiel.

Stáli spolu v okamihu ticha.

Potom Lia povedala: „Teraz si vezmeme čerstvé a suché oblečenie, potom pôjdeme všetci do hamburgerovej reštaurácie. Aj ja som hladná a smädná."

E-Z pokrútil hlavou. „Nejaké jedlo by bolo dobré, ale Eriel mi je stále podozrivá. Niečo mi tu nesedí."

„Na to prídeme - keď sa najeme! Zaveď ma do cheeseburgerového neba."

Začali sa presúvať po promenáde na nábreží. Chvíľu pokračovali v chôdzi. Kým si uvedomili, že sa stratili.

„Som výborná navigátorka," povedala jednorožkyňa Dorrit, keď ich priletela pozdraviť. „Vylezte na palubu, Alfred a Lia. E-Z môžete ísť za mnou."

Alfred siahol do vrecka džínsov a vytiahol peňaženku. Vnútri našiel niekoľko bankoviek a označenie tela, v ktorom teraz prebýval. Mladý muž sa volal David, James Parker, mal dvadsaťštyri rokov. V ruke držal vodičský preukaz.

„Pekná fotka," povedala Lia.

„Áno, som celkom pekný."

„Ach, brat," povedal E-Z a tlačil sa dopredu.

Hore, hore do vzduchu leteli pasažieri Malej Dorrit. E-Z ich nasledoval, až kým nevedel, kde sa nachádza. Rozhodol sa, že požiada, aby mu na vozík pridali GPS. Škoda, že na to nemysleli, keď ho upravovali.

Po zostupe nasledoval rýchly výlet do obchodu s použitým tovarom. Alfred mal teraz na sebe nové tričko, džínsy, bežky a ponožky. Nasledoval krátky rad, kým sa začalo objednávať jedlo.

Malá Dorrit sa vystriedala, zatiaľ čo sa trojica pustila do jedla. Všetci boli veľmi hladní.

Alfréd vydával vrčivé zvuky, ktorých bolo priveľa na to, aby sa dali podrobne opísať. Keď dojedli, odložili odpadky do príslušných košov. A vydali sa na cestu domov.

Keď už boli takmer na mieste, Alfréd zavolal na E-Z: „Musíme sa porozprávať!"

„Nemôže to počkať, kým pristanete?" Malá Dorritka sa spýtala. „Keď tu skončím, mám miesta, kam musím ísť, ľudí, ktorých musím vidieť."

„Aké neslušné," povedal E-Z. „Len do toho, Alfred alebo David alebo ako sa teraz voláš."

„Práve o tom som sa s tebou chcel porozprávať," povedal Alfred. „Ako vysvetlíš moju premenu strýkovi Samovi a Samanthe? Ehm, strýko Sam a Samantha, rád by som vám predstavil Alfréda, labuť trubača. Teraz sa volá David James Parker. Vďaka telu, do ktorého vstúpil a v ktorom momentálne prebýva. Keďže mladý muž, ktorý bol predchádzajúcim majiteľom tela, spáchal samovraždu. Na moste na Jonesovej ulici."

„Ach jaj," povedal E-Z. „Je to stopercentná pravda, ako ju poznáme, ale nemôžeme im povedať pravdu."

„Moja mama by omdlela, keby sme to povedali. Prečo im nepovieme, že labuť Alfred odletela na juh? Za slnečnejším počasím. Alebo že stretol družku? Potom môžeme Alfréda predstaviť ako D. J., čo znie oveľa priateľskejšie ako David James."

„Si génius," povedal E-Z. "Aj keď, keďže môj priateľ sa volá PJ, mohlo by sa to s dídžejom a PJ trochu zamotať. Čo myslíš, Alfrede? Máš nejaké preferencie?"

„Mne sa DJ nepáči. Znie to príliš obyčajne. Radšej by som sa volal Parker. Komorník Parker bol jednou z mojich najobľúbenejších postáv v seriáli Thunderbirds."

„Tak teda Parker," dokončil E-Z, keď Lia vydala výkrik a Alfred omdlel - ich domov bol preč. Zhorel do tla.

KAPITOLA 21

„Oh nie!" E-Z vykríkol, keď sa rozbehol k horiacim pozostatkom. „Musím nájsť strýka Sama a Samanthu. Jednoducho musím."

Jeho stolička sa vznášala nad pozostatkami; bola celá čierna od uhlíkov. Neprehliadnuteľná spleť skazy bez známok ľudského života. Sporadické predmety boli nasiaknuté vodou. Spomedzi vyhasnutých uhlíkov sem-tam stúpali prerušované dymové signály.

E-Z zdvihol päste do vzduchu. „Poď sem, Eriel, ty gargantuovský..."

„Lietajúca hlúposť!" Parker dokončil urážku.

Lia sa snažila všetkých upokojiť.

„Prečo si to musel urobiť? Prečo? Prečo?" E-Z sa rozplakala.

Lia padla na zem. Oprela si hlavu o E-Z-ovo koleno a Parker ju objal práve vo chvíli, keď za nimi zasvišťalo auto.

Rozleteli sa dvoje dverí: Sam a Samantha.

Rozbehli sa a držali sa pri sebe; akoby nikdy nečakali, že sa ešte niekedy uvidia. Každý uronil jednu alebo dve slzy, kým sa od seba vzdialili. Keď si uvedomili, že v skupinovom objatí je aj muž, ktorého nepoznali.

Ten cudzinec bol vysoký muž, ktorý by nemal problém získať miesto v Raptoroch. Od hlavy po päty bol oblečený v tmavom čiernom pruhovanom obleku s rovnakými topánkami.

Rozopnuté gombíky na saku mu odhaľovali čierny oblek s lesklou látkou, možno hodvábnou. Jeho čierne oči a vetrom ošľahané vlasy kontrastovali s jeho brečtanovou pleťou. Pripomínal kríženca hrobára a kúzelníka.

Vystrel ruku: „Ahoj, som Samov poisťovák." „Ahoj," povedal.

Strýko Sam mu vysvetlil, že si so Samanthou vyšli von po niečo na jedenie. Keď videl E-Zov výraz, zdôvodnil to: „Nemohla spať kvôli jet lagu." Samantha a Sam si vymenili pohľady a prikývli. „Samantha a ja..."

„Ach, mami!"

E-Z povedal: „Samantha a strýko Sam sedia na strome - k-i-s-s-i-n-g."

„Prestaň," povedal Parker. „Uvádzaš ich do rozpakov."

Všetky pohľady sa upriamili na chlapíka z poisťovne. Volal sa Reginald Oxworthy. Práve telefonoval. Kričal. „Ako to myslíte, že nemá nárok?"

„Ale nie!" Sam povedal.

„Je naším zákazníkom už roky, najprv keď žil v inom štáte a odvtedy sa presťahoval sem. Je krytý, tým som si istý." Nastala odmlka. „No tak sa pozrite ešte raz!" Zaklapol telefón. „Je mi to všetko ľúto."

Sam podišiel bližšie a všetci ostatní ho nasledovali. „V čom presne je problém?"

„Ach, žiadny problém, aby som tak povedal."

„Mne to určite znelo ako problém," povedala Samantha. Ostatní prikývli.

Oxworthy si prečistil hrdlo. „Povedal som im, aby ešte raz skontrolovali vašu politiku. Dajte mi," zazvonil mu telefón. „Sekundu," povedal a odišiel od nich. Nasledovali ho ako skupina futbalistov v chumelici a počúvali každé jeho slovo. „Ehm, áno. Righto. Tak to potvrdili. Žiadny problém, to sa stáva."

Žiaril úsmevom smerom k Samovi a potom mu ukázal zdvihnutý palec. Vzdialil sa od sprievodu a pokračoval v rozhovore.

Stáli v chumli a pozerali na to, čo zostalo z ich domu. Dom, v ktorom E-Z žil celý svoj život. Čo sa bude diať teraz? Museli by na tomto mieste znovu stavať? Nový dom bez histórie a významu. Nový dom, ktorý by preňho nikdy nebol domovom. Nikdy by nebol miestom, kde by ho mohli navštevovať duchovia jeho rodičov, ak by duchovia existovali.

Oxworthy sa vydal smerom k nim. „Tak, teraz. Ospravedlňujem sa za meškanie. Ale vaše rezervácie v hoteli boli potvrdené. Môžeme vyraziť. Ubytujte sa, kedykoľvek budete pripravení."

„Ďakujem," povedal Sam. „Máte už nejakú predstavu, čo bolo príčinou toho požiaru?"

„Po predbežnom vyšetrovaní sú si na deväťdesiat percent istí, že výbuch spôsobil únik plynu. Ale teraz si s tým nerobte starosti. Vaša poistka pokrýva všetky náklady na pobyt v hoteli. Rezervoval som vám tri izby. To by malo stačiť, však?"

„To by malo byť v poriadku," povedal Sam. „Ďakujem, Reg."

„Tvoja poistka pokrýva aj výdavky, na náhradné predmety, nevyhnutné veci, jedlo. V hoteli nebudete musieť zaplatiť ani cent. Pri akomkoľvek nákupe mi pošli účtenky. Urobte si kópie, originály si nechajte. Postarám sa o to, aby vám boli preplatené."

Sam a Oxworthy si podali ruky.

„Potrebuje niekto odviezť do hotela?" Oxworthy sa spýtal a Lia so Samanthou nastúpili na zadné sedadlo jeho čierneho mercedesu.

E-Z a Parker nastúpili do auta strýka Sama.

„Myslím, že sme sa ešte nepredstavili," povedal strýko Sam a natiahol ruku k Parkerovi, ktorý sedel na zadnom sedadle.

„Rád ťa spoznávam," povedal Parker.

„Aha, ty si tiež Brit," povedal strýko Sam. „Keď už o tom hovoríme, kde je Alfred?"

E-Z pokrútil hlavou. „Ráno ti to vysvetlím. A ty môžeš pokračovať v tom, čo si nám chcel povedať, o tebe a Samanthe."

„To je fér," povedal Sam a pozrel do spätného zrkadla, aby videl, že Parker tvrdo spí. Zapol auto a zrýchlil.

„Všetci sme mali dosť rušný deň," povedal E-Z.

„To mi hovoríš ty."

Prepáč Eriel, že som ti to vyčítal, pomyslel si E-Z. Hoci tušenie v kútiku duše mu naznačovalo, že porota je v tejto veci stále mimo.

KAPITOLA 22

Po príchode do hotela sa všetci ubytovali vo svojich izbách s plánom stretnúť sa neskôr na večeri o 18.00 hod.

Strýko Sam mal izbu sám pre seba, ale medzi jeho izbou a synovcovou boli susedné dvere. Parker bol tiež na lôžku v izbe E-Z, zatiaľ čo Lia a jej matka zdieľali izbu o niekoľko dverí ďalej.

Po ubytovaní sa Lia a Samantha rozhodli, že si nakúpia potrebné veci. Najvyššou prioritou bolo nové oblečenie, pretože všetko, čo si so sebou priniesli, sa stratilo pri požiari.

„A čo naše pasy?" Lia sa spýtala.

„Dobre, že ich mám vždy pri sebe v kabelke." "To je dobre.

„Fúha!" Obaja vošli do značkového obchodu a hneď si začali skúšať najnovšiu severoamerickú módu.

„To by mala byť extra zábava, keďže všetko platí poisťovňa!" Samantha zvolala cez stenu na svoju dcéru v susednej prezliekacej miestnosti.

„Nič nemáme radšej ako nakupovanie!" Lia povedala. „Určite si kúpim toto, toto a toto."

V hoteli Parker chrápal na posteli. E-Z sa motal hore-dole po izbe a premýšľal o svojom stratenom počítači. Dobre, že sa pri románe Tetovanie anjela nedostal príliš ďaleko, ale najviac mu v hlave vírili veci jeho rodičov. Nemohol uveriť, že sú všetky - ZMIZELÉ. Nepomohlo mu ani to, že sa na ne už strašne dlho nepozrel. Ale prečo si to vyčítal? Ľudia z poisťovne tvrdili, že príčinou bol únik plynu. Vraj si boli na deväťdesiat percent istí. Prečo mal stále pocit, že je to všetko jeho vina, pretože to mohol zastaviť, zastaviť Eriela, keď mal príležitosť.

Sam strčil hlavu do miestnosti. „Vy dvaja ste slušní?"

Parker sa pretiahol.

„Áno, sme slušní. Poď ďalej."

„Idem do obchodu po nejaké základné veci. Vy dvaja mi chcete dať zoznam toho, čo potrebujete, alebo sa chcete pridať?"

„Ak sa to týka jedla - počítajte so mnou!" Alfred povedal.

„Ty si vždy hladný!"

„Čo na to povedať, už nejaký čas sa stravujem len trávou."

"To je pravda.

E-Z zachytil Samov pohľad a predstieral, že fajčí imaginárnu cigaretu.

Strýko Sam sa posmieval a čudoval sa, ako sa jeho synovec v trinástich rokoch vyzná v takýchto veciach. Aby zmenili tému, zamkli svoje izby a zamierili na chodbu.

„Kam presne ideme?" Spýtal sa E-Z.

„Presne tak, do mesta nechodíme často nakupovať. Je tu fantastické nákupné centrum, do ktorého som chcel ísť, odkedy som sa sem presťahoval. Nie je to ďaleko, tak som si myslel, že by sme sa mohli porozprávať cestou."

„Môžeš nám povedať, čo sa stalo?" Parker sa spýtal.

„Áno, ako ste sa so Samanthou tak rýchlo dali dokopy?" ,Áno,' odpovedal Parker. E-Z sa spýtal.

„Hmmm," povedala Sam.

„Mal som na mysli ten požiar," povedal Parker a cez plece venoval E-Zovi prekrížený pohľad.

Prišli do obchodu. Parker a Sam vošli cez otočné dvere, zatiaľ čo E-Z použil na vstup tlačidlo otvárania dverí.

Keď sa ocitli vnútri, Parker sa zohol, aby si znovu obul topánky. E-Z stiahol z vešiaka elegantnú džínsovú bundu a skúšal si ju. Zvrtol sa pred zrkadlom, aby skontroloval, ako mu sedí. „Vyzerá to celkom dobre."

Sam prišiel zhodnotiť situáciu: „Súhlasím, je to presne padnúce. Vyzerá to, akoby to bolo stvorené pre teba."

„Čo si myslíš, Alfred?"

Sam urobil dvojitý záber. Parker povedal: „Mohol by si mi prestať hovoriť Alfred! Kto bol vlastne ten Alfred?"

„Ehm, prepáč, to ten britský prízvuk. Aj on ho mal. Alfred bol, no, náš kamarát."

Sam sa vrátil k prezeraniu oblečenia. Plnil košík spodnou bielizňou a toaletnými potrebami.

„Čo myslíš, Parkerová?"

Prešiel cez podlahu, aby si ju pozrel zblízka. „Dobre sa hodí. Myslím, že by si si to mala kúpiť. Ale bude škoda, keď ti prasknú krídla a zničí sa to."

Sam prešiel okolo a E-Z hodil bundu do košíka. „Myslím, že by ste si mali zaobstarať aj nejaké nevyhnutné veci, napríklad spodky. Ak teda nemáte v úmysle chodiť v komande."

„Fuj!" E-Z zakričal.

„Aha, tú frázu poznám. Som si celkom istý, že jej pôvod je v Spojenom kráľovstve." „To je pravda.

„Už chápem, prečo ťa môj synovec stále volá Alfred. Presne tak by to povedal aj on."

E-Z sa na Parkera na sekundu zahľadel. Potom nasledoval strýka na ceste k pokladni, kde sa zastavil, vyskúšal si klobúk a hodil ho do košíka.

„Kam sa teraz Parker dostal?" spýtal sa. Sam si ďalej prezeral spony na kravaty, zatiaľ čo E-Z prehľadával obchod a hľadal svojho chýbajúceho priateľa.

Parker stál nehybne uprostred štvrtej uličky s pravou rukou hore a ľavou dole. Výraz na jeho tvári bol jednoznačne zombie.

„Ale nie!" E-Z povedal, keď sa prirútil. „Ehm, Parker," zašepkal. „Čo sa deje? Radšej si dávaj pozor, lebo si ťa niekto pomýli s figurínou."

Parker zostal nehybne stáť.

„Preber sa," povedal E-Z a vrazil do Parkera stoličkou. Parkerovo telo sa naklonilo a potom sa prevrátilo. E-Z ho chytil práve včas a držal ho za zadnú časť košele. Snažil sa kamaráta narovnať, aby nevyzeral tak strnulo a ako figurína, ale nebola to ľahká úloha.

Strýko Sam sa mu ponáhľal na pomoc. „Čo je s Parkerom?"

„Ja neviem. Musíme ho odtiaľto dostať."

„Berie drogy? Má čudný výraz v tvári, akoby videl ducha alebo niečo podobné."

„Nie, žiadne drogy, okrem sem-tam nejakej trávy. A také veci ako duchovia neexistujú - nehovoriac o tom, že je deň. Možno by som ho mohol previezť na svojej stoličke? Musíme ho odtiaľto dostať skôr, než si to niekto všimne a zavolá políciu.

„Súhlasím. Neviem, aký dôvod by uviedli polícii, keby ich zavolali. V našom obchode je chlap, ktorý napodobňuje figurínu! Poď rýchlo."

„Vtipné," povedal E-Z. „Ty sa choď pozrieť von a ja zostanem tu. Poďme vymyslieť, ako ho odtiaľto dostaneme bez toho, aby sme vzbudili prílišnú pozornosť."

Strýko Sam išiel platiť, zatiaľ čo E-Z zostal pri Parkerovi. Zákazníci, ktorí prichádzali po uličke, mali problémy dostať sa dovnútra a okolo nich. E-Z otáčal svoju stoličku doľava, potom doprava, aby sa prispôsobil nakupujúcim.

Nakoniec, keď tam bolo niekoľko zákazníkov naraz, pritlačil Parkera k stene. Ten bol aspoň mimo cesty. Potom si sadol a čakal na Sama.

„Sme tu!" E-Z zavolal, keď ho zbadal.

„Prečo je otočený k stene? A čo robíš tu ďaleko?"

„Bolo tu veľa zákazníkov a my sme stáli v ceste. Rozmýšľali ste, ako by sme ho odtiaľto mohli dostať?"

„Áno, idem pre jeden z tých plošinových vozíkov," povedal Sam.

„Prečo si nezoberiete vozík?" E-Z sa spýtal. „Je to menej nápadné."

„Do vozíka by sme ho nikdy nedokázali dostať. Nie, ak si nechceš vylomiť krídla, zdvihnúť ho a hodiť doň."

„Musím si to premyslieť." Po niekoľkých minútach si uvedomil, že zohnať plošinový vozík je najlepší nápad. „Áno, zohnaj plošinový vozík a ja ti ho doň pomôžem naložiť. Keď sa dostaneme z obchodu, môžem ho odviezť späť do hotela. Jediný problém bude, keď sa tam dostanem, čo s ním potom robiť."

„To vyriešime, keď sa dostaneme z obchodu." Sam išiel po vozík. Namiesto toho sa vrátil s plošinou. Ukázalo sa, že to bola lepšia možnosť. Ľahko na ňu naložili Parkera a zamierili späť do hotela.

„Poďme naspäť pešo, pomaly a pokojne," povedal E-Z. „Nemusím predsa letieť. Pôjdeme pekne pomaly, pôjdeme do našej izby, položíme ho na posteľ."

„Potom vrátim plošticu, musel som sľúbiť, že ju osobne vrátim."

„To znie ako plán. Ups."

Väčšinu chodníka zaberala skupinka nakupujúcich. Zastavili sa, aby ich nechali prejsť, potom opäť pokračovali v ceste a čoskoro boli späť pri hoteli.

Keď sa ocitli vnútri, plošina sa nezmestila do normálneho výťahu, takže museli použiť služobný výťah. To si vyžadovalo isté presviedčanie, t. j. podplácanie recepčného. Keď peniaze zmenili dlane, pomohol im dokonca dostať plošinu z výťahu. Zároveň sa ponúkol, že keď skončia, vráti ho do obchodu. Ponuka, ktorú Sam zdvorilo odmietol.

Teraz sa pred E-Z a Parkerovou izbou otvoril výťah a vystúpila Lia s matkou. Každá z nich niesla množstvo tašiek, keď si všimli chlapcov a plošinu.

„Ale nie! Čo sa stalo?! Lia sa spýtala.

„Neviem," povedal E-Z. „Urobil zvláštnu zákrutu."

„Vezmime ho dovnútra," povedal Sam.

Keď odložili tašky, dievčatá pomohli E-Z a Samovi dostať Parkera na posteľ.

„Možno je začarovaný?" Navrhla Lia.

„To je od teba dosť zvláštny skok," povedala Samantha. „Pozerala si príliš veľa repríz Čarodejníc."

Lia sa zasmiala. „Áno, bol to jeden z mojich najobľúbenejších seriálov. Myslím tú predchádzajúcu verziu, tú s dievčaťom z Kto je tu šéf."

„Je dobré vedieť, že aj v Holandsku sleduješ oldies kanál,“ povedal E-Z. Potom sa posunul bližšie k Parkerovi. „Počkaj chvíľu. Ešte dýcha?“

Sledovali, ako sa Parkerovi dvíha a klesá hrudník. Nestalo sa tak.

„Skontrolujte, či mu bije srdce - alebo pulz,“ navrhla Samantha.

„Srdce bije,“ povedala Sam. „A dýcha, ale len sporadicky.“

Samantha sa naklonila a nahmatala Parkerovo čelo. „Ach, bože, horí od horúčky!“

„Prineste ľad!“ Sam zakričal a potom podľa vlastného príkazu vybehol na chodbu s vedrom ľadu v ruke.

„Nemali by sme zavolať lekára?“ Samantha sa spýtala.

KAPITOLA 23

Súhlasím s mamou. Musíme zavolať sanitku, alebo tu možno v hoteli býva lekár," povedala Lia.

E-Z sa zamračil, ESP posolstvo Lia - musíme sa zbaviť strýka Sama a tvojej mamy.

Sam sa vrátil s vedrom plným ľadu. „Musíme ho dostať do vane." Spolu so Samanthou začali zdvíhať Parkera.

„Počkaj!" Lia sa ozvala. „Ehm, Sam a mama, prečo vy dvaja nejdete a nedonesiete veľa a veľa ľadu? Chcem povedať, že musíme naplniť vaňu, kým ho do nej vložíme, nie?"

„Ehm, myslím, že sa nás snažia zbaviť," povedal Sam.

„Prepáč," povedal E-Z. „Môžeš nám dať pár minút, aby sme sa pokúsili vyriešiť túto situáciu s Parkerom?" ‚Áno,' povedal.

Samantha a Sam prikývli a potom vyšli z miestnosti.

E-Z zarecitoval čarovné slová, ktoré privolali Eriela:

Roch-Ah-Or, A, Ra-Du, EE, El.

Archanjel sa však stále neobjavil. To, že ho ignoroval, E-Z nesmierne rozčuľovalo, keď teraz vedel, že ho Eriel neustále monitoruje.

Lia skúsila Haniela, ale nedostala žiadnu odpoveď.

E-Z a Lia nevedeli, čo majú robiť, keď Parkerovo srdce spomalilo svoj tlkot a takmer sa úplne zastavilo.

Bez vyzvania alebo s fanfárami prišiel Ariel. Priletela rovno k Parkerovi. Položila mu ruky na čelo. Sledovali, ako jej z očí padajú kvapky sĺz a dopadajú mu na líce. Spievala jemnú pieseň a čakala. Keď sa nehýbal ani nenadobudol vedomie, obrátila sa k odletu. Ale skôr než odišla, zažalovala: „Odišiel." A o niekoľko sekúnd neskôr bola aj ona.

Aj keď boli na 45. poschodí a aj keď bol Alfred/Parker mŕtvy. Opäť. E-Z ho zdvihol z postele a odniesol k oknu. Cez plece sa obzrel na Liu.

Plakala, keď spolu s Parkerom klesali.

Padali, padali. Až kým sa E-Zovi neobjavili krídla invalidného vozíka. Vzlietli, on a Alfred, on a Parker. Obaja boli rovnakí. Dvaja za cenu jedného.

Začínal blúzniť, ako stúpal vyššie a vyššie. Kovové časti jeho kresla boli čoraz horúcejšie.

Obával sa, že sa samy vznietia.

Musel to napraviť. Jednoducho musel. Musel nájsť Eriel.

Vozík sa začal zmietať v kŕčoch, čo spôsobilo, že E-Z a Alfred/Parker spadli.

Pristáli bez vozíka v sile, kde sa E-Z držal mŕtveho tela svojho priateľa.

Netrvalo dlho, kým prišiel Eriel a zavesený vo vzduchu pred nimi zvolal: „Hovoril som ti, že sa to stane. Povedal som ti to a on súhlasil. Dohoda bola uzavretá."

E-Z vedel, že je to pravda, a predsa. „Prečo si mu teda dával nádej a prečo ten Shakespearov citát o tom, že mu dávaš druhú šancu?" ‚Áno,' opýtal sa.

Eriel sa pozrel na bezvládne telo, ktoré E-Z držal. „To nebola moja práca."

„Tak s kým mám hovoriť?" E-Z sa spýtal. „Priveďte ho ku mne. Boh alebo ten, kto to má na starosti. Žiadam ho vidieť!"

KAPITOLA 24

E riel zafučal a zmizol.

E-Z a Alfred/Parker zostali. Meno Parker preňho neznamenalo nič a nikoho. Alfred bol jeho priateľ a teraz, keď bol preč, si ho bude pamätať ako Alfreda a iba Alfreda.

Čakal na niečo a zároveň na nič. E-Z sa chúlil do podoby svojho mŕtveho priateľa a želal si, aby sa opäť vrátil k životu.

„Dáš si niečo na pitie?" spýtal sa hlas v stene.

„Chcel by som, aby môj priateľ opäť žil. Môžeš ho opäť priviesť k životu? Pomôžeš mi ho zachrániť?"

„Prosím, zostaňte sedieť."

PFFT.

Vzduch naplnila upokojujúca vôňa levandule. Unášal sa do snového stavu, v ktorom prežíval spomienku, spomienku, ktorá sa posunula a zmenila tak, aby vyhovovala jeho súčasnej situácii.

Boli tam E-Z-ova matka a otec, živí a zdraví, ale mladší. Vracali sa z nemocnice v aute, ktoré nikdy predtým nevidel. Jeho otec Martin sa ponáhľal zo sedadla vodiča, aby pomohol matke Laurel vystúpiť z auta.

Spoločne siahli na zadné sedadlo a vytiahli z neho detskú sedačku. S láskou sa pozreli na dieťa, ktoré v nej tvrdo spalo.

„Je ako jeho starší brat," povedal Martin.

„Áno, E-Z vždy zaspal v aute," povedala Laurel.

„Poď dovnútra," zabručal Martin.

„A zoznám sa so svojím starším bratom," povedala Laurel, keď bábätko nakrátko otvorilo oči a potom opäť zaspalo.

E-Z, ktorý sa pozeral z okna, a vedľa neho strýko Sam. Chcel vyjsť von a privítať svojho nového brata alebo sestru.

„Počkaj, kým prídu dovnútra," povedal strýko Sam.

„Dobre," povedal sedemročný E-Z s tvárou pritlačenou k oknu, ktorú zvieral v dvoch rukách.

Vchodové dvere sa otvorili: „Sme doma!" zavolala naňho mama Laurel.

E-Z sa rozbehol k vchodovým dverám, kde ho matka s otcom objali. Prikrčili sa, aby predstavili najnovšieho člena rodiny Dickensovcov.

„Je taký malý," povedal E-Z.

„Je to on," povedal jeho otec.

„Aha."

„Chcel by si si ho podržať?" spýtala sa ho matka.

„Dobre," povedal E-Z a podržal si ruky, aby do nich matka mohla položiť jeho malého brata. „Nechcem ho však budiť. Vadilo by mu to?"

„Nie, nezobudí sa," povedala Laurel.

„Ak áno, tak preto, lebo sa chce stretnúť so svojím starším bratom."

„Má meno?" Spýtal sa E-Z, vzal novorodenca do náručia a kolísal mu hlavičku.

„Ešte nie, chceš mu dať meno?" spýtala sa ho matka. „Dobre, podrž mu krk, len tak… veľmi dobre. Ako si to vedel urobit? Si taký dobrý starší brat."

„Skvelá práca, kamarát," povedal jeho otec.

E-Z sa pozrel do tváre cigánka a povedal: „Mne sa zdá ako Alfréd." „A čo?" opýtal sa.

E-Z-ovi sa po lícach skotúľali slzy, keď sa dva svety zrazili. V jednom kolísal jeho malý brat menom Alfred. V druhom zvieral Alfredovo mŕtve telo v sile.

„Čas čakania je teraz sedem minút," povedal hlas v stene.

„Sedem minút," zopakoval E-Z.

Premýšľal o Alfredovi, o jeho schopnostiach. O tom, ako mohol liečiť iné formy života vrátane ľudí. Rozmýšľal, či Alfred vyliečil mladého muža. Urobil tú výmenu sám? Bolo by to možné?

„Alfred," povedal E-Z. „Alfred, počuješ ma?" Zatriasol telom svojho priateľa. „Alfred!" opakoval stále dokola v nádeji, že ho priateľ nejako počuje.

Keď hodiny na stene odpočítavali čas, objavil sa Ariel. „Nemôžeš zaobchádzať s telom, takýmto spôsobom. Je to hanba." Roztiahla krídla a išla zdvihnúť Alfredovo bezvládne telo z E-Zovho náručia s úmyslom odniesť ho preč.

„Nie!" E-Z povedal. „Nedostaneš ho."

Ariel potriasla krídlami a potom ukazovákom na E-Z.

„Alfred opustil budovu, ty držíš kožu, oblek, ktorý ho držal. Alfred je teraz tam, kde má byť. Nechaj jeho telo odísť."

E-Z sa posadil. Ak bol Alfred niekde so svojou rodinou, ak to bola pravda, potom áno, mohol ho nechať ísť. Dovtedy sa držal.

„Kde presne je? Je so svojou rodinou?"

Ariel priletela blízko, pozoruhodne blízko, takmer si sadla E-Zovi na nos. „To nemôžem povedať."

„Potom ho nepustím."

„Dobre," povedala Ariel. Zafučala a zmizla.

Nad ním sa v sile objavili dve postavy muža a ženy. Pohli sa smerom k nemu a zniesli sa dolu. Bližšie a bližšie.

Pretrel si oči. Opäť sa mu snívalo? Bola to jeho matka a otec. Martin a Laurel. Anjeli, ktorí ho prišli privítať. Potriasol hlavou. Nemohli to byť oni. Nemohli to byť oni. Snívalo sa mu o nich - o tom, ako si domov prinášajú malého brata. Teraz boli tu, s ním v sile. Jasné ako facka - ale či ešte stále spal? Snível?

„E-Z," povedala jeho matka. „Tento človek, tvoj priateľ Alfred, je mŕtvy. Musíš ho nechať ísť a pokračovať v práci. Musíš dokončiť skúšky a čas beží. Čas sa ti kráti."

E-Z-ov otec Martin povedal: „Je to jediný spôsob, ako môžeme byť opäť všetci spolu."

„Ale klamali mu," povedal E-Z. „Povedali mu, že bude so svojou rodinou. Teraz nemôže byť so svojou rodinou, nie takto. Ako mám vedieť, že mi neklamú, že bude s tebou?

Ako mám vedieť, že nie si Erielova manipulácia, aby ma prinútil plniť jeho príkazy?"

„Kto je Eriel?" spýtala sa ho matka.

„My Eriela nepoznáme," povedal jeho otec.

To nedávalo zmysel. Toto bolo Erielovo miesto. Nezáležalo na tom, či ho poznali alebo nie, on bol zodpovedný za to, že sú tu. Vedel, ako - ťahať za srdcové struny E-Z. Vedel, ako ho prinútiť, aby urobil to, čo chcel.

Čo presne chcel? A prečo na to využíval jeho rodičov? Bolo to nehanebné. Vo vzduchu nad ním sa vznášali jeho rodičia a zapínali a vypínali úsmevy, akoby boli bábky. Vtedy s istotou vedel, že tí dvaja duchovia, alebo čo to vlastne bolo, predsa len nie sú jeho rodičia. Boli to výplody jeho fantázie, prípadne Erielovej. Nevedel však prísť na to, prečo. Prečo ním tak kruto a bezostyšne manipulovali?

„Zobuď sa, E-Z!"

Bol späť vo svojej posteli. Vo svojom dome.

Prevrátil sa a znova zaspal... a pristál späť v sile - opäť.

KAPITOLA 25

T ri veci podobné silám sa vznášali po miestnosti, akoby hrali hru Follow the Leader.

Neboli to silá. Boli to autentické miesta večného odpočinku nazývané Lapače duší.

Vždy, keď živá bytosť zahynula, za predpokladu, že telo, v ktorom žila, sa narodilo s dušou, bude jedného dňa žiť ďalej. Lapačov duší bolo veľa, príliš veľa na to, aby sa dali spočítať. Ich počet bol oveľa väčší, než si my ľudia dokážeme predstaviť. Viac ako googolplex, čo je najväčšie známe číslo.

Keď E-Z prišiel, tak ako predtým ho uložili do čakajúceho lapača duší.

Ako ďalší prišiel Alfred, ešte stále mŕtvy, jeho telo bolo uložené do jeho lapača duší.

Lia prišla ako posledná, ešte stále spiaca do svojho lapača duší.

Netrvalo dlho a E-Z začal pociťovať klaustrofóbiu.

„Dáte si nápoj?" spýtal sa hlas v stene.

„Nie, ďakujem," povedal a bubnoval prstami na rameno vozíka, keď sa objavil anjel. Nový anjel, ktorého ešte nevidel.

Tento anjel bola žena. Bola oblečená v splývavých čiernych šatách a čiapke - akoby sa zúčastňovala na slávnostnej promócii. Na prísne vyzerajúcej tvári mala okuliare. Podobné tým, aké mala Marilyn Monroe na plagáte v kaviarni. Rozdiel bol v tom, že v týchto rámoch pulzovala červená tekutina, ktorá pripomínala krv.

„E-Z," povedala trasľavým hlasom. Jej hlas sa ozýval. „Vitaj späť vo svojom Lovcovi duší."

„Lovec duší?" povedal. „Tak sa tá vec volá? Mne to skôr pripadá ako silo. Takže, čo je to vlastne Lapač duší?"

„Je to miesto večného odpočinku duší," povedala, akoby na tú istú otázku odpovedala už miliónkrát.

„Ale nie je to na to, keď sú ľudia mŕtvi? Ja nie som mŕtvy." Určite dúfal, že nie je mŕtvy!

„Počkaj!" zakričala.

Opäť sa pri rozprávaní otriasala v stenách. Aj jeho zuby sa rozvibrovali. Tak veľmi, že by najradšej bol vonku v snehu, a potom by musel počuť, ako vysloví ďalšie slovo.

„Nepovedala som ti, že toto je čas otázok a odpovedí. Ako vidím, väčšinu skúšok ste úspešne absolvovali. Aj keď Alfred asistoval pri skúške číslo dva. Ako viete, nesankcionovaná pomoc nie je povolená."

E-Z otvoril ústa, aby Alfreda obhájil, ale len ich znova zavrel. Nechcel riskovať, že opäť zvýši hlas. Určite si želal, aby tam zvýšili teplotu. Na druhej strane to bolo miesto pre duše. Možno duše uprednostňovali chladné skladovanie.

TICK-TOCK.

Okolo pliec mal teraz prehodenú prikrývku.

„Ďakujem.“

„Máš pravdu, keď zomrieš, tvoja duša bude odpočívať tu. Alebo by tu spočinula, keby sme ťa nechali zomrieť. Ale my sme ťa nechali nažive. Mali sme na to dobrý dôvod. Veci sa však zmenili. Nevyšlo to. Preto by sme radi zrušili našu pôvodnú dohodu.“

„Čo myslíte tým, že ju zrušíte? Vy máte ale drzosť! Snažiť sa zrušiť dohodu, čo je to len preto, že som dieťa? Existujú zákony proti detskej práci. Okrem toho som urobil všetko, čo sa odo mňa žiadalo. Jasné, musel som sa to všetko naučiť za pochodu. Ale v dobrom a zlom som to zvládol. Dodržal som svoju časť dohody a ty by si mal dodržať tú svoju!“

„Ach áno, urobil si, čo sa od teba žiadalo. V tom je ten problém - chýba ti iniciatíva.“

„Chýba mi iniciatíva!“ E-Z vykríkol, keď päsťami udrel do ramien svojho vozíka. „Dohoda znela, že mi pošleš skúšky a ja vymyslím, ako ich zdolať. Zachránil som životy. Nemôžeš meniť pravidlá v polovici hry.“

„Pravda, taká bola pôvodná dohoda. Potom sa to s Hadžom a Reiki pokazilo - zabudli vymazať mysle -, napríklad, a musel sa do toho zapojiť Eriel.“

„Poslal mi skúšky, ja som ich dokončila. Dokonca som ho porazil v súboji.“

„Áno, porazil. Požiadal som ho, aby zhodnotil putá medzi tebou a tvojím strýkom Samom."

„Aby nás zhodnotil?"

„Áno. archanjel nie je určený na to, aby VYTVORIL skúšky pre anjela vo výcviku. Kvôli tvojmu, no, nedostatku iniciatívy sa Eriel musel zapojiť viac, ako mal."

„Počkaj chvíľu! Takže hovoríš, že som mal ísť von a nájsť si vlastné skúšky? Prečo ma nikto neoboznámil s týmito požiadavkami?"

„Dúfali sme, že na to prídeš sám. Boli tam nejaké indície. Vodítka týkajúce sa celkového obrazu. Spoločné črty. Dúfali sme, že ak budeš mať iných, s ktorými budeš môcť diskutovať o skúškach. Skúšky, ktoré ste už absolvovali. Že sa vám podarí vynulovať problém. Dospejete k rovnakému záveru.

Pomôžete nám. Možno ho dokonca prekonáte - bez toho, aby sme vám ho museli podsúvať. Dali sme ti všetky možnosti, ale ty si to neurobil. Takže ideme inou cestou."

„Spoločné črty? Možno viem, čo máte na mysli."

„Ak na to prídeš a využiješ možnosť superhrdinu... To by fungovalo. Pokiaľ by bolo všetko krištáľovo čisté. Mal by si úplný obraz. Vedel o rizikách."

„Takže stále budeme tím? Prečo to nevysvetlíš? Uľahčiť mi to?"

„V minulosti, aj keď tvoji spoločníci dostali schopnosti, ktoré si ty nemal - nevyužil si ich. Namiesto toho ste všetci traja sedeli - strácali čas - a čakali, čo všetko sa stane.

Nezdalo sa ti zvláštne, keď sa Eriel objavil v zábavnom parku? Zvyšoval profily Troch. To nie je úloha archanjela. Je to tvoja práca."

Pokrútil hlavou. „Nebol som si stopercentne istý, že je to Eriel, kým sa na konci neidentifikoval. Predtým som mal podozrenie. Kto iný by sa obliekal ako Abraham Lincoln?

„Okrem toho som si myslel, že to nikto nemá vedieť. Až doteraz som si myslela, že procesy sú tajomstvom. Bál som sa, že poruším dohodu s vami. Ophaniel povedal, že ak to niekomu poviem, stratím šancu znovu vidieť svojich rodičov. Dodržiavala som pravidlá, ktoré mi boli stanovené. Nemyslím si, že chápeš pojem fair play."

„Toto nie je hra. Archanjeli si môžeme robiť, čo chceme!" zvolala a pristúpila bližšie k miestu, kde sedel E-Z. Vystrčila bradu dopredu. „Rozhodli sme sa, že sa viac hodíš na hru na superhrdinov než na anjelov. Práve vtedy ti pomáhali v oddelení PR. Aby sme ťa povzbudili, aby si si našiel vlastných ľudí, ktorí ti pomôžu. Boh vie, že Zem je ich plná. Ako ich nazval Shakespeare, tých, čo mľaskajú a zvracajú v náručí svojej sestry."

„Nečítal som žiadneho Shakespeara, ale som príbuzný Charlesa Dickensa. Nie že by to bolo podstatné. Ale dobre, takže chceš, aby som pokračoval, ako superhrdina s Alfrédom, ak žije, a s Lijou po mojom boku. Ľahko získame veľkú podporu a publicitu v médiách.

„Stále som ti oddaný. Ak nám dovolíš voľnú ruku, prečo, nebo bude limitom. Poznáme veľa detí v škole a v športovom odvetví. Môžeme zriadiť horúcu linku pre superhrdinov a webovú stránku. Môžeme využiť sociálne médiá na spojenie s ľuďmi z celého sveta. Ľudia budú stáť v rade, aby sme im pomohli. Bude to úplne nová hra."

„Ach, konečne hovorí o iniciatíve... ale môj drahý chlapec, je to príliš málo a príliš neskoro. Ako som už povedal, chceme sa zbaviť záväzkov voči tebe. Už nie si voči nám viazaný. Už nemáš dlh, ktorý by si musel splácať."

„Ale..."

„Všetci traja ste dokázali, že ste v tom len sami za seba. Keď nám anjeli prvýkrát navrhli, že by ste nám mohli pomôcť, zastupovať nás tu na Zemi - mali sme plán. S Alfrédom to bolo rovnaké. Potom prišla Lia. Odvtedy sme mali s vami dvoma istý úspech. Zahrnuli sme ju do trojice... ale teraz ste sa stali zbytočnými."

„Zachraňujeme ľudí, pomáhame ľuďom."

„To mi nehovor. Keby som ti ponúkol možnosť byť s tvojimi rodičmi dnes, tu a teraz. Hodil by si uterák do ringu. Odišiel by si bez toho, aby si sa staral alebo myslel na tie životy, ktoré si mohol zachrániť, keby pokusy pokračovali.

„Očakávam, že to isté bude aj s Alfrédom - teda ak prežije. Bez mihnutia oka by odišiel so svojou rodinou na pole sedmokrások. A keď už hovoríme o očiach, keby sa Lii vrátil zrak - tiež by bola preč.

„Po dôkladnom zvážení sme si uvedomili, že nikto z vás nie je oddaný ničomu inému ako sebe, preto sme prešli na plán B."

„Počkajte chvíľu. Definujme si prácu." Vygooglil si ju a s potešením zistil, že má štyri takty. „Podľa online slovníka:

pravidelne vykonávať prácu alebo plniť povinnosti za mzdu alebo plat. Pracoval som pre teba bez nároku na odmenu. Okrem prísľubu odmeny. Mali sme ústnu dohodu.

„Nie som si istý podrobnosťami, akú dohodu mal Alfred alebo Lia, ale stavím sa, že ich anjeli im ponúkli podobné stimuly. Ja som dodržal svoju časť dohody a ty by si mal dodržať tú svoju. Mám trinásť rokov a," vygooglil. „Áno, ako som si myslel, podľa amerického ministerstva práce je minimálny vek na prácu štrnásť rokov."

Zasmiala sa a upravila si okuliare. Všimol si, že má na rukách krv. Utrela si ich do čierneho odevu. „Ranné zákony sa nevzťahujú na anjelov ani archanjelov. Je však od teba naivné myslieť si, že by to tak bolo." Odmlčala sa. „Sme pripravení ponúknuť ti dve možnosti. Možnosť číslo jedna: Zostaneš tu vo svojom Lapači duší do konca života."

„Čože?"

Samotné základy jeho Lapača duší sa otriasli. Z predstavy, že bude zaživa pochovaný v tejto kovovej schránke, sa mu robilo zle.

„Život, ktorý budeš žiť, lebo tvoje živé dýchajúce dni budú prebiehať tak, ako ti sľúbili tí imbecilní archanjeli. S tvojimi rodičmi. To znamená, že prežiješ svoj život so svojimi rodičmi odo dňa, keď si sa narodil, až presne do chvíle, keď ich životy vypršali. Nikdy nebudeš na vozíčku a oni nikdy nezomrú." Odmlčala sa. „Teraz môžeš hovoriť."

„Chceš povedať, že budem znova prežívať svoj život s rodičmi, každý jeden deň, ktorý sme spolu prežili, po celú večnosť, znova a znova?"

„Áno.“

„Aká je možnosť číslo dva?“

„Neuhádneš?“ spýtala sa so zubatým úsmevom.

Jej úsmev bol neúprimný, že musel odvrátiť zrak.

Čakal.

„Možnosť číslo dva by znamenala, že sa vrátiš žiť svoj život so strýkom Samom.“ Zaváhala a posunula sa bližšie, takže E-Z. Už tak mu bola zima a teraz ho každým mávnutím krídel ešte viac ochladzovala. Prikryl sa dekou. Pokračovala. „Ako si už možno tušíš, ani pri jednej z možností sa nestretneš a ani nikdy nestretneš so svojimi rodičmi. Znovu by sme vytvorili minulosť. Bolo by to, akoby si žil v divadelnej hre alebo televíznom seriáli.“

„Čože! S tým som nesúhlasil!“ E-Z sa rozkričal. „Hovoríš to Hadz. Reiki, Eriel a Ophaniel mi klamali?“

„Klamali je silné slovo, ale áno. Pozri sa na svoje okolie. Duše sú uložené do jednotlivých oddelení. Pre každú dušu je vopred pripravené oddelenie.“

„Takže hovoríš, že moji rodičia sú každý v jednej z týchto priehradiek?“

„Áno, ich duše sú.“

„A čo sa s nimi potom stane?“

„Prečo, vznášajú sa na nebesiach.“

„To je smutné. Vždy som si myslel, že moji rodičia budú niekde spolu. Viem, že to bola jediná vec, ktorá Alfredovi poskytovala akúsi útechu. Že jeho žena a deti sú niekde spolu. Nikomu sa nepáči myslieť na to, že jeho milovaný človek zomiera sám. A už vôbec nie, že strávi večnosť v kovovej nádobe, ktorá sa unáša z miesta na miesto."

„Ľudská sentimentalita. Duše iba existujú. Nežijú a nedýchajú, ani nejedia, ani necítia prílišné teplo či chlad. Ľudia tento pojem nechápu."

Vysmial sa.

„Nechcem uraziť váš druh. Ale keď telo zanikne, to, čo zostane, duša, je ťažko pochopiteľný pojem. Ľudské mozgy sú jednoducho príliš malé na to, aby pochopili zložitosť vesmíru. Preto vznikli náboženské doktríny. Napísané laickým jazykom. Ľahko sa dajú naučiť a nasledovať bez akýchkoľvek dôkazov."

„Keďže duše sú cennejšie ako ľudia ako ja, ako by som mohol prežiť zvyšok života v jednej z týchto nádob?"

„Urobili sme úpravy, ako teraz a predtým. Keď sme ťa sem priviezli, nemal si žiadne problémy s existenciou tu, teraz áno?"

„Okrem klaustrofóbie," povedal. „A chvíle, keď ma potrebovali upokojiť tým levanduľovým sprejom."

„Ach, áno. Opakovanie klaustrofóbie bude, samozrejme, závisieť od toho, ktorú možnosť si vyberiete. Ak si vyberieš možnosť číslo jeden, prostredie ťa bude podporovať vo všetkých smeroch, kým tvoja duša nebude pripravená. Potom sa môže tvoja pozemská podoba zlikvidovať. Ľudia sa prispôsobia a vy si na to zvyknete. Navyše budeš so svojimi rodičmi a prežívať spomienky. Takto ti bude ubiehať čas. A teraz si povedz, čo si chceš vybrať!"

„Počkaj, a čo moje krídla a krídla môjho kresla? Čo sa s nimi stane?" Zaváhal: „A čo Alfredove a Liine schopnosti? Ak si vyberieme možnosť číslo jeden, vrátime sa do stavu, v akom by sme boli? Teda predtým, ako si sa ty a ostatní archanjeli zapojili do našich životov?"

„Samozrejme, nebudeme vám strhávať krídla, drahý chlapče, ani vám neodoberieme žiadne schopnosti, ktoré už niekto z vás dostal. Sme archanjeli, nie sadisti."

„To je dobré vedieť, takže môžeme naďalej zostať superhrdinami."

„Môžete, ale budete si musieť vytvoriť vlastnú reklamu - pretože keď skončíme - skončíme nadobro."

„Prosím, zostaňte sedieť," povedal hlas v stene, hoci E-Z nemal v tejto veci na výber.

Archanjel nepovedal nič. Namiesto toho sa rozptýlila čistením okuliarov a potom si ich opäť nasadila.

„Ešte jedna vec," spýtala sa E-Z, "týkajúca sa Alfréda."

„Pokračuj, ale poponáhľaj sa. Ďalší pojem, ktorý ľudia nechápu, je, že čas existuje v celom vesmíre. Musím byť na iných miestach a vidieť iných archanjelov."

„Dobre, dostanem sa k tomu. Alfred je teraz v inom ľudskom tele. Ak duša zostáva s telom, tak sú tam dve duše? Čaká lovec duší na dve duše?"

Anjel sa k nemu otočil chrbtom. Predtým, ako prehovorila, si prečistila hrdlo: „Ja, my, sme dúfali, že sa na to nebudete pýtať. Si múdrejší, ako sme predpokladali." Zavrela oči a prikývla: „Mhmmm." Jej oči zostali zatvorené. E-Z sa pozrel, či má špunty v ušiach, pretože sa zdalo, že niekoho počúva. Alebo sa mu to možno len zdalo. Prikývla. „Súhlasím," povedala.

„Je tu s nami ešte niekto?" spýtal sa.

Zovšadiaľ sa ozval nový hlas. Prečo mali všetci archanjeli také hlasné hlasy?

„Ja som Raziel, Strážca tajomstiev. E-Z Dickens musíš dbať na moje slová. Lebo keď ich raz vyslovíš, nebudeš si ich pamätať. Ani to, že som tu bol. Lovci duší a ich zámery sa ťa netýkajú. Prekročili ste svoje hranice a my to nebudeme tolerovať! Veľkoryso sme ti dali dve možnosti. Rozhodnite sa TERAZ, alebo môj učený priateľ urobí rozhodnutie za vás."

E-Z začal hovoriť, ale potom sa mu v hlave rozhostilo prázdno. O čom to hovorili?

Archanjel opäť zavrel oči, vyriekol slová: „Ďakujem," a Razielov hlas už neprehovoril.

B oloto, akoby čas skočil dozadu. „Očakávaš, že sa rozhodnem na mieste, bez toho, aby som mal čas si to premysliet? Bez toho, aby som sa porozprávala so strýkom Samom alebo s priateľmi? Keď už sme pri tom, čo Alfred, bolo mu povedané, že sa opäť stretne so svojou rodinou? A Lia, tej bolo povedané, že sa jej vráti zrak.“

„Keďže Alfred odišiel, tvoje rozhodnutie - či prežije na Zemi, alebo nie - bude jeho rozhodnutím. Jeho možnosť číslo jeden bude rovnaká ako tvoja. Chcel by opakovane prežiť svoj život s rodinou? Keďže odišiel, možno sa mu o nich už teraz snívajú príjemné sny. Na druhej strane, človek nikdy nevie, aké triky dokáže predviesť myseľ. Možno sa ocitol v slučke nočných môr a len ty môžeš zachrániť jeho a jeho rodinu tým, že pre neho urobíš správnu voľbu.“

„Chceš povedať, že sa z toho nikdy nedostane? Definitívne?“

„To nemôžem povedať. Viem len to, že lovec duší nie je pripravený vyzdvihnúť jeho dušu... zatiaľ.“

„A Lia?“

„Jej ľudské oči sú v tomto živote preč, rovnako ako tvoje nohy. Môže prežiť svoje dni so zrakom, ale možno bude radšej, keď si vyberieš aj za ňu. Koniec koncov, nemala čas vyrásť a dospieť ako normálne dieťa. Už stratila tri roky svojho života a táto epizóda starnutia, nie sme si istí, či je to jednorazová záležitosť, alebo, či sa to bude opakovať."

„Chcete povedať, že ani vy neviete, čo sa s ňou stane?"

„Nie, nevieme. Okrem toho ešte stále spí."

„Nemôžem to rozhodnúť, pre nás všetkých troch v časovom limite. Je to veľké rozhodnutie a ja potrebujem čas."

„Tak ho budeš mať." Objavili sa hodiny, ktoré odpočítavali šesťdesiat minút. „Tvoj čas sa začína teraz. Dajte mi odpoveď skôr, ako padne nula. Inak bude všetko, o čom sme hovorili, neplatné. A vy sa ocitnete späť v hoteli s mŕtvym telom vášho priateľa." Krídla jej mávali a ona sa vznášala čoraz vyššie.

„Počkajte, kým odídete," zvolal.

„O čo ide teraz?"

„Sú tu aj iní, teda iné deti ako my?"

„Bolo pekné ťa poznať," povedala.

„Ten pocit rozhodne nie je vzájomný," odvetil.

KAPITOLA 26

Ako minúty ubiehali, E-Z si prešiel všetko, čo mu práve povedali. Prial si, aby bolo silo dostatočne široké, aby sa mohol viac pohybovať. Aspoň že sedel pohodlne na svojom vozíku. Spolu boli ako dynamické duo.

„Dáte si niečo na jedenie?" spýtal sa hlas zo steny.

„Určite by som si dal," povedal. „Jablko, nejaký popcorn - so syrovou príchuťou by bol dobrý a fľašu vody."

„Už idem," povedal hlas, keď sa cez štrbinu v stene, ktorú si predtým nevšimol, pretlačil kovový stôl. Zastal pred ním. Zo štrbiny vyšiel hák, ktorý niesol najprv fľašu s vodou. Potom druhý hák nesúci pohár. Nasledoval tretí hák s jablkom. Predtým, ako ho položil na zem, hák ho vyleštil uterákom. Potom vyskočil štvrtý hák, ktorý niesol misku s popcornom.

„Ďakujem," povedal, keď štyri chápavé háky zamávali a zmizli späť v stene.

„Nemáte za čo."

„Ehm, je nejaká šanca, že by ste mi mohli priniesť môj počítač? Bol zničený pri požiari. Určite by som bol rád, keby som si mohol urobiť zoznam vecí, aby som sa mohol rozhodnúť."

„Jasná vec. Len mi dajte minútu alebo dve."

Keď dojedal jablko a rozmýšľal nad popcornom, z ďalšieho otvoru na protiľahlej stene sa objavil jeho notebook. Háčik ho držal vo výške a čakal, kým E-Z presunie ostatné predmety, aby sa naň zmestili. Keď tak neurobil, háčiky sa objavili z druhej strany. Jeden z nich zdvihol jadrovník z jablka a zmizol späť v stene. Ďalší nalial zvyšnú vodu do pohára. Potom vzal prázdnu fľašu späť cez štrbinu v stene. Keďže si chcel ponechať popcorn a pohár s vodou, odstránil ich zo stola. Háčik položil na notebook a potom sa vrátil cez štrbinu v stene.

E-Z si myslel, že háčiky sú super doplnky. Mohol by ich pokojne predávať veľkému švédskemu reťazcu.

Teraz, keď boli všetky háčiky preč, zdvihol veko svojho notebooku a cvakol ho. Najprv skontroloval svoj súbor Tetovací anjel, všetko tam ešte bolo! Bol taký šťastný; bol by sa rozplakal, keby hodiny neodrátavali čas.

„Ďakujem veľmi pekne," povedal a do úst si napchal hrsť syrového popcornu. A potom začal písať. Rozhodol sa myslieť na seba ako na tretieho. Najprv si napíše klady a zápory o Alfredovi. Hneď vedel, že Alfredovi by nevadilo opakovane prežívať svoju minulosť s rodinou. Hneď by sa rozhodol pre túto možnosť.

„Napriek tomu sa E-Z-ovi zdalo, že to nie je možnosť, ktorú by jeho rodina chcela, aby využil. Keďže by znova prežíval to, čo už bolo, a nie sa posúval vpred. V živote sa má človek posúvať vpred. Aby ste sa naďalej učili a rástli.

Čím viac o tom premýšľal, tým viac si uvedomoval, že by to bolo ako prehrávanie svojho životného príbehu. Predstavte si svoj život dvadsatštyri-sedem v permanentnej slučke. Nikdy neviete, kedy sa skončí. Alebo či sa vôbec niekedy skončí. To by sa mohlo zmeniť na iný druh pekla. Také, na ktoré sa mu nechcelo myslieť.

Okrem toho, že keby vedel s istotou, že Alfred bude vždy v kóme. Na čo archanjel narážal. Potom by preňho táto voľba zaplašila všetky zlé sny a nočné mory. Alfred by bol navždy so svojou rodinou. Aj keď to nebolo to pravé... mohlo by to stačiť. Vybral by si to?

Pozrel na čas, zostávalo päťdesiat minút. Začal myslieť na Líin prípad. Jej sen stať sa slávnou baletkou bol prerušený. Chcela by prežiť detstvo s vedomím, že tento sen sa jej nikdy nesplní? Pre ňu by stálo za to riskovať budúcnosť. Oči v dlaniach ju robili výnimočnou, jedinečnou... a bola sympatická. Mohla by byť dokonca najnovšou verziou zázračnej ženy, keby dokázala využiť všetky schopnosti.

„E-Z?" Lia sa ozvala. „Počujem, ako premýšľaš, ale kde si?"

Ach nie! Teraz sa zobudila, musel by jej všetko vysvetliť, a to by zabralo čas a ten sa krátil. Musel by to urobiť, a to rýchlo. „Počúvaj, Lia," začal, "musím ti povedať dlhý príbeh, prosím, nezastavuj ma, kým ho nedokončím. Čas sa nám kráti." Všetko vysvetlil, trvalo mu to desať minút. Ďalších desať minút bolo preč. Zostávalo ešte štyridsať minút.

„Dobre, E-Z, ty mysli na seba a ja budem myslieť na seba. Dáme si päť minút, potom sa znova porozprávame. Čas sa začína teraz."

„Dobrý plán."

O päť minút neskôr a hodiny ukazovali zostávajúcich tridsaťpäť minút. E-Z sa Lii spýtal, či sa už rozhodla.

„Rozhodla," povedala. „A čo ty?"

„Ja tiež," povedal. „Ty prvá, za päť minút alebo menej, ak môžeš."

„Pre mňa je to celkom jednoduché rozhodnutie, E-Z. Nechcem zostať v tejto veci a žiť tu svoj život. Keď ma sem privedie Lovec duší, keď budem mŕtvy. To je v poriadku. Ale nechcem byť násilne uzavretý v tomto priestore. Nie keď by som mohla byť vonku, cítiť teplo slnečných lúčov, počúvať vtáky, s vetrom vo vlasoch. Nehovoriac o čase strávenom s mamou, so strýkom Samom a snáď aj s tebou. Život je príliš krátky na to, aby sme ho premárnili, a mne sa moje nové oči väčšinu času páčia." Zasmiala sa.

„Súhlasím a na tvojom mieste by som urobila to isté."

„Vďaka, E-Z. Koľko času nám zostáva?"

„Ešte dvadsaťpäť minút," potvrdil. „A teraz tu je moje premýšľanie, dúfam, že za menej ako päť minút. Nevadí mi to tu, nie je to oveľa iné ako byť vonku. Naučil som sa, že na vozíku nie je koniec sveta. Vlastne som si na to celkom zvykol. Môžem robiť veci, ktoré som predtým robil, napríklad hrať baseball, a nie som v tom úplne naničk. Dokonca ho hrajú aj na paralympiáde.

„Moji rodičia by nechceli, aby som premárnil svoj život tým, že budem žiť v minulosti. Ani strýko Sam by to neurobil. Nie som ochotný vzdať sa všetkého len preto, že mi tí blbci archanjeli dali pár nemiestnych sľubov. Takže s tebou súhlasím. Z týchto Lovcov duší sa vykašleme. Budeme žiť svoje životy, kým neskončíme so životom. A potom si nás to môže poriadne prísť chytiť. Po rokoch, keď už, dúfajme, budeme prispievať ľudstvu a viesť dobrý život. Mohli by sme nájsť ďalších, ako sme my. Mohli by sme založiť horúcu linku superhrdinov a spolupracovať po celom svete. Mohli by sme využiť naše schopnosti, aby sme svet urobili lepším. Mohli by sme žiť naplno; vytvoriť inšpiratívne životy, na ktoré by sme boli hrdí, a naše rodiny tiež.“

„Bravo!“ Lia zvolala. „Ale sú aj iní, ako my?“

„Pýtala som sa anjela, ktorý mi všetko vysvetlil, ale neodpovedal. To ma núti myslieť si, že existujú.“ Pozrel na hodiny. „Zostáva už len dvadsaťjeden minút.“

„A čo Alfred? Prebudí sa niekedy?“

„Anjel povedal, že nevie, to vie len lovec duší... ale povedal, že môže mať nočné mory. Ak je šanca, že je v pekle, tak ho radšej necháme ísť. Možnosť číslo jedna, že prežije život so svojou rodinou v slučke, je preňho tá pravá?“

„S tým nesúhlasím. Nikto z nás nevie s istotou, kedy si po nás príde lovec duší. Alfred by tu nechcel premárniť život, pretože by si ho mohli nájsť zlé sny. Nie tam, kde je šanca, že by mohol niekomu pomôcť alebo niekoho inšpirovať.

Prišli sme sem spolu a mali by sme odtiaľto spolu odísť. Podľa mňa je to tak."

Štrnásť minút a tiká.

Išla na Alfredov problém jedinečným spôsobom Mala pravdu? Chcel by sa Alfred v tomto scenári naozaj vzdať svojej rodiny kvôli neznámej budúcnosti? Neexistujeme všetci v nezmapovanom svete? Meníme kurzy, uhýbame a potápame sa. Otváranie okien, zatváranie dverí. Nechávame sa viesť emóciami na scestie a potom späť. Všetko je to o živote. Áno, Lia mala pravdu. Bola to hotová vec.

Na hodinách zostávalo osem minút.

„Myslím, že máš pravdu, Lia. Je to všetko za jedného a jeden za všetkých," povedal E-Z. „Archanjel mi povedal, že musím vysloviť slová skôr, ako sa čas vyčerpá. Potom by sme sa všetci ocitli späť v hoteli... akoby sa toto intermezzo s Lovcom duší nikdy nestalo."

„Myslíš si však, že si ešte spomenieme na lovcov duší? Je to pre nás dôležitá vec, aby sme sa z tejto skúsenosti poučili. Aj keby sme sa o ňu nepodelili. Majte na pamäti, že to rozmetá všetko, čo vieme o nebi a posmrtnom živote."

Zostáva päť minút.

„To áno, ale porozprávajme sa o tom na druhej strane." Zaťal päste, keď hodiny odbili štyri minúty. „Rozhodli sme sa!" zakričal. „Dostaňte nás troch z týchto, z týchto lapačov duší - TERAZ!"

Steny sila E-Z sa začali triasť. „Si v poriadku, Lia?" zakričal. Neodpovedala. Zdalo sa, že zem pod jeho nohami hrká a dunia. Potom sa začala otáčať, najprv v smere hodinových ručičiek, potom proti smeru hodinových ručičiek, potom v smere hodinových ručičiek.

Vnútri sa mu skrútil žalúdok. Vyvrhol syrový popcorn a všade rozhrýzol červené kúsky jabĺk.

Boli to jediné pamiatky, ktoré by po ňom Lovec duší mal. Dúfajme, že na strašne dlho.

ĎAKUJEME !

Vážení čitatelia,

Ďakujeme vám za prečítanie prvej a druhej knihy zo série E-Z Dickens. Dúfam, že sa vám prírastok týchto nových postáv páči a že sa radi dozviete, čo sa bude diať ďalej.

Ďalšie dve knihy zo série budú k dispozícii už čoskoro!

Ešte raz ďakujem svojim beta čitateľom, korektorom a redaktorom. Vaše rady a povzbudenie ma udržali na ceste k tomuto projektu a vaše príspevky som vždy ocenila/ocenil.

Ďakujem aj rodine a priateľom za to, že sú mi vždy nablízku.

A ako vždy, šťastné čítanie!
Cathy

O AUTOROVI

Cathy McGough žije a píše v Ontáriu, Kanada s manželom, synom, mačkou a psom.

PRÍDE UŽ ČOSKORO!

FIKCIA
MLADÝ DOSPELÝ

E-Z DICKENS SUPERHRDINA
KNIHA TRETIA: ČERVENÁ IZBA
E-Z DICKENS SUPERHRDINA
KNIHA ŠTVRTÁ: NA ICE